Сергей Щербаков

ТАРГЕТИРОВАННАЯ РЕКЛАМА
Точно в яблочко

Как быстро и дешево получать клиентов из социальных сетей

ПИТЕР®

Санкт-Петербург • Москва • Екатеринбург • Воронеж
Нижний Новгород • Ростов-на-Дону
Самара • Минск

2018

ББК 32.988.02+65.290-59
УДК 339.138:004.738.5
Щ61

Щербаков С.

Щ61 Таргетированная реклама. Точно в яблочко. — СПб.: Питер, 2018. — 352 с.: ил. — (Серия «Деловой бестселлер»).

ISBN 978-5-4461-0484-0

Таргетированная реклама — целевая: ее видит конкретная аудитория пользователей, соответствующих заданным вами характеристикам (географическим, демографическим, социальным, поведенческим и т. д.). Ее задача — привлечь внимание, вызвать доверие, заставить зайти на сайт, в магазин или позвонить по номеру.

Эта книга о том, на какие кнопки нажимать, чтобы добиться продаж и окупаемости в социальных сетях.

16+ (В соответствии с Федеральным законом от 29 декабря 2010 г. № 436-ФЗ.)

ББК 32.988.02+65.290-59
УДК 339.138:004.738.5

ISBN 978-5-4461-0484-0

Оглавление

Предисловие
Почему реклама не продает? Никакая и никогда

Представьте, что вы познакомились с очаровательной девушкой (если вы девушка — представьте, что познакомились с вами) и несколько дней работали над тем, чтобы привести ее к себе домой... Продумывали каждый аксессуар в своем внешнем виде, старались быть галантным (или, наоборот, напористым), отвечали на вопросы «правильно», дослушивали ее до конца... И вот наконец она согласна. Вы переступаете порог квартиры, а там...

Брат, вернувшийся из армии, играет на гитаре, по стульям развешаны личные вещи вашей бывшей, а в ванной ни одного чистого полотенца. Хлоп — и за полторы секунды вы разрушили то, что выстраивали несколько дней. Девушка уходит (если не убегает). И кто виноват?

Так вот... Все то, что вы делаете, чтобы завести девушку к себе домой, — это реклама. То, что вы при этом говорите, как говорите, как выглядите, пахнете, все это не более чем предпосылки для получения согласия на близость. Но достаточно допустить одну-единственную ошибку за закрытой дверью — и даже самая гениальная реклама, настроенная лично Цукердуровым, превращается в ничто.

Потому что реклама не продает. Она:

- привлекает внимание;
- информирует;

- вызывает доверие;
- заставляет зайти на сайт, в магазин или позвонить по номеру.

Но продать она неспособна. Потому что продажа — это процесс. А реклама выполняет в нем роль первого импульса (причем неважно, таргетированная это реклама, баннерная или, скажем, визитка, вклеенная в бороду).

В общем, для того, чтобы заполучить клиентские деньги в свою кассу, вам нужно нечто большее, чем просто знание настроек или умение работать с платформами социальных сетей. Вам нужна выстроенная система, для которой реклама служит склеивающим элементом.

Именно об этом мы и поговорим в книге — не только о том, на какие кнопки нажимать в рекламном кабинете, но и о том, как добиться продаж и окупаемости в социальных сетях. Причем сделаем это не в формате философской новеллы, а пошагово, как если бы мы с вами сидели в одном офисе и получили совместный проект. Вы настраиваете — я подсказываю. Готовы?

Пли!

Введение
Таргетинг — краткое досье

Уверен, вы давно «в теме», но все же проговорю: таргетированная реклама — это реклама по заданным критериям в социальных сетях. Ее главное достоинство заключается в том, что она может быть показана с точки зрения любых характеристик целевой аудитории (географических, демографических, социальных, поведенческих и т. д.), которые доказуемы на уровне рекламного канала[1].

Давайте проще. Предположим, некая девушка ищет работу в городе N. Потенциально ее целевая аудитория — все работодатели этого города. Однако фактически у нее есть опыт работы только в ресторанном бизнесе и администратором. Плюс она живет в районе M по ветке метро Z. Плюс она не согласна на зарплату менее 40 000 рублей.

Если девушка наймет агентство, которое разнесет ее резюме по всем офисам города, — это будет просто реклама. А вот если она лично зайдет во все 11 ресторанов, которые находятся в ее районе, предварительно заготовив резюме под требования каждого из них, — это уже будет таргетинг.

Вот такую «целевую» рекламу (target — в переводе с английского значит «цель») мы и будем настраивать с помощью социальных сетей. Только на HR-специалистов, только вокруг конкретной станции метро, только на девушек 18–22 лет, интересующихся

---

[1] Не все характеристики целевой аудитории можно собрать в единый сегмент с помощью рекламного кабинета или парсеров. В зависимости от того, в каком рекламном канале (социальной сети) вы работаете, сложности будут разными и не всегда преодолимыми.

оперой, и что угодно еще. Ведь социальные сети знают о нас очень (даже чересчур) много. Особенно если вы понимаете, что такое Graph Search, умеете пользоваться парсерами и строить гипотезы, отталкиваясь от эмпирических данных.

Впрочем, обо всем по порядку.

Хорошая девочка Лида, а хороший результат — лид

Раз уж мы выяснили, что никакая реклама в этом мире задачу продаж не решает на 100 %, стоит сразу ответить на вопрос: ради чего вообще делать таргетированную рекламу, тратить на нее время и деньги, еще и книжку толстенную читать?

Отвечаю. Профессионально сделанная таргетированная реклама отлично подходит для:

- сбора лидов (от англ. lead — «потенциальный покупатель»). Под лидами здесь и далее мы будем понимать контактные данные потенциальной аудитории, которая добровольно их вам оставила (то есть обладает покупательским потенциалом). Это, пожалуй, наиболее востребованный формат, хотя бы только потому, что он предельно близок к продажам, а значит — к деньгам;
- получения подписчиков в свои сообщества (группы, страницы, мероприятия — в зависимости от социальной сети, о которой идет речь). На сегодняшний день — 99 % вероятности, что без использования таргетинга подписчиков вы будете собирать до второго пришествия (я знаю 16 бесплатных способов, но все они «гомеопатические»). И тенденция будет нарастать;
- увеличения количества трафика на внешние ресурсы (сайты, лендинги, блоги, интернет-магазины). Неважно, хотите вы привлечь внимание к статье у себя в блоге или получать «заполненные формы» с сайта, таргетированная реклама может помочь в обоих случаях;

- получения бóльших охватов для публикаций. Те из вас, кто ведет сообщества, знают о том, что за последний год алгоритмы в соцсетях ужесточились настолько, что органические охваты редко переваливают за цифру 20 % от общего количества подписчиков (касается и «ВКонтакте», и Facebook). Таргетированная реклама позволяет пробить этот стеклянный потолок и получить показы на целевую аудиторию (ту, которую вы сами выберете). Опять же тенденция идет к тому, что в течение 1–3 лет оплаченные посты станут главным полноценным способом коммуникации между вами и вашими подписчиками (несмотря на то что вы уже однажды заплатили за подписку каждого из них);
- увеличения осведомленности о бренде, продукте, мероприятии... Как видите, даже в формулировке нет конкретики, нет фактора, который можно отследить количественно. Специальный формат рекламы Facebook под названием «повысить узнаваемость бренда» отлично подходит крупным и международным компаниям, которые сознательно готовы тратить деньги на имиджевую рекламу, или таким, которые хотят рассказать широким массам потребителей о новом продукте. Вариант для малого или среднего бизнеса: запускать охватные рекламные кампании в качестве первого шага, чтобы набирать людей в базу ретаргетинга Facebook, а уже вторым — дотягивать их до покупки. Подробнее об этом мы еще поговорим;
- увеличения посещаемости офлайновых точек (магазинов, шоу-румов, салонов, кафе и т. п.). Максимально помогает вам не просто рекламу показать, но и довести пользователя, который ее увидел, до нужного места (либо подгружает карту с включенной геолокацией и кратчайшим маршрутом, либо показывает номер телефона, либо предлагает поговорить с рекламодателем в мессенджере);

- открытия диалогов с целевой аудиторией. В меньшей степени для этого подходит формат рекламы «Вовлеченность для публикации», в большей — «Сообщения» (имеются в виду «цели рекламы» Facebook). С неизбежным распространением мессенджеров этот пункт будет только набирать в значимости.

Коль скоро таргетинг — это способ коммуникации, использовать его можно для любых других целей, которые придут вам в голову. Начиная с поиска сотрудников (таких примеров в отрасли довольно много) и заканчивая розыском без вести пропавших людей (такие кейсы тоже, как ни странно, есть). Ищите, экспериментируйте и...

Не переключайтесь.

Глава 1
Из какого ты теста?

Первое правило вкусных оладушек звучит так: прежде чем разогревать сковородку, подготовь сногсшибательное тесто. Понимаете, о чем я?

Не открывайте рекламный кабинет до тех пор, пока не проведете подготовительную работу. Иначе рискуете сделать отличную рекламу с отвратительным (несъедобным) эффектом.

Пройдемся пошагово — как и к чему готовиться перед запуском таргетированной рекламы...

Оффер всему голова. Особенно если он killing

Как с ходу продать несколько тонн советских марок, случайно попавших к владельцам, которые в марках особо не понимают?

Думаете, ответ — «с помощью таргетинга»? Нет. Правильный ответ — никак.

Потому что, если продукт представляет собой «то, не знаю что», так и пойдете вы с ним «туда, не знаю куда». Ну или придется напрягаться с поиском профессиональных филателистов, погружением в отраслевые форумы, втиранием в доверие к организаторам выставок старины и т. п. (то есть получится слегка не «с ходу»). А философия перебирания рекламных каналов (мол, Facebook сейчас работает — вот в него и пойдем) проблему способна лишь усугубить.

Это реальный запрос из моей практики, который закончился ничем — заказчик решил не напрягаться.

С другой стороны, убийственный оффер[1], который при этом презентуется целевой аудитории профессионально — с помощью понятного рекламного сообщения в подходящем рекламном канале, может быть той самой косой, которая вытащит из болота всего Мюнхгаузена.

Однажды, после одного из моих семинаров по таргетированной рекламе в Днепропетровске, ко мне подошел один из слушателей — Владимир Марков — и похвастался, что его лучший результат за клик на сайт с Facebook — $0,01 (даже на сегодняшний день это вполне неплохая цена; обратите внимание — цена за клик, не «вовлечение»).

На удивление, ларчик открывался не тонкими настройками рекламы, а оффером (убойным предложением, сделанным в подходящее время). Дело было весной 2015 года, а продавали они блузки с украинским национальным орнаментом девушкам по всей Украине. Я видел настройки кампании. Там не было абсолютно ничего особенного: география показов — по всей стране, демография — все девушки от 18 до 40 лет.

По словам самого Владимира, это была одна из самых эффективных кампаний, которые ему вообще доводилось вести, с точки зрения не только цены перехода, но и ROI[2], в итоге составившего 339,5 % (подробности вы можете найти на сайте http://iworks.ua/ в разделе «блог»). Даже не представляю, чего можно было бы добиться, если бы настройщик начал распределять девушек по сегментам и делать им индивидуализированные предложения. Хотя...

---

1 Offer в переводе с английского — «предложение»; здесь и далее под оффером мы будем понимать продукт или услугу, которые вы продаете, плюс все то, что ему сопутствует: бонусы, гарантии, постпродажный сервис, специальные условия, дополнительная комплектация и т. п.

2 ROI (от англ. return on investment) — финансовый коэффициент, иллюстрирующий уровень доходности или убыточности бизнеса, учитывая сумму сделанных в этот бизнес инвестиций. Например, ROI 339 % означает, что проект заработал в 4,5 раза больше, чем в него вложили.

Основы тюнинга оффера (от бревна до Буратино)

Итак, 70 % успеха рекламной кампании зависит от привлекательности вашего продукта — оффера. Поэтому, прежде чем открывать рекламный кабинет, ковыряться в настройках, продумывать тизеры и вообще переходить к «активному соблазнению» клиентов с помощью рекламы — давайте вместе разберемся с ним, родимым. На примере.

Предположим, к нам с вами пришел клиент, который продает детские велосипеды. Проблема заключается в том, что все его конкуренты покупают ровно у того же самого поставщика (в Китае), рекламируются в тех же самых каналах (допустим, Facebook и контекстная реклама) и делают это по примерно идентичным ценам... Как следствие, когда покупатель выбирает, у кого купить, ему не на что опереться, все вокруг одинаковые. Единственная разница — колебания в цене. Вуаля — и наш клиент даже не заметил, как оказался вовлечен в демпинговые войны. В такой ситуации, чтобы тратить деньги на рекламу, надо быть большим подслеповатым оптимистом.

О'кей. Значит, прежде, чем запустить для него рекламу в Facebook, давайте усилим оффер. Добавим к велосипеду нечто такое, что, с одной стороны, будет для него не очень затратно, а с другой — поможет покупателям делать выбор в пользу нашего клиента.

Вот мои варианты:

- игрушечные «велосипедные права» для ребенка;
- краткий курс ПДД от игрового персонажа;
- ежеквартальный техосмотр (чтобы цепь не спадала в самый неподходящий момент);
- забавные наклейки и катафоты;
- членство в закрытом клубе «экстремальных гонщиков» (который каждый год проводит соревнования для детей 7–12 лет);

- бесплатный трехдневный тест-драйв;
- подборка книг, фильмов, курсов для родителей о воспитании детей.

Обратите внимание, что в этом списке нет скидок, акционных предложений, дорогостоящих подарков и прочей шелухи.

Теперь допишите свои варианты: ______________________________

____.

Я ни в коем случае не настаиваю, что наличие такого списка в вашем оффере сделает революцию, а вас завалит продажами. Скорее всего, нет. Но, вне всяких сомнений, у целевой аудитории прибавится причин купить велосипед именно у нашего с вами клиента (помимо цены). А мы того и добивались.

Держите ***краткий список того, как усилить любой оффер***. Добавьте к своему предложению:

- гарантию;
- постпродажное обслуживание;
- комплект инструкций, книг, курсов, видеоуроков и т. п. по теме продукта;
- доукомплектацию или переукомплектацию;
- возможность попробовать перед покупкой (замер на дому, тест-драйв, пробная версия и т. п.);
- игровые элементы, шоу, призы, лотереи и т. п.;
- новые характеристики продукта (если вы сами производитель и можете не только отслеживать предпочтения своей целевой аудитории, но и фактически реализовывать их).

Задание для самостоятельной проработки № 1: *подготовьте список конкретных выгод, которые могут быть добавлены к вашему офферу. Добавьте самое важное из этого списка к себе на сайт, в блог, карточку товара в интернет-магазине.*

Кстати, если мы говорим о продвижении сообщества, оффером в данном случае выступает контент, который в этом сообществе размещается. Если с контентом беда — никакая реклама вас не спасет. Усиливайте в первую очередь именно его.

«Всегда правы» только три человека — покупатель, клиент и заказчик

Скажу прямо: описание клиентского профиля в стиле «Мужчины от 18 до 45 лет, работающие управленцами разного уровня, со средним уровнем дохода» вообще ничем вам не поможет. Вообще.

Для эффективной работы с таргетированной рекламой в социальных сетях нам критически важно соблюсти два требования:

- сегментировать целевую аудиторию:
  - сначала с точки зрения того, что вы о ней знаете достоверно (данных, которые есть в CRM[1], базах данных, личных наблюдениях...);
  - затем с точки зрения того, что вы о ней предполагаете с высокой степенью вероятности (например, есть подозрение, что туры в Индию могут интересовать не только многострадальных бизнесменов, но и учеников школ йоги);
  - после этого с точки зрения предположений со спорной степенью вероятности (возможно, туры в Индию заинтересуют молодежь, которая слушает «кислотную» музыку);

[1] Система управления взаимоотношениями с клиентами (CRM-система, сокращение от англ. Customer Relationship Management) — прикладное программное обеспечение для организаций, предназначенное для автоматизации стратегий взаимодействия с заказчиками (клиентами), в частности для повышения уровня продаж, оптимизации маркетинга и улучшения обслуживания клиентов путем сохранения информации о клиентах и истории взаимоотношений с ними, установления и улучшения бизнес-процессов и последующего анализа результатов.

- наконец, с точки зрения бредовых предположений, которые подсказывает интуиция (примеры см. в главе 8).

Когда вы были школьниками, вряд ли вы пытались охмурить всех одноклассниц (-ков) одновременно. Вот и здесь то же самое: кому не успеете продать сегодня, продадите на встрече выпускников (более подробный разговор о сегментации нам предстоит в главе 2);

- суметь настроиться на выбранный сегмент рекламными методами, с точки зрения характеристик этого сегмента.

Однажды мне нужно было найти аудиторию таксистов в Херсоне (на момент поиска в сети «ВКонтакте» было 240 000 пользователей из Херсона). Сообщества, посвященные такси, нашлись быстро — в одном из них даже оказалось чуть больше 20 000 человек. Только вот все эти красивые цифры были не чем иным, как ботами и офферами (офферами называют пользователей, которые выполняют «заказуху» за деньги, например вступают в сообщества, оставляют комментарии, лайкают и т. п.). По итогам нескольkoдневного поиска от гипотезы «таксисты» пришлось отказаться. Просто потому, что даже с помощью парсеров мне не удалось собрать достаточное количество аудитории, у которой есть доказуемая связь с такси хоть в каком-нибудь виде.

Такое будет встречаться сплошь и рядом. Гипотеза сто́ящая — аудитории нет. Предположение прекрасное — но объем пользователей по вашему региону кот наплакал...

Если вы тоже вступили в эту лужу — отказывайтесь от гипотезы и не тратьте деньги вхолостую, пытаясь проверить невозможное.

Задание для самостоятельной проработки № 2: *обозначьте свою целевую аудиторию. Разделите ее на сегменты (3–12 сегментов, скорее всего, будет достаточно). Откройте рекламный кабинет в той социальной сети, которая вас интересует, и проверьте, есть ли там нужные вам пользователи в достаточном количестве (хотя бы от 2000–5000 человек и более).*

Разумеется, если у вас уже есть подготовленный заранее клиентский профиль — конкретный, детальный, реалистичный, в построении гипотез отталкивайтесь от него. В изучении целевой аудитории нет деталей, которыми можно пренебречь.

Что общего между гондольерами и стоматологами?

Правильный ответ: и те и другие работают с каналами. Рекламщики и маркетологи — тоже (только с рекламными каналами).

Я настаиваю на точке зрения, что «ВКонтакте» давно не социальная сеть для детей, а Facebook интересен не только англоговорящим менеджерам... Если вы знаете свою целевую аудиторию + рекламный кабинет + парсеры, вы в любой социальной сети найдете кого угодно.

Однако найти кого угодно — не значит продать кому угодно. Потому что соцсети — это не просто канал коммуникации, это еще и экосистема (вы ведь не покупаете таблетки с рук в переходе, даже у дипломированного аптекаря. Почему? Потому что такова структура окружающей среды).

Какие выводы нужно сделать из трех предыдущих абзацев?

- В любой социальной сети можно найти свою целевую аудиторию или ее сегмент.
- Чтобы выяснить, будет ли продаваться оффер в конкретном канале (конкретной соцсети), канал нужно тестировать. То есть реально тратить деньги и смотреть, «отбиваются» они или нет.

Приведу пример. Однажды ко мне пришел клиент с запросом «продавать бойлеры косвенного нагрева в сети “ВКонтакте”». Целевая аудитория — мужчины за 50, живущие в Москве и Московской области. Мы с моей командой взялись.

Первым делом проверили объемы рынка — сколько вообще мужчин 50+ в Москве и Московской области. Показалось — достаточно (в одной только Москве около 400 000 человек). Но когда запустили в работу объявления сразу по нескольким сегментам (на мужчин, интересующихся семьей и домом; на инженеров; на жителей конкретных регионов; а также на «широкий» сегмент, собранный рекламным кабинетом), результаты получились такими, как на рис. 1.1.

Рис. 1.1

Четырехзначные числа справа — это объем собранной аудитории, на которую настраивалась реклама. Трехзначные посередине — это количество охваченных рекламой пользователей за неделю открутки. Цифры слева — это количество кликов по рекламе.

Тада-а-ам... Радужные надежды на продажи разбились о суровые скалы реальности. Первые же тесты показали, что:

- мужчины 50+ в нужных нам регионах хоть и водятся, но появляются в сети «ВКонтакте» онлайн не так часто;
- те мужчины, которые появляются онлайн, по рекламе кликают очень неохотно;
- те одиночки, которые все-таки кликают, — не покупают.

Еще недели две мы и так и эдак пытались найти хоть какой-нибудь отзывчивый сегмент целевой аудитории, но в итоге были вынуждены признать: рекламный канал был выбран неразумно. А мы — неразумно на него согласились. (Грешить на оффер не стали, потому что с помощью контекстной рекламы бойлеры продавались, и даже неплохо.)

Метод «электрика» в тестировании каналов

Прежде чем заходить в рекламный канал, проверьте, есть ли там конкуренты (не в смысле дают ли они рекламу, а в смысле есть ли в социальной сети «живые» сообщества по теме вашего продукта или услуги). И хотя это может звучать парадоксально, отсутствие конкурентов — плохой знак. Как правило, он означает не то, что на вашем рынке одни дураки, а то, что в канале неблагоприятная среда.

Те два провальных проекта, которые были в моей практике за три последних года, связаны именно с этой особенностью (бойлеры, кстати, один из этих проектов; те сообщества «про сантехнику», которые были в сети «ВКонтакте» на момент запуска, выглядели как мумифицированные артефакты, а сообществ конкретно «про бойлеры косвенного нагрева», конечно же, не было вообще).

Второй проект — сервис кол-трекинга под названием IStat24 (отличный украинский сервис, один из первых на своем рынке). Мы заходили с активностями сразу в две социальные сети: Facebook и «ВКонтакте». В Facebook конкуренты представлены были, а в сети «ВКонтакте» — нет (точнее, «поковырявшись», можно было найти только провалившиеся попытки). В итоге Facebook результаты принес, а «ВКонтакте» — даже с мертвой точки не сдвинулся (рекламу нам запретили с пометкой «попытка продвижения конкурентного сервиса»). Учитесь на моих ошибках.

> **Кстати, да, метод «электрика» — это когда для определения «фаза/не фаза» просто хватаешься за провод (заходишь в рекламный канал и начинаешь продавать). Но если в радиусе 10 метров вокруг трансформаторной будки живые электрики (конкуренты) не наблюдаются — лучше просто пройти мимо.**

***Задание для самостоятельной проработки № 3:** пойдите во все социальные сети, которые вас интересуют в качестве рекламных каналов, и посмотрите, насколько успешно там представлены конкуренты (есть ли тематические сообщества и насколько активна аудитория в них). Если конкурентов нет — отложите на потом. Если есть — добавьте канал в список для тестирования.*

Подготовьте посадочную страницу, чтобы она не стала посадочной полосой неудач

Если ваша реклама:

- ведет на другие страницы социальной сети, в которой она была запущена (сообщества, приложения, статьи и т. п.);
- ведет на внешние ресурсы (сайты, блоги, лендинги, интернет-магазины и т. п.),

значит, прежде, чем ее запускать, нужно перепроверить работоспособность посадочной страницы.

Этот пункт писан слезами и кровью (хотя с кровью, пожалуй, перебор) десятков заказчиков, которые сначала тратят деньги на рекламу, а потом выясняют, что у лендинга «кривая» верстка, кнопки не нажимаются, а «перезвон» длится в три раза дольше, чем обещано...

Так вот, чтобы не попасть в их число, выполните список-минимум.

- Для внутренних страниц в социальных сетях (сообществ): добейтесь того, чтобы они были способны выполнить ту задачу, ради которой запускается реклама. Самая частая ошибка здесь — запускать рекламу типа «продвижение сообщества», «получение отметок “Нравится”» и т. п. для сообщества, в котором размещается исключительно рекламный контент («купи», «акция», «только сегодня...»).

Реклама может быть трижды гениальной, но единственная причина, по которой пользователи подписываются на сообщества, — это информация, ради которой хочется возвращаться. Пока проблема не будет решена, реклама эффективной не станет.

- Для внешнего ресурса (сайта, лендинга и т. п.): проверьте адаптивность под мобильные устройства (на данный момент (середина 2017 года) 70 % трафика из социальных сетей — это трафик мобильный).

  Проверьте корректность верстки на всех возможных устройствах (ваш дизайнер наверняка знает, как это сделать).

  Кликните на каждой кнопке, которая есть на посадочной странице, убедитесь, что она работает корректно и выполняет функцию, для которой предназначена. Я имею в виду не только кнопки «Оформить» и «Заказать», но и «Скачать», «Подписаться», «Перезвоните мне», «Подробная программа» и остальные, которые у вас есть.

  Перечитайте тексты на предмет грамматических ошибок, опечаток, логических несоответствий, банальных непонятностей... Исправьте, если таковые найдутся.

- Очень важно! До запуска рекламы (в том числе таргетированной):
  - на сайт нужно поставить систему аналитики, которая вам больше нравится; как правило, это «Яндекс.Метрика» или Google Analytics; делается это посредством установки специального кода на сайт — любой толковый программист справится за полторы-две минуты;
  - в выбранной системе аналитики нужно установить цели (действия пользователя, которые будут считаться системой желательными и которые она будет отслеживать); здесь программисту может потребоваться больше двух минут, в зависимости от того, сколько у вас целевых кнопок и лендинг это или интернет-магазин, но сделать

это нужно обязательно, иначе на протяжении всей рекламной кампании вы будете в роли слепого котенка.

Задание для самостоятельной проработки № 4: *откройте свою посадочную страницу. Прокликайте все, что на ней в принципе кликается. Попросите сделать то же самое нескольких представителей вашей целевой аудитории (не ребенка и не жену, а представителя целевой аудитории). Соберите список необходимых улучшений и внесите в посадочную страницу реальные коррективы.*

Если в качестве посадочной страницы выступает сайт, установите на него «Яндекс.Метрику» или Google Analytics, а затем в одной из этих систем (или в обеих сразу) — цели. Проверьте корректность их работы. Попробуйте выполнить нужное действие на сайте и оцените, насколько корректно это отслеживается аналитикой.

Если «Яндекс.Метрика» и/или Google Analytics вкупе с целями уже были установлены на сайте плюс на нем уже бывал целевой трафик (неважно, платный или органический), посмотрите на цифры конверсии. Если они чрезвычайно малы для вашей сферы (средняя цифра, на которую можно ориентироваться, — менее 0,3 % для коммерческого сектора), возможно, сайт вообще стоит переделать, прежде чем запускать таргетированную рекламу. Отсмотрите поведенческую аналитику и в соответствии с увиденным внесите коррективы в посадочную страницу (цвет кнопок, расположение блоков, иллюстрации, тексты, гарантии и т. п.), чтобы попытаться добиться конверсии повыше. Помните, что реклама — только часть одного большого процесса.

И еще кое-что... Дабы совсем уж спокойно спать, перед запуском рекламы проверьте, насколько корректно работают остальные части механизма:

- сделайте тайную закупку в магазине;
- сделайте несколько контрольных звонков продающему менеджеру;

- попросите друга заказать доставку и беспристрастно оценить ее скорость, точность, эргономичность;
- ваши варианты.

Рекламный кабинет. Направо пойдешь — кабинет создашь; налево пойдешь — права передашь; прямо пойдешь — сам увидишь...

Перед запуском рекламной кампании вы можете находиться в одной из трех ситуаций:

- у вас уже есть созданный рекламный кабинет и вы сами будете вести с него рекламу (если так — ничего дополнительно делать не нужно);
- у вас есть созданный рекламный кабинет, но заниматься рекламой будет подрядчик ну или вы сами подрядчик (в таком случае нужно передать права на кабинет);
- у вас нет рекламного кабинета или же он есть, но вы об этом не знаете, потому что рекламу никогда не запускали (в таком случае его нужно будет создать).

Давайте разберемся с каждой ситуацией на примере четырех основных социальных сетей — Facebook, Instagram, «ВКонтакте» и «Одноклассники». Пошагово.

Facebook и Instagram

На момент написания книги для Instagram анонсировано создание отдельного рекламного кабинета, но вся работа с Instagram по факту выполняется с помощью функционала Facebook и связывания аккаунтов (уверен, для вас не новость, что первая из этих соцсетей принадлежит другой). Именно поэтому все скриншоты, которые вы увидите дальше, сделаны на примере той площадки, с которой фактически приходится работать.

- **Внимание: интерфейс Facebook на скриншотах и интерфейс Facebook на вашем компьютере могут различаться. Это нормально (соцсети ведь развиваются, еще и пытаются быть нескучными). Ищите кнопки с такими же названиями в других разделах меню, которые вам подсказывает логика.**

Итак, самый простой способ создать рекламный аккаунт в Facebook и Instagram.

1. Нажать кнопку «Создать рекламу» в меню (рис. 1.2).

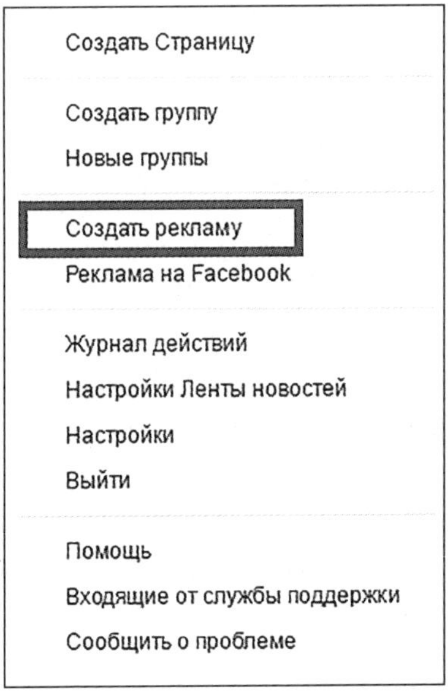

Рис. 1.2

2. Дождаться загрузки страницы, а затем выбрать цель рекламы (рис. 1.3) (об этом мы поговорим немного дальше, поэтому либо пролистайте до с. 26, либо выбирайте любую цель и настраивайте фейковую рекламу, просто чтобы открыть Ads Manager).

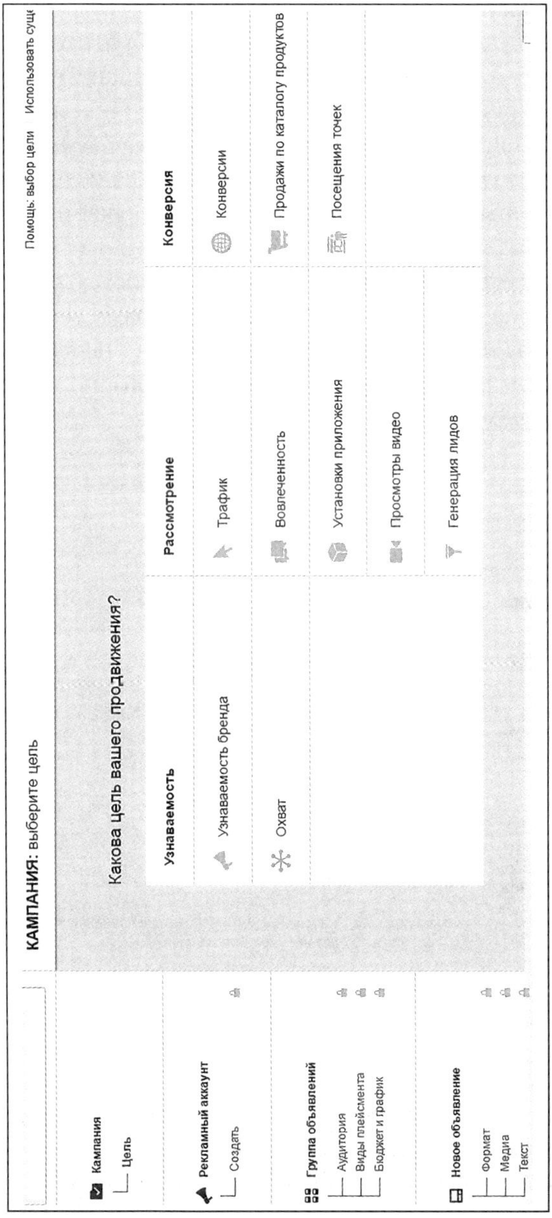
КАМПАНИЯ: выберите цель
Помощь: выбор цели
Использовать сущ
Какова цель вашего продвижения?
Узнаваемость
Узнаваемость бренда
Охват
Рассмотрение
Трафик
Вовлеченность
Установки приложения
Просмотры видео
Генерация лидов
Конверсия
Конверсии
Продажи по каталогу продуктов
Посещения точек
Кампания
Цель
Рекламный аккаунт
Создать
Группа объявлений
Аудитория
Виды плейсмента
Бюджет и график
Новое объявление
Формат
Медиа
Текст

Рис. 1.3

3. Следующим шагом система вам предложит выбрать страну, валюту, часовой пояс и название (обратите внимание, что эти настройки выбираются для аккаунта раз и навсегда; перепроверьте, чтобы часовой пояс тоже был ваш, между европейским временем и тихоокеанским разница почти полсуток) (рис. 1.4); по поводу валюты аккаунта: разговоры, что в рублях цена клика получается дешевле, чем в долларах, — бред третьеклассника; цена любого целевого действия определяется насыщенностью рекламного аукциона, обратным откликом на рекламу (ее релевантностью) и интенсивностью достижения целей рекламы, поэтому выбирайте валюту, которая лично вам ближе, и ни о чем не переживайте.

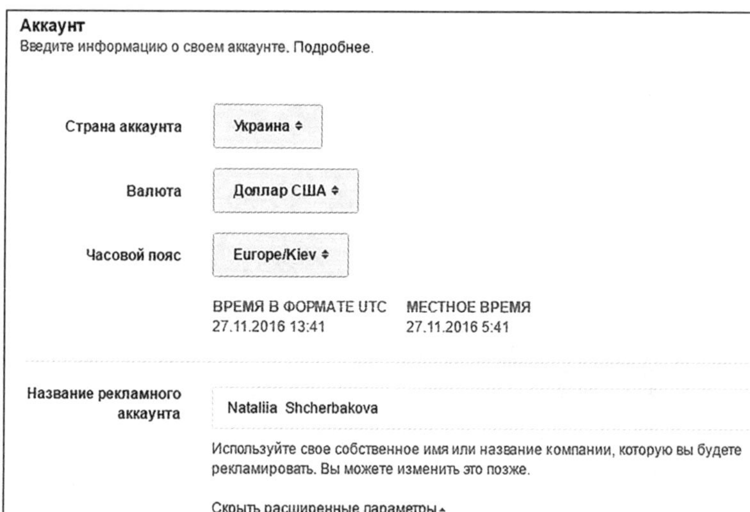

Рис. 1.4

4. Теперь, когда все выбрано, либо настраивайте рекламу далее по инструкции, либо просто прокрутите окно вниз и найдите блок «Страница и ссылки» (рис. 1.5).

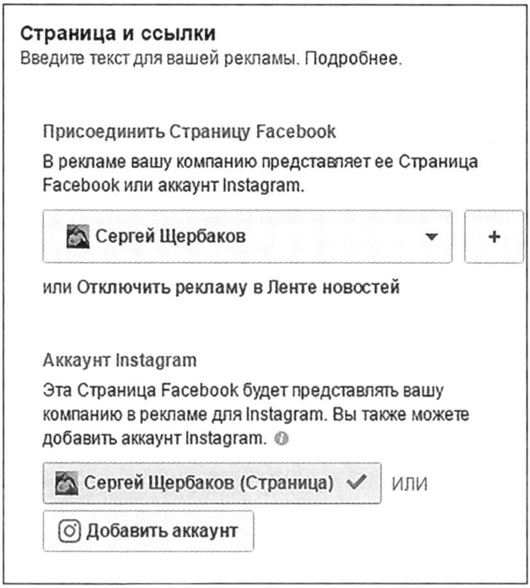

Рис. 1.5

Здесь вам нужно выбрать бизнес-страницу, от имени которой будет размещена реклама (рис. 1.6). Если вы уже администрируете какую-нибудь страницу, она подгрузится автоматически. Если нет — Facebook не сможет пропустить некоторые форматы рекламы в ротацию.

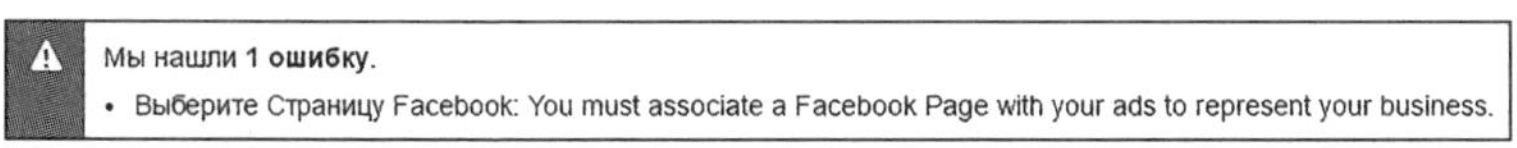

Рис. 1.6

В таком случае вам придется создать страницу с нуля (это займет буквально 5–10 минут); следите, чтобы она была по той же теме, что и оффер (-ы), который (-е) вы будете продвигать.

После этого добавьте связанный аккаунт Instagram (рис. 1.7).

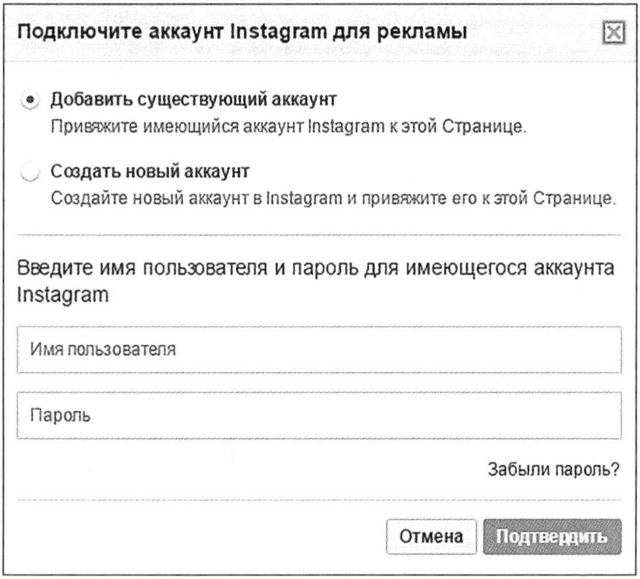

Рис. 1.7

5. Готово? Значит, проматывайте страницу в самый низ и нажимайте «Разместить заказ». Перед вами появится такое окно, как на рис. 1.8.
6. Смело вводите данные своей карты или PayPal (безналичный расчет, увы, для русскоязычного региона все еще недоступен).
7. Нажимайте кнопку «Далее», и, если у Facebook нет вопросов к этой рекламе, она будет размещена и отправится на модерацию (если вопросы есть — а к разным рекламным форматам они будут разные, — сделайте то, что просит система, и еще раз отправьте рекламу на размещение).

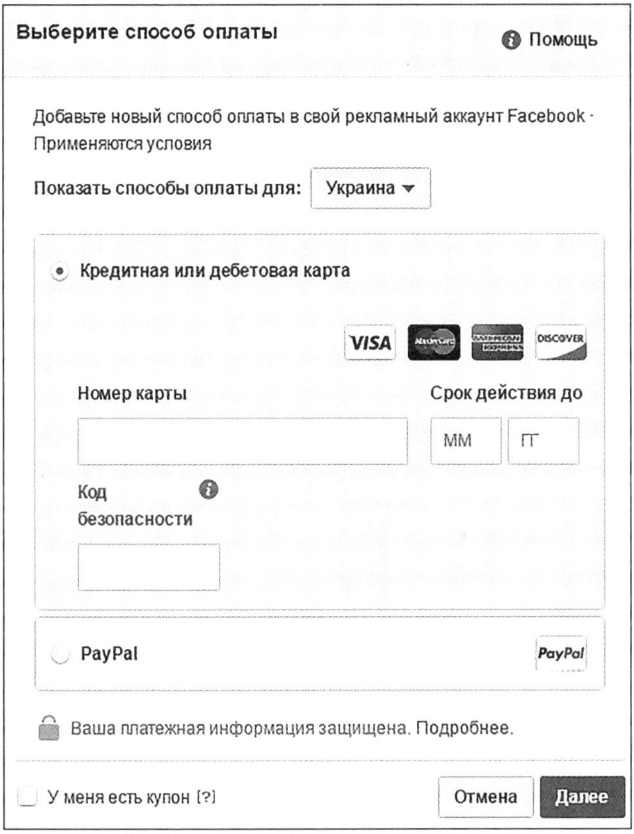

Рис. 1.8

Поздравляю вас! Аккаунт создан, способ оплаты прикреплен, реклама размещена!

Если вы создавали пробный запуск, чтобы запустить Ads Manager, сразу же отключите его, как показано на рис. 1.9.

Теперь в меню основного профиля Facebook у вас появилась кнопка «Управлять рекламой» для быстрого доступа в кабинет (рис. 1.10).

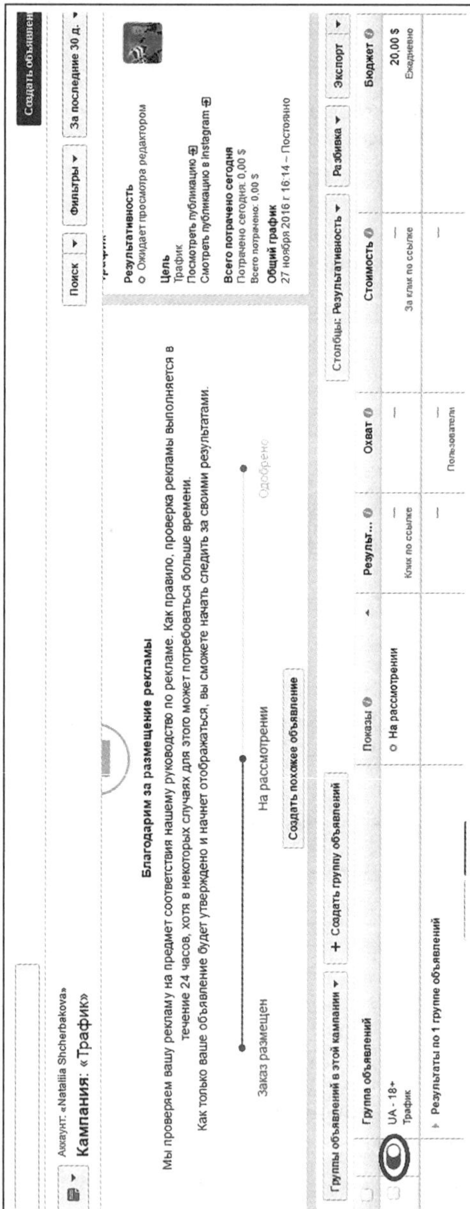
Создать объявлен
Аккаунт: «Nataliia Shcherbakova»
Кампания: «Трафик»
Поиск
Фильтры
За последние 30 д.
Благодарим за размещение рекламы
Мы проверяем вашу рекламу на предмет соответствия нашему руководству по рекламе. Как правило, проверка рекламы выполняется в течение 24 часов, хотя в некоторых случаях для этого может потребоваться больше времени.
Как только ваше объявление будет утверждено и начнет отображаться, вы сможете начать следить за своими результатами.
Заказ размещен
На рассмотрении
Одобрено
Создать похожее объявление
Результативность
Ожидает просмотра редактором
Цель
Трафик
Посмотреть публикацию
Смотреть публикацию в Instagram
Всего потрачено сегодня
Потрачено сегодня: 0,00 $
Всего потрачено: 0,00 $
Общий график
27 ноября 2016 г. 16:14 – Постоянно
Группы объявлений в этой кампании
+ Создать группу объявлений
Столбцы: Результативность
Разбивка
Экспорт
Группа объявлений
Показы
Результ...
Охват
Стоимость
Бюджет
UA - 18+
Трафик
На рассмотрении
Клик по ссылке
За клик по ссылке
20,00 $
Ежедневно
Результаты по 1 группе объявлений
Пользователи

Рис. 1.9

Что еще стоит учесть? При подключении карты для оплаты рекламы постарайтесь пользоваться своей собственной, а не картой друга или сестры (иногда — не всегда — Facebook банит способы оплаты, предлагаемые теми, кто очевидно не является владельцем пользовательского аккаунта, от имени которого размещается реклама; поэтому на всякий случай проверьте, указаны ли ваши Ф.И.О. на латинице в профиле Facebook точно так же, как на карте для оплат; если нет — сделайте единообразно).

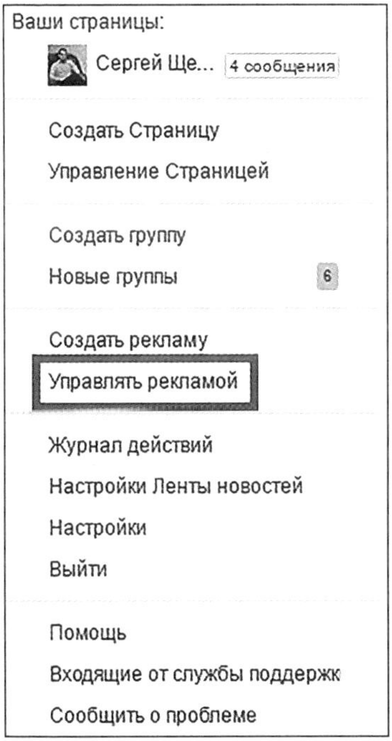

Рис. 1.10

Для того чтобы передать права на рекламный аккаунт, сделайте следующее.

1. Войдите в менеджер рекламы и найдите кнопку «Настройки рекламного аккаунта» (рис. 1.11).

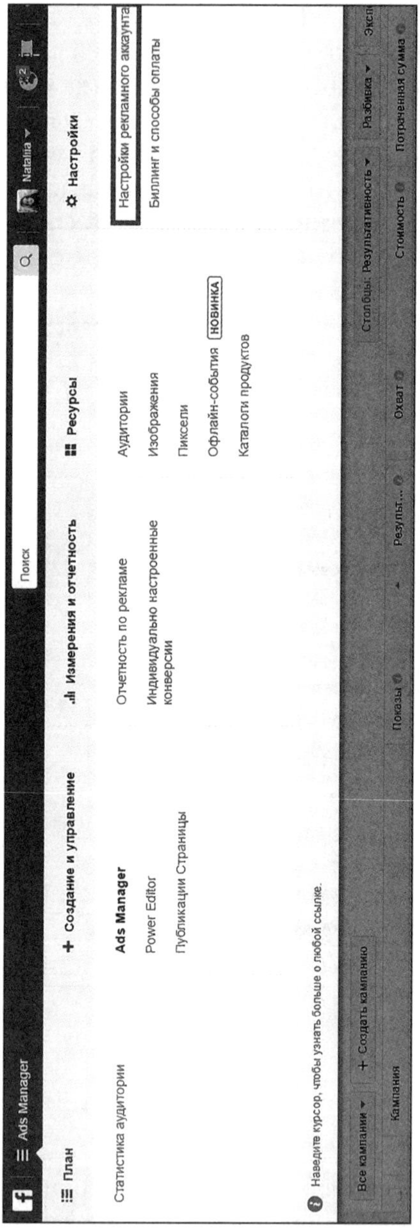
Ads Manager
Поиск
Natalia
План
Создание и управление
Измерения и отчетность
Ресурсы
Настройки
Статистика аудитории
Ads Manager
Power Editor
Публикации Страницы
Отчетность по рекламе
Индивидуально настроенные конверсии
Аудитории
Изображения
Пиксели
Офлайн-события
НОВИНКА
Каталоги продуктов
Настройки рекламного аккаунта
Биллинг и способы оплаты
Наведите курсор, чтобы узнать больше о любой ссылке.
Все кампании
Создать кампанию
Столбцы: Результативность
Разбивка
Кампания
Показы
Результ...
Охват
Стоимость
Потраченная сумма

Рис. 1.11

2. Пролистайте открывшееся окно до блока «Роли для рекламного аккаунта» и «Добавить человека» (рис. 1.12).

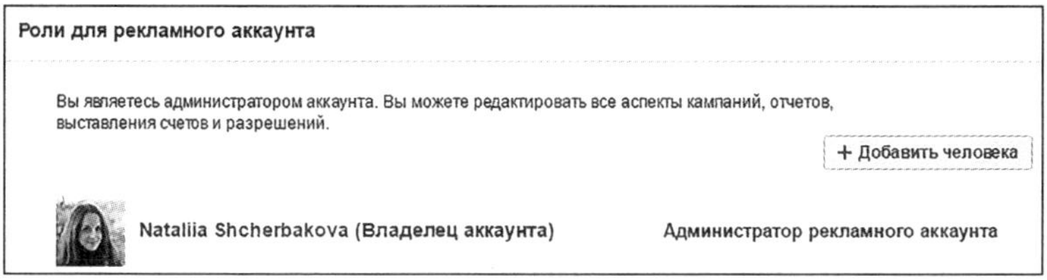

Рис. 1.12

Вот и все!

Внимание: ни в коем случае не передавайте права и не принимайте их в виде логина и пароля от пользовательского профиля Facebook. При условии, что вы с заказчиком (или подрядчиком) находитесь в разных странах, это практически гарантированный бан рекламного кабинета, который крайне сложно отбить.

Механизм расходования денег

Обратите внимание на кнопку меню «Биллинг и способы оплаты». Даже сравнительно опытные заказчики нет-нет да и попадаются на эту удочку.

Когда вы создаете рекламный аккаунт, система проверяет доступность денег на вашей карте и, если все хорошо, открывает для аккаунта кредитный лимит в размере $25. Когда вы запускаете рекламу, вы тратите виртуальные деньги. А реальные у вас списываются в ту дату, которая указана в блоке «Сводка по биллингу» (как правило, это 30–31-е число каждого месяца) (рис. 1.13).

Если на момент оплаты на карте не окажется денег, рекламный аккаунт будет заморожен до погашения долга. Ну а если за кредитный период вы успеваете потратить сравнительно много денег, не пугайтесь, когда Facebook всю сумму снимет в один день.

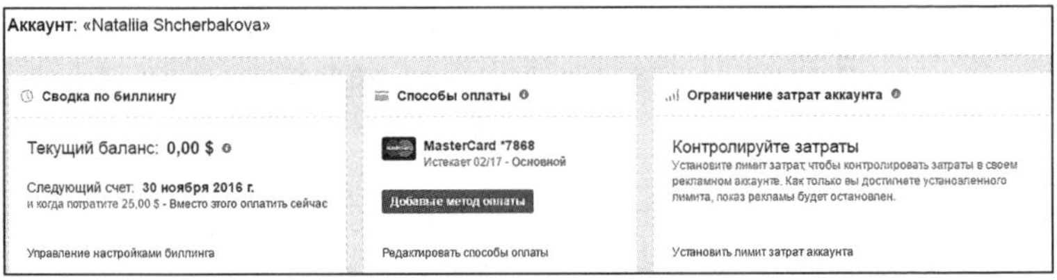

Рис. 1.13

Разумеется, с каждой платой по счетам за рекламу ваш кредитный лимит увеличивается.

Бизнес-менеджер

Business Manager Facebook — это инструмент официальной передачи прав на любые элементы Facebook (аккаунты, страницы, рекламные кабинеты, пиксели и т. п.). В принципе, если вы ведете одну кампанию, и ту для себя, без него вполне можно обойтись. Если же кампаний много, или на вас работает несколько подрядчиков, или вы сами подрядчик, который управляет несколькими проектами, да еще и собственным персоналом, — бизнес-менеджером пользоваться стоит.

Чтобы его установить, перейдите по ссылке https://business.facebook.com/.

Механика передачи прав и особенности этого процесса для разных элементов Facebook описаны в руководстве по бизнес-менеджеру от самого Facebook. С пользовательской стороны вы можете взглянуть на ситуацию в моем блоге shcherbakovs.com (статья называется «Бизнес-менеджер Facebook. Исчерпывающее руководство»).

У меня самого более четырех десятков рекламных аккаунтов находится в управлении с помощью бизнес-менеджера. Каждый новый клиент просто передает мне «админские» права на свой кабинет, и вся работа выполняется на его ресурсах (в любой момент времени он может открыть собственный рекламный аккаунт и посмотреть, что и как мы сделали, а в конце проекта это все дополняется пошаговым отчетом). Поэтому рекомендую!

«ВКонтакте»

Если у вас нет рекламного аккаунта и ни одного рекламного запуска вы до сей поры не делали, вам нужен левый сайдбар в сети «ВКонтакте» (левая полоса под меню и под рекламными тизерами) (рис. 1.14).

Нажимайте!

Рис. 1.14

Как и в случае с Facebook, чтобы у вас активизировался рекламный аккаунт, нужно запустить хотя бы одно объявление (даже если вы не готовы тратить на него ни копейки). Выбирайте «таргетированные объявления», читайте пояснения «ВКонтакте» и нажимайте «Создать объявление».

Следующим шагом нужно либо настроить рекламный запуск «по фэншуй» (пошагово этот процесс расписан в главе 3), либо просто прокликайте весь необходимый процесс до кнопки «Создать объявление» (формат рекламы — запись ли это в новостной ленте или рекламные объявления на страницах сайта — неважен).

На момент написания книги, как только вы размещаете свое первое объявление, вам в «личку» приходит сообщение от «ВКонтакте», где они предлагают помощь и напоминают, что надо бы пополнить рекламный кабинет; сделать это можно либо перейдя по ссылке, либо нажав кнопку «Бюджет» в рекламном кабинете (рис. 1.15).

Обратите внимание: есть возможность в том числе безналичного расчета. Ну а если с зачислением средств что-то пойдет не так — внизу ссылка на «Платежную поддержку».

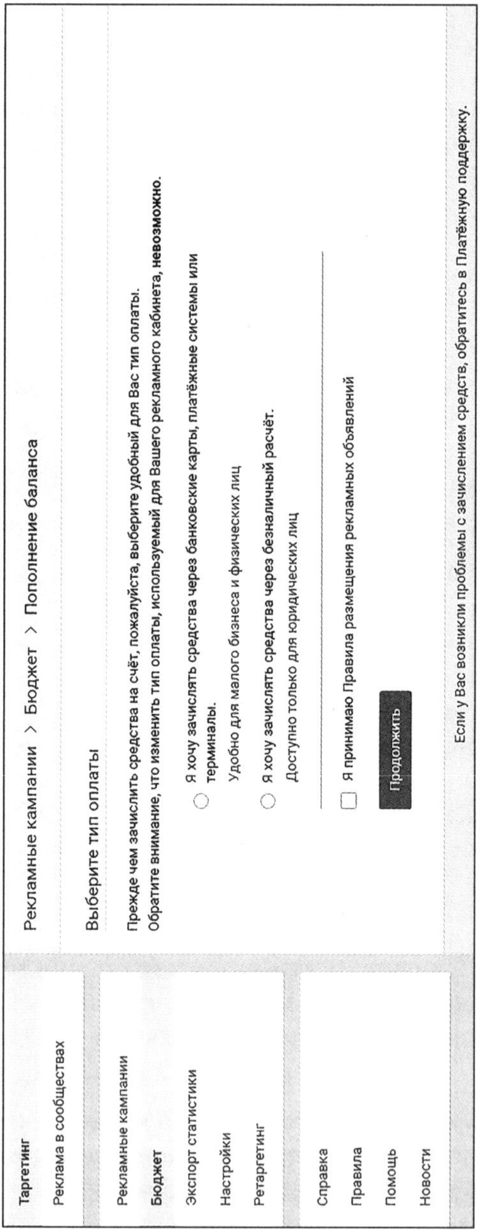
Таргетинг
Реклама в сообществах
Рекламные кампании
Бюджет
Экспорт статистики
Настройки
Ретаргетинг
Справка
Правила
Помощь
Новости
Рекламные кампании > Бюджет > Пополнение баланса
Выберите тип оплаты
Прежде чем зачислить средства на счёт, пожалуйста, выберите удобный для Вас тип оплаты.
Обратите внимание, что изменить тип оплаты, используемый для Вашего рекламного кабинета, невозможно.
Я хочу зачислять средства через банковские карты, платёжные системы или терминалы.
Удобно для малого бизнеса и физических лиц
Я хочу зачислять средства через безналичный расчёт.
Доступно только для юридических лиц
Я принимаю Правила размещения рекламных объявлений
Продолжить
Если у Вас возникли проблемы с зачислением средств, обратитесь в Платёжную поддержку.

Рис. 1.15

После размещения первого объявления в меню вашего личного профиля появится постоянная кнопка «Реклама» для быстрого управления кампаниями (рис. 1.16).

Вот и все. Аккаунт создан, деньги зачислены, пора передавать права вовлеченным лицам. Нас интересует кнопка «Настройки» (рис. 1.17).

Помимо скриншота, тут добавить нечего — все очевидно.

Механика оплат

«ВКонтакте» работает совершенно последовательно и линейно. Вы кладете деньги на рекламный аккаунт, и они расходуются в реальном времени (без всяких кредитных лимитов). Потратили 158 рублей, 158 рублей с аккаунта и списалось.

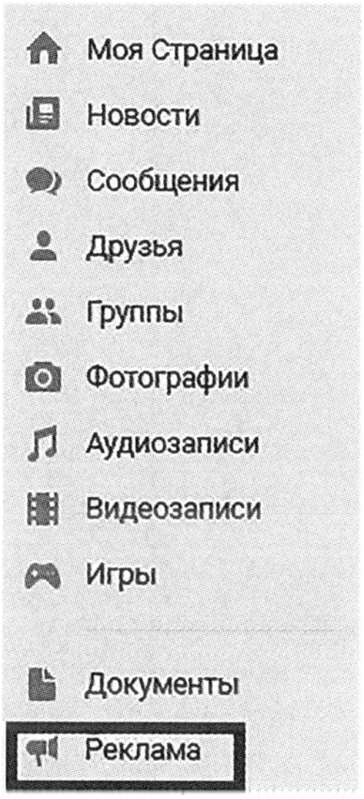

Рис. 1.16

Вывести деньги с рекламного аккаунта обратно на карту — задача нетривиальная. Для этого придется писать заявление и нудно общаться с поддержкой «ВКонтакте». Поэтому делайте зачисления внимательно.

И еще нюанс. Кабинет для таргетированной рекламы и кабинет для рекламы в сообществах (это та самая пресловутая «биржа» «ВКонтакте») — штуки неоднородные. Если вы положили средства в кабинет для сообществ, таргетированную рекламу вы ими не оплатите (и наоборот). Так что будьте бдительны (рис. 1.18).

«Одноклассники». MyTarget

Рекламный кабинет для работы с «Одноклассниками» находится по адресу https://target.my.com/. В смысле его, конечно, тоже

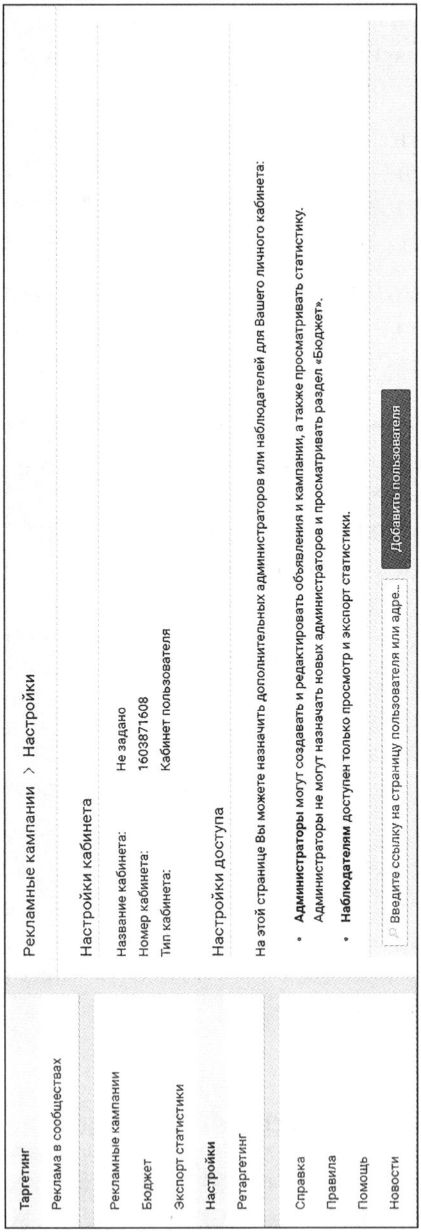
Таргетинг
Реклама в сообществах
Рекламные кампании
Бюджет
Экспорт статистики
Настройки
Ретаргетинг
Справка
Правила
Помощь
Новости
Рекламные кампании > Настройки
Настройки кабинета
Название кабинета: Не задано
Номер кабинета: 1603871608
Тип кабинета: Кабинет пользователя
Настройки доступа
На этой странице Вы можете назначить дополнительных администраторов или наблюдателей для Вашего личного кабинета:
Администраторы могут создавать и редактировать объявления и кампании, а также просматривать статистику. Администраторы не могут назначать новых администраторов и просматривать раздел «Бюджет».
Наблюдателям доступен только просмотр и экспорт статистики.
Введите ссылку на страницу пользователя или адре...
Добавить пользователя

Рис. 1.17

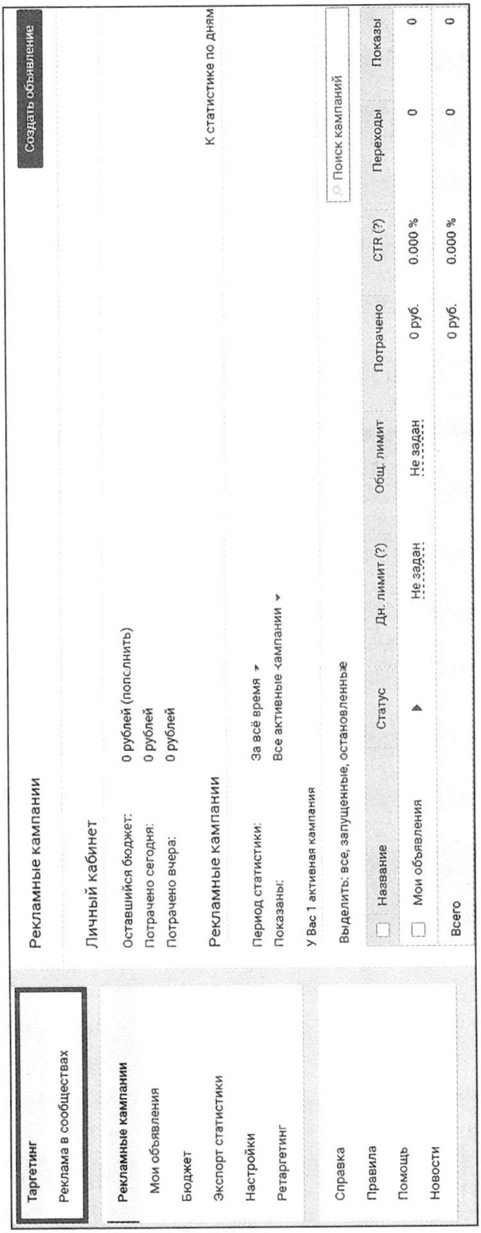
Таргетинг
Реклама в сообществах
Рекламные кампании
Мои объявления
Бюджет
Экспорт статистики
Настройки
Ретаргетинг
Справка
Правила
Помощь
Новости
Рекламные кампании
Создать объявление
Личный кабинет
Оставшийся бюджет: 0 рублей (пополнить)
Потрачено сегодня: 0 рублей
Потрачено вчера: 0 рублей
Рекламные кампании
К статистике по дням
Период статистики: За всё время
Показаны: Все активные кампании
У Вас 1 активная кампания
Выделить: все, запущенные, остановленные
Поиск кампаний
Название
Статус
Дн. лимит (?)
Общ. лимит
Потрачено
CTR (?)
Переходы
Показы
Мои объявления
Не задан
Не задан
0 руб.
0.000 %
0
0
Всего
0 руб.
0.000 %
0
0

Рис. 1.18

нужно создать, но делается это именно по указанному адресу, а не в «Одноклассниках» как таковых.

1. Нажмите кнопку «Войти» или совершенно любую желтую кнопку на лендинге (все они открывают одну и ту же форму).
2. Авторизуйтесь любым удобным для вас способом (через социальные сети, Mail.Ru или создав аккаунт и привязав его к номеру телефона) (рис. 1.19).

Рис. 1.19

3. Последовательно заполните все необходимые поля формы (их совсем мало — всего шесть); обратите внимание на описание для агентства (скорее всего, на первом этапе статуса «рекламодатель» будет достаточно).
4. Если вы регистрируетесь из Украины или Беларуси, сервис автоматически выберет валюту в долларах (и тут

ничего не попишешь), плюс не забудьте отметить «физическое лицо», в остальном разницы никакой.

Вот и все. Рекламный кабинет создан.

Формы официальной передачи прав здесь нет. Поэтому для множественного доступа (для двух и более пользователей) просто передавайте логин и пароль. Пока так.

Механика оплат

Для того чтобы пополнить кабинет в первый раз, вам понадобится подготовленная рекламная кампания, которая прошла модерацию. Поэтому здесь вариант с фейковым запуском не пройдет, да и смысла в нем никакого. Положите деньги, когда действительно будете готовы запустить кампанию. Минимальная сумма пополнения — 3540 рублей с учетом НДС. Деньги расходуются последовательно (по той же модели, что и в сети «ВКонтакте»).

Задание для самостоятельной проработки № 5: *создайте рекламные кабинеты во всех необходимых социальных сетях. Прикрепите к ним способы оплаты (Facebook, Instagram) или положите деньги на счет («ВКонтакте», «Одноклассники»). Передайте права всем заинтересованным лицам (в качестве подрядчика я, как правило, прошу права уровня «администратор», чтобы максимум возникающих вопросов решалось без «дерганья» заказчика). Но если исполнитель вызывает хоть малейшие сомнения, уровень «рекламодатель» — ваш выбор.*

Ретаргетинг (ремаркетинг). Чтобы эффективно сработало «ре», подготовьте его «до»

Ретаргетинг (он же ремаркетинг) — это повторные рекламные коммуникации с теми, на кого мы уже таргетировали.

В социальных сетях это достигается за счет того, что на внешнюю посадочную страницу ставится специальный фрагмент кода (он называется «пиксель»), который запоминает всех пользователей, зашедших на эту страницу (мы не можем посмотреть, что это за люди конкретно) и при этом зарегистрированных в той социальной сети, из которой пиксель был поставлен. Ну а рекламщики потом могут настроить рекламу на эту группу пользователей — уже бывших на сайте или даже что-то на нем совершивших.

Поставить пиксели из всех социальных сетей, в которых вы будете работать, необходимо до запуска рекламной кампании, чтобы рекламный трафик, за который вы платите свои кровные, не ушел в песок, а попал в вашу базу ретаргетинга.

Давайте сделаем это пошагово для каждой социальной сети.

Установка пикселя для Facebook и Instagram

Найдите в меню своего рекламного кабинета или бизнес-менеджера кнопку под названием «Пиксели» и нажмите ее (рис. 1.20).

В открывшемся окне нажмите «Создать пиксель» и выполните все шаги, которые просит сервис (дайте ему название и согласитесь на «условия использования»).

После создания пикселя вам нужно его либо установить лично (делается это в «админке» сайта), либо отправить вашему программисту, который и сам знает, что такое тег head и как лучше вставить фрагмент кода конкретно в вашу CMS (обратите внимание на кнопку «Отправить код пикселя по эл. почте» — письмо уже сформировано системой, остается только вставить правильный e-mail).

После установки пикселя на сайт ему требуется примерно 20 минут, чтобы «включиться». Проверить работоспособность пикселя можно (и обязательно нужно) с помощью не только зеленой лампочки, которую вы видите в кабинете, но и специального браузерного приложения. Оно называется Facebook Pixel Helper (скачивается бесплатно с Google Play, например).

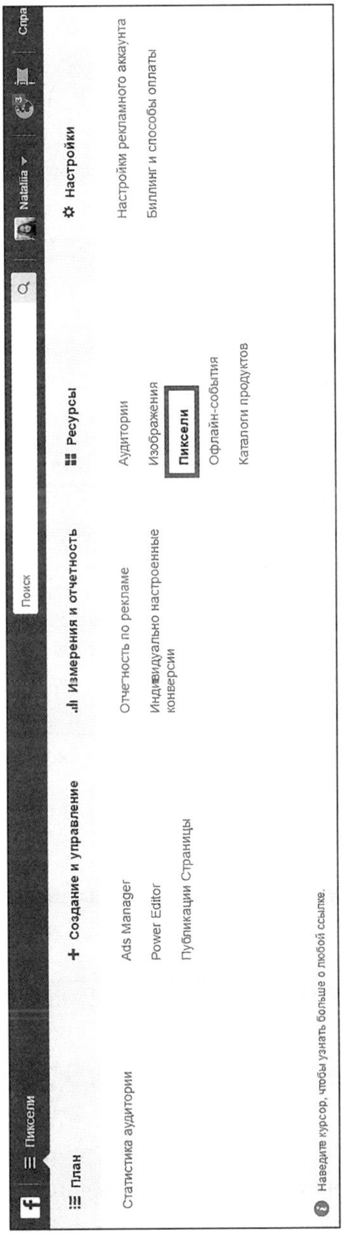

Пиксели
Поиск
Nataliia
План
Создание и управление
Измерения и отчетность
Ресурсы
Настройки
Статистика аудитории
Ads Manager
Power Editor
Публикации Страницы
Отчетность по рекламе
Индивидуально настроенные конверсии
Аудитории
Изображения
Пиксели
Офлайн-события
Каталоги продуктов
Настройки рекламного аккаунта
Биллинг и способы оплаты
Наведите курсор, чтобы узнать больше о любой ссылке.

Рис. 1.20

С помощью этого же приложения можно проверить наличие и корректность работы пикселя не только на своих, но и на чужих сайтах (скажем, ваших клиентов или конкурентов).

Как только вы убедитесь, что пиксель установлен и работает так, как должен, вы можете создать для него «конверсию» (то есть событие на посадочной странице, которое система будет расценивать в качестве «желательного» и для которого будет оптимизироваться рекламная активность). Для этого нужно нажать кнопку «Создать конверсию»/«Стандартные события» и выбрать из девяти стандартных событий (фрагмент кода события снова будет нужно отправить программисту или установить самостоятельно, в зависимости от «толщины» вашей компетенции) (рис. 1.21).

Второй вариант «заточить» ваш пиксель под получение конкретно конверсий — это указание URL (так называемые индивидуально настраиваемые конверсии). После нажатия одноименной кнопки вы увидите такое же окно, как на рис. 1.22.

Совсем уж в подробности вдаваться не стану — уверен, чем отличается «адрес равен» от «адрес содержит», вы разберетесь и без меня. Скажу лишь, что URL-адрес обычно используют для указания thankyou page (в переводе — «страница благодарности», на которую можно попасть, только совершив целевое действие (например, оставив заявку), и которая содержит уникальный URL). Пиксель в данном случае обобщает данные о «конвертнувшихся» пользователях и пытается помочь нам получать похожие конверсии как можно чаще и как можно дешевле. С учетом того, что у Facebook есть Learning Machine (система действительно анализирует огромное количество данных и учится), работает это великолепно. Когда вы слышите кейсы о десятках тысяч лидов за пару месяцев, скорее всего, это правда, которая была реализована с помощью микроконверсий пикселя Facebook. Пользуйтесь обязательно!

Ну и пипетка дегтя: несмотря на то что пиксель Facebook, безусловно, прекрасная штука и многие специалисты без отслеживания конверсий вообще за клиентские проекты не

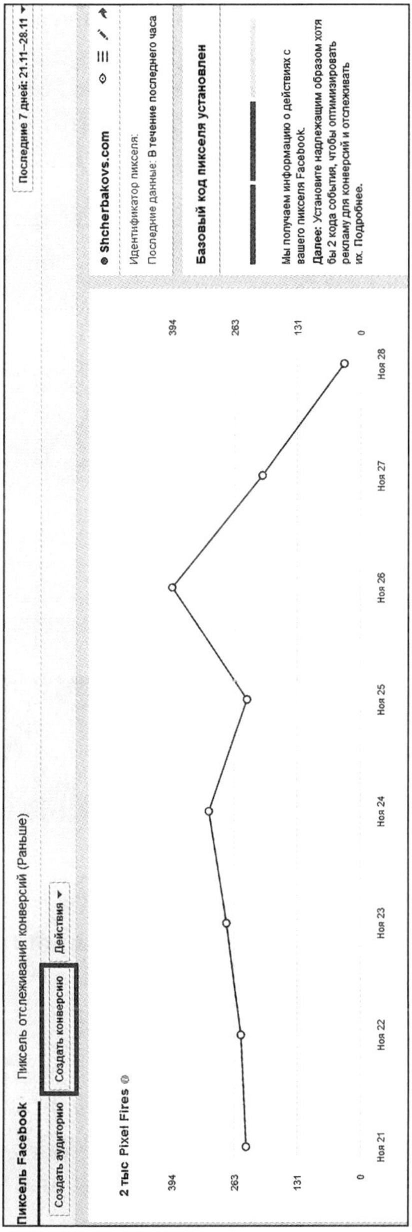
Пиксель Facebook
Пиксель отслеживания конверсий (Раньше)
Последние 7 дней: 21.11–28.11
Создать аудиторию
Создать конверсию
Действия
2 тыс Pixel Fires
394
263
131
0
Ноя 21
Ноя 22
Ноя 23
Ноя 24
Ноя 25
Ноя 26
Ноя 27
Ноя 28
Shcherbakovs.com
Идентификатор пикселя:
Последние данные: В течение последнего часа
Базовый код пикселя установлен
Мы получаем информацию о действиях с вашего пикселя Facebook.
Далее: Установите надлежащим образом хотя бы 2 кода события, чтобы оптимизировать рекламу для конверсий и отслеживать их. Подробнее.

Рис. 1.21

берутся, он все же «глючит» (например, конверсия уровня lead часто выдает в кабинете такие цифры, что, если бы они были правдой, я бы давно стал долларовым мультимиллионером; надеюсь, пока книга выйдет из печати, этот обидный факт устареет и станет неактуален, и я не про мультимиллионера).

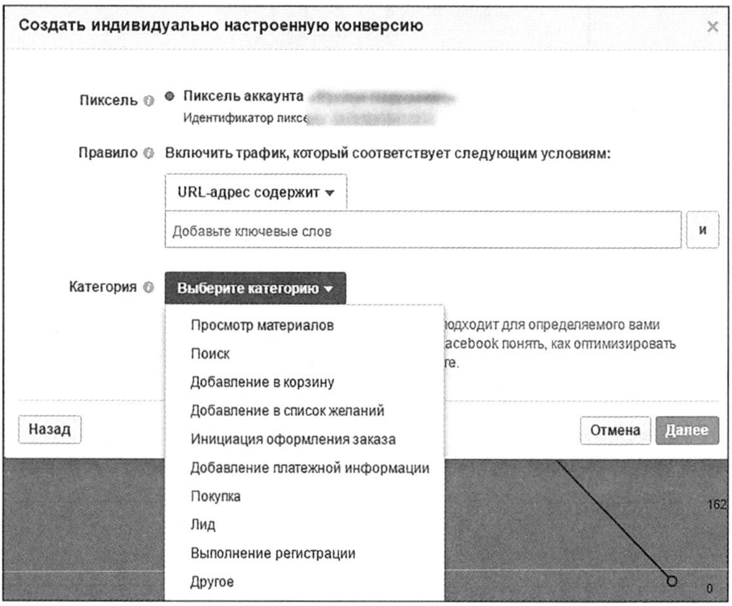

Рис. 1.22

И еще, в случае с Facebook очень важно помнить о правиле: в одном рекламном кабинете может стоять только один работающий пиксель.

«ВКонтакте»

Войдите в рекламный кабинет в сети «ВКонтакте», найдите кнопку меню под названием «Ретаргетинг» и нажмите ее (рис. 1.23).

Система предложит вам «Создать пиксель» или «Загрузить аудиторию»; выбирайте первое (второе нам понадобится во время настройки рекламы, когда мы будем работать со спарсенными аудиториями).

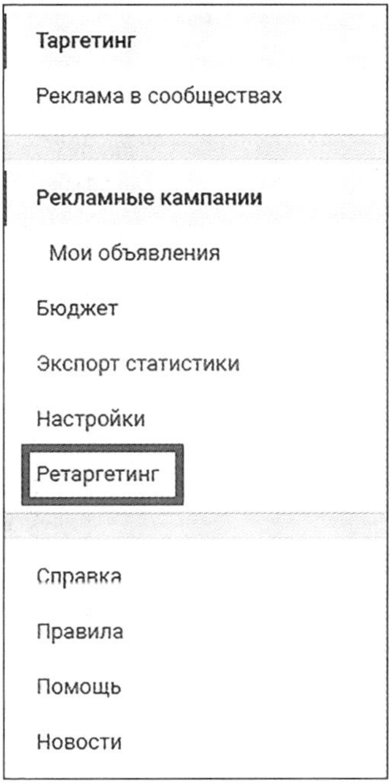

Рис. 1.23

Заполните все необходимые поля, сгенерируйте код и поступите с ним так же, как поступили с кодом Facebook (в идеале просто отдайте программисту); дождитесь, пока «ВКонтакте» его включит и начнет собирать данные.

Пиксель в сети «ВКонтакте» также умеет отслеживать индивидуальные конверсии (а не просто запоминать весь трафик, который дошел до сайта); для этого вам понадобится создание аудиторий (рис. 1.24).

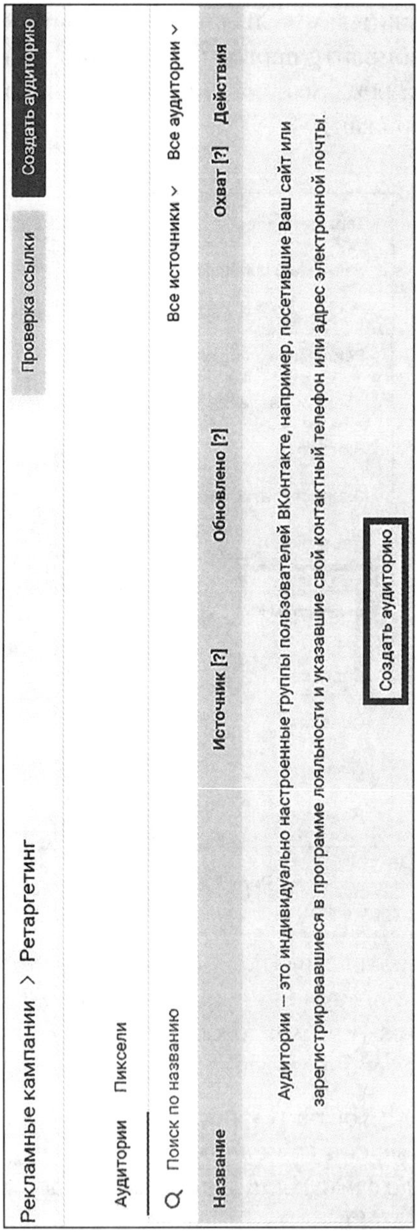
Рекламные кампании > Ретаргетинг
Проверка ссылки
Создать аудиторию
Аудитории
Пиксели
Поиск по названию
Все источники
Все аудитории
Название
Источник [?]
Обновлено [?]
Охват [?]
Действия
Аудитории — это индивидуально настроенные группы пользователей ВКонтакте, например, посетившие Ваш сайт или
зарегистрировавшиеся в программе лояльности и указавшие свой контактный телефон или адрес электронной почты.
Создать аудиторию

Рис. 1.24

Здесь с помощью указания URL страницы (по аналогии с Facebook) вы можете добавить событие, которое хотите отслеживать.

«Одноклассники»

Зайдите на сайт top.mail.ru, выберите «Зарегистрировать сайт» и введите данные о сайте, на который хотите поставить код (рис. 1.25).

Обратите внимание, что «Открытая статистика» означает доступность информации о количестве посетителей всем и каждому, а «Участие в рейтинге» дает дополнительный целевой трафик из «Рейтинг@Mail.Ru», но при этом позволяет конкурентам делать «об вас» бенчмаркинг — то есть сравнивать себя с вами, равно как и наоборот.

После регистрации сайта в системе вашему счетчику присвоят уникальный ID и дадут ссылку на страницу с фрагментом кода (вы уже знаете, что нужно делать: перейдите по ссылке, скопируйте код и вставьте его между тегами head на сайте; логотип Mail.Ru вставлять совершенно не обязательно).

Как только код будет установлен, скопируйте ID (он, как правило, семизначный), перейдите на сайт target.my.com — зайдите в «Аудитории»/«Счетчики Top@Mail.Ru» и отправьте запрос на добавление в специальном поле (рис. 1.26).

Если все выполнено корректно и у Mail.Ru не возникнет вопросов к самому сайту — вас можно поздравить. Код начнет работать, а ретаргетинг — вызревать.

Что касается целей на посадочной странице Top Mail тоже умеет их отслеживать и собирать по ним данные. Чтобы в этом разобраться подробнее, лучше всего прочесть инструкцию на «Рейтинг@Mail.Ru» в разделе «Настройки счетчика» (рис. 1.27).

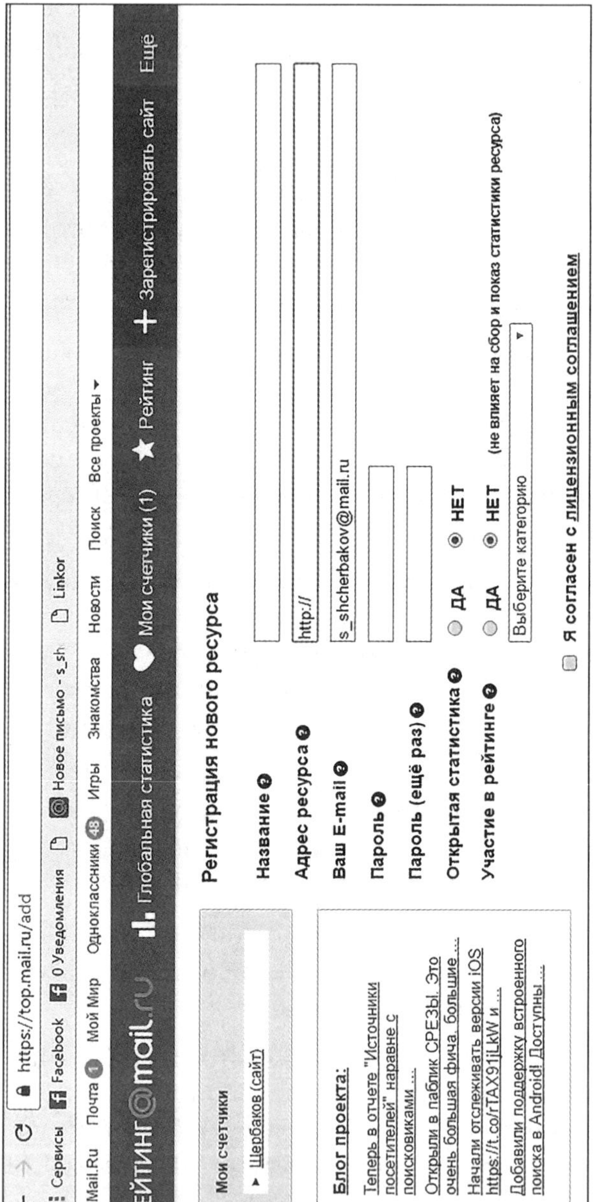

https://top.mail.ru/add
Сервисы
Facebook
0 Уведомления
Новое письмо - s_sh
Linkor
Mail.Ru
Почта
Мой Мир
Одноклассники
Игры
Знакомства
Новости
Поиск
Все проекты
РЕЙТИНГ@mail.ru
Глобальная статистика
Мои счетчики (1)
Рейтинг
Зарегистрировать сайт
Ещё
Мои счетчики
Щербаков (сайт)
Блог проекта:
Теперь в отчете "Источники посетителей" наравне с поисковиками ...
Открыли в паблик СРЕЗЫ. Это очень большая фича, большие ...
Начали отслеживать версии iOS https://t.co/rTAX91jLkW и ...
Добавили поддержку встроенного поиска в Android! Доступны ...
Регистрация нового ресурса
Название
Адрес ресурса
http://
Ваш E-mail
s_shcherbakov@mail.ru
Пароль
Пароль (ещё раз)
Открытая статистика
ДА
НЕТ
Участие в рейтинге
ДА
НЕТ
(не влияет на сбор и показ статистики ресурса)
Выберите категорию
Я согласен с лицензионным соглашением

Рис. 1.25

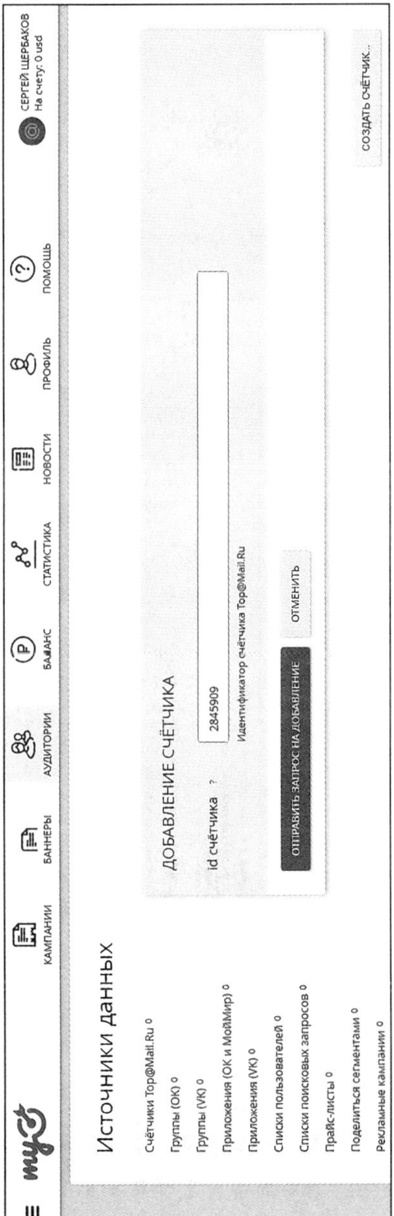
КАМПАНИИ
БАННЕРЫ
АУДИТОРИИ
БАЛАНС
СТАТИСТИКА
НОВОСТИ
ПРОФИЛЬ
ПОМОЩЬ
СЕРГЕЙ ЩЕРБАКОВ
На счету: 0 usd
Источники данных
Счётчики Top@Mail.Ru 0
Группы (ОК) 0
Группы (VK) 0
Приложения (ОК и МойМир) 0
Приложения (VK) 0
Списки пользователей 0
Списки поисковых запросов 0
Прайс-листы 0
Поделиться сегментами 0
Рекламные кампании 0
ДОБАВЛЕНИЕ СЧЁТЧИКА
id счётчика
2845909
Идентификатор счётчика Top@Mail.Ru
ОТПРАВИТЬ ЗАПРОС НА ДОБАВЛЕНИЕ
ОТМЕНИТЬ
СОЗДАТЬ СЧЁТЧИК...

Рис. 1.26

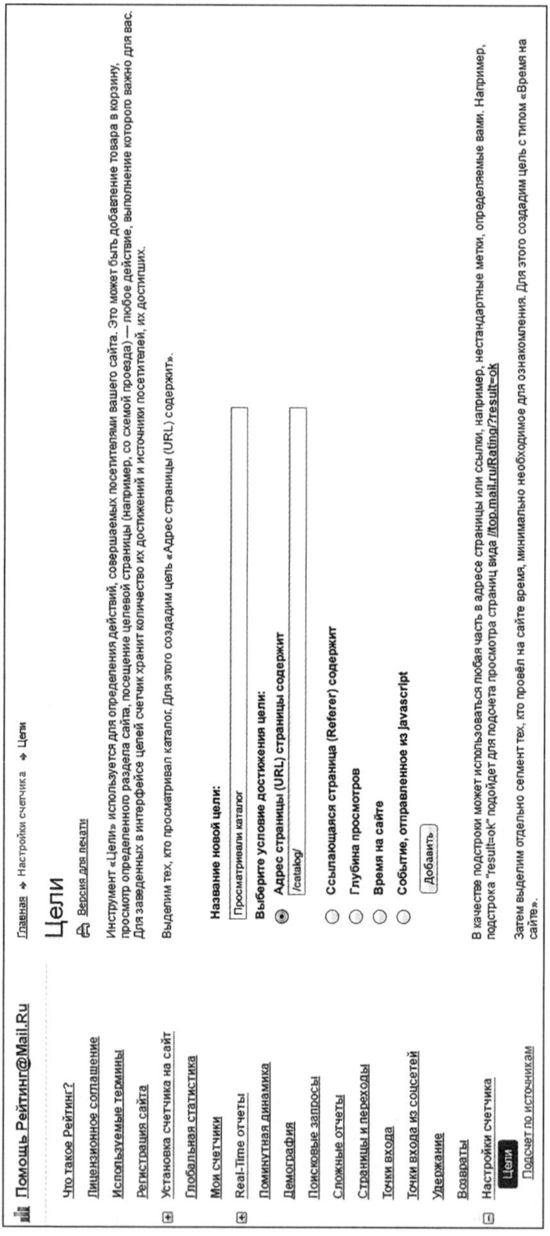
Помощь Рейтинг@Mail.Ru
Что такое Рейтинг?
Лицензионное соглашение
Используемые термины
Регистрация сайта
Установка счетчика на сайт
Глобальная статистика
Мои счетчики
Real-Time отчеты
Поминутная динамика
Демография
Поисковые запросы
Сложные отчеты
Страницы и переходы
Точки входа
Точки входа из соцсетей
Удержание
Возвраты
Настройки счетчика
Цели
Подсчет по источникам
Главная → Настройки счетчика → Цели
Цели
Версия для печати
Инструмент «Цели» используется для определения действий, совершаемых посетителями вашего сайта. Это может быть добавление товара в корзину, просмотр определенного раздела сайта, посещение целевой страницы (например, со схемой проезда) — любое действие, выполнение которого важно для вас. Для заведенных в интерфейсе целей счетчик хранит количество их достижений и источники посетителей, их достигших.
Выделим тех, кто просматривал каталог. Для этого создадим цель «Адрес страницы (URL) содержит».
Название новой цели:
Просматривали каталог
Выберите условие достижения цели:
Адрес страницы (URL) страницы содержит
/catalog/
Ссылающаяся страница (Referer) содержит
Глубина просмотров
Время на сайте
Событие, отправленное из Javascript
Добавить
В качестве подстроки может использоваться любая часть в адресе страницы или ссылки, например, нестандартные метки, определяемые вами. Например, подстрока "result=ok" подойдет для подсчета просмотра страниц вида //top.mail.ru/Rating/?result=ok
Затем выделим отдельно сегмент тех, кто провёл на сайте время, минимально необходимое для ознакомления. Для этого создадим цель с типом «Время на сайте».

Рис. 1.27

Задание для самостоятельной проработки № 6: *создайте коды ретаргетинга для всех социальных сетей, в которых планируете работать. Установите их на свой сайт и проверьте корректность сбора информации, в том числе для отдельных целей, которые отслеживает пиксель.*

Прежде чем сказать «да» — заполните бриф

Поясню для тех, кто купил эту книгу для того, чтобы работать не с клиентскими проектами, а со своими: бриф — это документ, который регламентирует отношения между контрагентами в рамках обсуждаемого проекта. Обычно исполнитель просит заказчика заполнить бриф, чтобы получить всю необходимую для работы информацию сразу и не переспрашивать по десять раз.

Так вот, даже если вы сами себе и клиент и исполнитель, бриф все равно лучше заполнить — для систематизации. Тем более что я прямо сейчас покажу вам свой рабочий вариант (публикую полностью в том виде, в котором использую с клиентами, ничего не убавляя и не добавляя).

Бриф для таргетированной рекламы

Опишите цель рекламы максимально конкретно (максимум три слова)	
Опишите продукт (или категорию продуктов), который будет тестироваться; можно ссылкой на сайт или продающую страницу	
Опишите целевую аудиторию (максимально подробно — не только гендерную принадлежность и возраст, но и типичные интересы, страхи, авторитеты и т. п.). Кто те люди, которые приносят больше всего денег (покупают чаще всего)? Чем больше информации, тем лучше (особенно если ее можно подкрепить данными)	

Опишите особенности и уникальные характеристики самого продукта (желательно на «языке клиентских выгод»). Например: клавиатура с подсветкой (характеристика); для клиента это значит, что можно работать даже в темноте (клиентская выгода)	
Скажите, почему клиент должен купить его именно у вас и именно сейчас? Что выделяет товар или связанный с ним сервис на фоне конкурентов (скидки, акции, гарантии, особенности доставки, чрезвычайно внимательный персонал, ограниченное количество самого товара, что-нибудь еще)?	
Опишите основных конкурентов (особенно в той товарной категории, о которой идет речь)	
Какие акции, запуски, активности для этой товарной категории вы уже делали ранее? Какой результат получили (в цифрах)? Дайте ссылки, кейсы, «принтскрины» — все, что есть	
Предоставьте графические материалы по продукту (фото продукта, фото процесса производства, фото людей с продуктом, тематические картинки, рисунки, мемы и т. п.)	
Перешлите по адресу ____________________ или «залейте» на файлообменник и вставьте сюда ссылку	
Предоставьте бренд-бук или гайдлайн (если они есть)	
Уточните, кто занимается дизайном проекта — вы или мы? (Рекомендовано — мы.) Есть ли специальные пожелания по дизайну?	

Важно: • подготовка дизайна вашими усилиями — бесплатно (главное, чтобы вы укладывались в сроки); • подготовка дизайна непосредственно настройщиками рекламы (картинки из поиска, разрешенные для использования, бесплатных файлостоков и личных источников) — стоимость 0; • подготовка дизайна нашим дизайнером — стоимость $*N* каждая картинка. P. S. Каждая вторая и последующие правки — дополнительно $*N*	
Какой бюджет вы готовы расходовать на таргетированную рекламу в месяц? Какой должна быть цена целевого действия (лида, полученной заявки, клика, взаимодействия), чтобы для вас это оставалось рентабельным вложением?	
Посоветуйте книгу или журнал, который максимально полно рассказывает о вашем товаре или специфике деятельности. Дайте ссылки на наиболее важные отраслевые статьи, блоги, специалистов	
Назовите стоп-слова, которые нельзя упоминать в рекламных объявлениях	
Запускали ли вы любую другую рекламу (не таргетированную) раньше на этот продукт? Какова была стоимость заявки? Можно ли получить доступ к результатам кампании?	
Неучтенная информация (то, о чем не было вопросов выше, но, на ваш взгляд, важно)	

Таргетолог, который начинает работу без заполненного брифа, похож на стоматолога, который лезет в рот к пациенту, не простерилизовав инструменты. А свой рот — он ведь еще роднее, правда?

Задание для самостоятельной проработки № 7: *заполните бриф или проконтролируйте, чтобы его заполнил ваш клиент. Чем подробнее он будет заполнен, тем больше раз вы скажете мне спасибо по мере ведения проекта. Проверьте.*

Обратный отсчет перед выходом в открытый космос. 10, 9, 8...

7. Разберитесь со своим оффером — выберите его, усильте, еще немного усильте и еще немного... До тех пор пока он не станет killing.

6. Изучите свою целевую аудиторию даже не до кончиков ногтей, а до остатков лака на них. Даже не до тончайших волосков, а до перхоти. Изучите их сленг, факторы, влияющие на принятие решения о покупке, на основании чьего авторитета они меняют свои решения... А затем сегментируйте их с точки зрения общих признаков.

5. Выберите все каналы, которые считаете пригодными для тестирования. Проверьте наличие в них целевой аудитории (с помощью рекламного кабинета и/или парсеров). Выберите, в какую социальную сеть пойдете в первую очередь.

4. Подготовьте посадочную страницу. Установите на нее все необходимое («Яндекс.Метрику», Google Analytics, цели). Прокликайте все имеющиеся кнопки и перепроверьте, насколько бесперебойно работает офлайн-часть вашей рекламы. Поинтересуйтесь статистикой — будет с чем сравнивать данные, полученные из таргетинга.

3. Создайте рекламные кабинеты во всех необходимых социальных сетях. Передайте доступ к ним вовлеченным

сотрудникам, партнерам, коллегам... Подключите способы оплаты или внесите рекламный бюджет.

2. Установите на сайт/блог/посадочную/интернет-магазин пиксели (коды ретаргетинга) из всех социальных сетей, в которых планируете работать. Перепроверьте и убедитесь, что работают они нормально — данные собираются.

1. Заполните бриф настолько точно и подробно, как если бы составляли брачный контракт.

Пуск!

Что еще нужно знать о таргетинге до запуска

Если коротко: чем товар сложнее (дороже, технически изощреннее, непонятнее...), тем больше растянут во времени процесс принятия решения о покупке. А значит, тем меньше вероятность, что вам удастся продавать его «в лоб». Например, средняя длительность принятия решения о покупке недвижимости — 4–5 месяцев. И какой бы гениальной ни была ваша реклама, если она работает в модели одного шага (реклама → покупка), скорее всего, она не работает.

Поэтому отметьте себе на полях... В социальных сетях хорошо продаются товары импульсного спроса и товары «простые» (те, которые стоят не дороже 20–30 % среднемесячной зарплаты, технически понятны и нужны уже сейчас). «В среднем по больнице» речь может идти от 2000 до 5000 рублей за чек, но не воспринимайте эти цифры буквально — от региона к региону и от товара к товару все может сильно различаться.

Те продукты, которые дороже (или «сложнее») этого порога, тоже продаются, но только с помощью двухшаговой модели (реклама → «прокладка» → покупка). «Прокладкой» может выступать сообщество по интересам, сбор контактов и последующая работа по ним, вытаскивание аудитории на живые встречи (офлайн)... Обо всем этом мы тоже поговорим подробнее в главе 8.

Холодное или горячее?

Еще один нюанс, который стоит выбить гранитными буквами у себя в подкорке, заключается в том, что таргетинг, в отличие от контекста, — это реклама «холодная». То есть, когда пользователь ищет что-то в поисковике, он сам выступает инициатором процесса, сам хочет, чтобы ему продали. Говоря современным языком, это inbound-marketing. А вот таргетированная реклама — это outbound-marketing, потому что инициатива исходит от продавца.

Таким образом, сравнивать одно с другим по меньшей мере странно. Это принципиально разные инструменты, которые работают на разных этапах принятия решения о покупке. Разумеется, во время настройки таргетинга мы тоже будем стараться всеми правдами и неправдами «утеплить» свою аудиторию, но ложные иллюзии о том, что таргетинг может продать все и всем, лучше оставить на берегу.

Глава 2
Таргетированная реклама. Пошаговая настройка

Прямо здесь и сейчас я проведу вас по рекламному кабинету и прокомментирую самые актуальные нюансы. В идеале вам стоит не только рассматривать рисунки, но и параллельно открыть рекламный кабинет у себя на компьютере и двигаться за мной след в след, пробуя настройки на практике, чтобы процесс остался в вашей мышечной памяти.

Реклама в Facebook

Не забывайте, что принтскрины могут отличаться от того, что вы видите на своем экране. Facebook развивается, вводит новые функции, поэтому важнее уловить логику и понять принципиально важные вещи, нежели нащупать «фишки», которые всегда преходящи.

Итак, после нажатия кнопки «Создать рекламу» вы видите перед собой картину как на рис. 2.1.

Это форматы рекламы в Facebook и Instagram. По сути они являются еще и оптимизационными стратегиями, то есть каждый формат предполагает свой тип желательных целевых действий (для «Продвижения поста» — это вовлечение, для «Трафика» — клики и т. п.), и система будет максимально помогать вам получать именно эти целевые действия.

Форматы, как и другие элементы рекламы, нужно скрупулезно тестировать (подробнее об этом мы поговорим в главе 4).

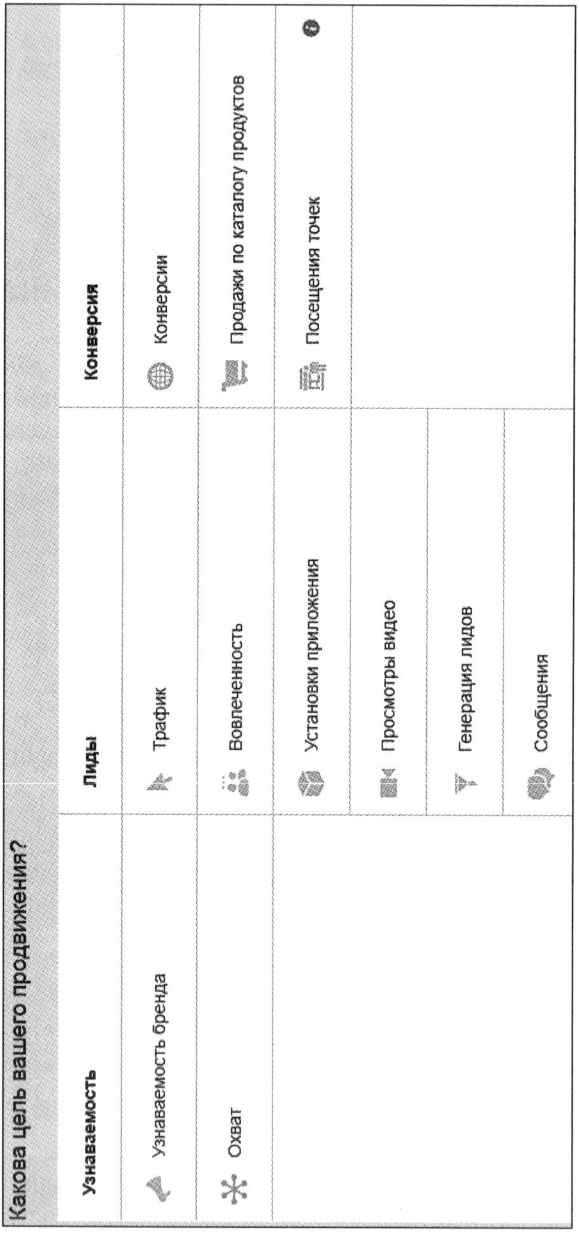
Какова цель вашего продвижения?
Узнаваемость
Узнаваемость бренда
Охват
Лиды
Трафик
Вовлеченность
Установки приложения
Просмотры видео
Генерация лидов
Сообщения
Конверсия
Конверсии
Продажи по каталогу продуктов
Посещения точек

Рис. 2.1

А пока давайте я кратко прокомментирую каждый формат — какую задачу каждый из них решает и когда его стоит использовать.

«Узнаваемость бренда». Facebook говорит, что это оптимизационная стратегия, которая позволяет показывать рекламу (попадать в охваты) максимально заинтересованным людям. Обратите внимание, что «узнаваемость» не равна кликам и уж тем более покупкам. Для коммерческих целей малого-среднего бизнеса это практически неиспользуемая цель.

«Охват». У этой стратегии в числителе — попадание в охваты максимальному количеству людей («Узнаваемость» — заинтересованным людям, «Охват» — всем). Но в знаменателе мы снова говорим о том, что встретиться глазами — не значит связать судьбы. Если вы Coca-Cola, у вас многотысячный бюджет (в долларах) и новый продукт, о котором нужно рассказать, — может быть, и стоит ввязываться. Если же нет — движемся дальше.

«Трафик». Он же в недавнем прошлом «Клики на сайт». Пару лет назад это был основной формат для получения лидов с лендингов. Сейчас слегка уступил пальму первенства «Продвижению постов» и «Конверсиям», но в структуре тестов должен быть обязательно. Позволяет отправлять людей не только на внешние ресурсы, но и на приложения или в мессенджер.

«Вовлеченность». В этой категории вы можете получать три типа действий с помощью рекламы: промотировать посты, получать отметки «Нравится» для страницы и получать подписки на свои «мероприятия» Facebook. Пара слов о каждом формате.

Вовлеченность для публикации. Крайне важный формат, использовать обязательно. Очень важен по двум причинам: во-первых, потому, что позволяет использовать неограниченно большое количество текста, во-вторых, потому, что органический охват публикаций редко превышает 20 % (подробнее о работе алгоритма Facebook читайте в моей книге «Партизанский маркетинг в социальных сетях»[1]).

Отметки «Нравится» страницы. Формат «заточен» на привлечение подписчиков на ваши Facebook-страницы. Поэтому, если ваша задача не продажи (точнее, не лиды), а конкретно подписчики, без него не обойтись.

Ответы на приглашения. По сути, это аналог получения отметок «Нравится», только для мероприятий. Использовать стоит, если вы действительно понимаете всю механику процесса продаж с помощью мероприятий (готовы их вести с точки зрения контента на протяжении всей рекламной кампании). Если нет — офлайновые мероприятия (концерты, встречи, турпоездки) лучше продавать без участия этого формата.

«Установки приложения». Думаю, здесь все очевидно. Если приложение у вас есть — использовать. А если нет...

«Просмотры видео». Опять же все очевидно. Обратите внимание, что этот конкретный формат рекламы «заточен» на получение *просмотров.* Хотя сам видеоролик вы можете вставить практически в любой другой формат (трафик, генерация лидов, продвижение поста...). Разница в том, что здесь реклама будет оптимизироваться для получения просмотров, а в остальных случаях — соответственно цели.

«Генерация лидов». Разумеется, если перед вами стоят прозаические коммерческие цели продаж — использовать обязательно. Позволяет получать контактные данные целевой аудитории без вытягивания ее на внешние ресурсы типа сайтов и интернет-магазинов. Но надо морально готовиться к тому, что 4–7 человек из десяти здесь окажутся нецелевыми, не готовыми к диалогу, слабо мотивированными.

«Сообщения». Помогает начинать диалог в мессенджере с заинтересованными пользователями. Отлично подходит для увода

---

[1] *Щербаков С.* Партизанский маркетинг в социальных сетях. Инструкция по эксплуатации SMM-менеджера. — СПб.: Питер, 2017.

коммуникаций в службу поддержки компании или для допродажи сомневающимся. Если вы готовы общаться — включите эту цель в свою структуру тестирования.

«Конверсии». По сути — тот же «Трафик». Но при условии, что вы корректно установили пиксель Facebook с отслеживанием конверсий, оптимизационная стратегия рекламы будет «заточена» на тех людей, которые максимально склонны не просто кликнуть на рекламе, но и совершать конверсии на внешних сайтах. Экстремально удешевляет и ускоряет процесс получения лидов. Хотя бы попробовать стоит обязательно.

«Продажи по каталогу продуктов». Это динамический ретаргетинг от Facebook. Использовать стоит, если у вас действительно так много продуктов, что они требуют каталогизации (например, вы владеете интернет-магазином). Необходимо непосредственное участие программистов. Такая реклама, будучи настроенной один раз, ротируется на нужные сегменты целевой аудитории с теми изображениями и текстами, которые подходят под ситуацию, автоматически подгружает обновления по ценам, наличию из карточек товара и т. д.

«Посещения точек». Из названия ясно, что реклама помогает привлекать людей в конкретные места офлайн: кафе, рестораны, парикмахерские, магазины и т. п. (обсуждали чуть выше). Требует верификации от Facebook (то есть чтобы модерация позволила вам «создать точку»). Опыта пока накопили мало, но в будущее формата я верю.

Как видите, очень даже есть из чего выбирать. Я покажу вам настройку на примере формата «Трафик» (не потому, что он лучший, а потому, что он самый интуитивно понятный). Остальные либо изучайте сами на практике, либо приходите на специализированные ивенты. Кое-что в формате скринкастов есть у меня на YouTube-канале. Но помните: один запуск никогда ничего не решает. Форматы рекламы тоже надо тестировать.

Итак, после того как вы выбрали «Трафик», назовите кампанию так, чтобы потом сами в кабинете могли ее опознать (по умолчанию они ранжируются не хронологически) (рис. 2.2).

Выберите, куда будет перенаправляться трафик (интуитивно понятно). А затем обратите внимание на блок «Предложение». Если вы выполнили рекомендацию по докрутке оффера, это может оказаться отличным инструментом (особенно если его еще и по времени/количеству ограничить). Все тонкости — по ссылке «Подробнее» (рис. 2.3).

1. Если вы уже настраивали рекламу раньше и сохранили аудиторию, с которой работали, выберите ее здесь и больше ничего не трогайте — сразу переходите к настройке плейсмента, бюджета и тизерной части объявления. Разумеется, для этого сохраненная аудитория должна подходить целям нынешнего запуска.

2. В блоке «Индивидуально настроенная аудитория» вы можете загрузить:

   - аудиторию пикселя;
   - аудиторию lookalike;
   - аудиторию, загруженную базой (e-mail, телефонов, действий в приложениях).

   Опять же, если такие аудитории у вас есть и они подходят целям нынешнего запуска, выбирайте и больше ничего не трогайте.

3. В «Местах», по сути, вы выбираете географию ваших показов. И вот здесь начинается интересное. Запоминайте принципиально важную мысль: не стоит палить ядерными ракетами по комарам. Предположим, вам нужно продвинуть концерт или тренинг, который пройдет в Киеве (получить на него заявки). Понятно, что придут на него в первую очередь киевляне (а по опыту я вам еще скажу, что эта «очередь» будет составлять примерно 90 %

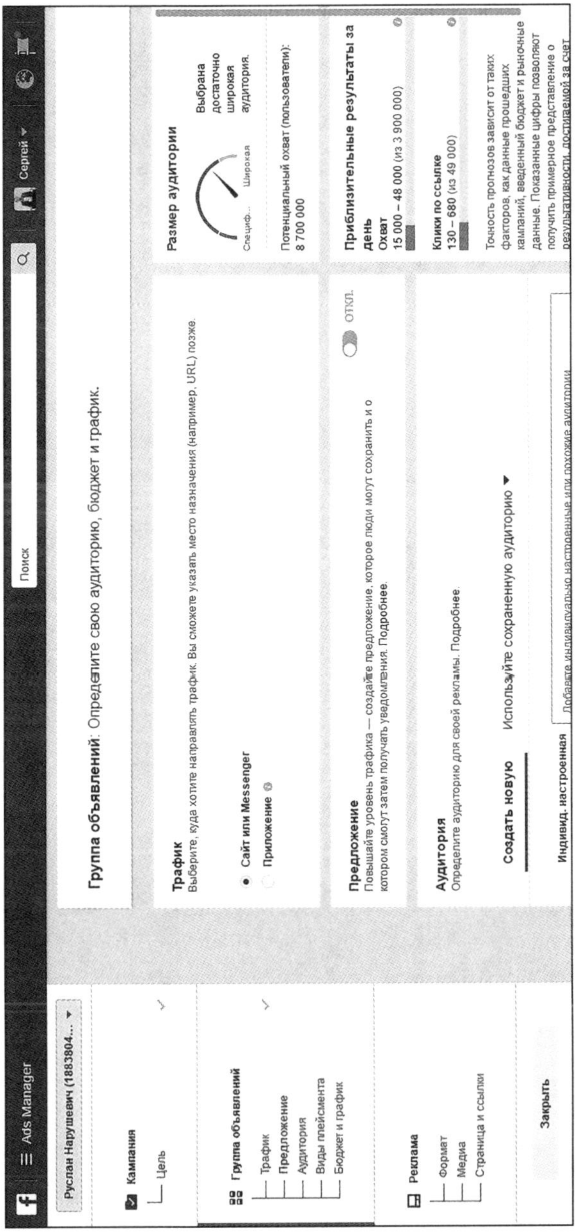
Ads Manager
Поиск
Сергей
Руслан Нарушевич (1883804...
Кампания
Цель
Группа объявлений
Трафик
Предложение
Аудитория
Виды плейсмента
Бюджет и график
Реклама
Формат
Медиа
Страница и ссылки
Закрыть
Группа объявлений: Определите свою аудиторию, бюджет и график.
Трафик
Выберите, куда хотите направлять трафик. Вы сможете указать место назначения (например, URL) позже.
Сайт или Messenger
Приложение
Предложение
Повышайте уровень трафика — создайте предложение, которое люди могут сохранить и о котором смогут затем получать уведомления. Подробнее.
ОТКЛ.
Аудитория
Определите аудиторию для своей рекламы. Подробнее.
Создать новую
Используйте сохраненную аудиторию
Индивид. настроенная
Размер аудитории
Специф...
Широкая
Выбрана достаточно широкая аудитория.
Потенциальный охват (пользователи): 8 700 000
Приблизительные результаты за день
Охват
15 000 – 48 000 (из 3 900 000)
Клики по ссылке
130 – 680 (из 49 000)
Точность прогнозов зависит от таких факторов, как данные прошедших кампаний, введенный бюджет и рыночные данные. Показанные цифры позволяют получить примерное представление о

Рис. 2.2

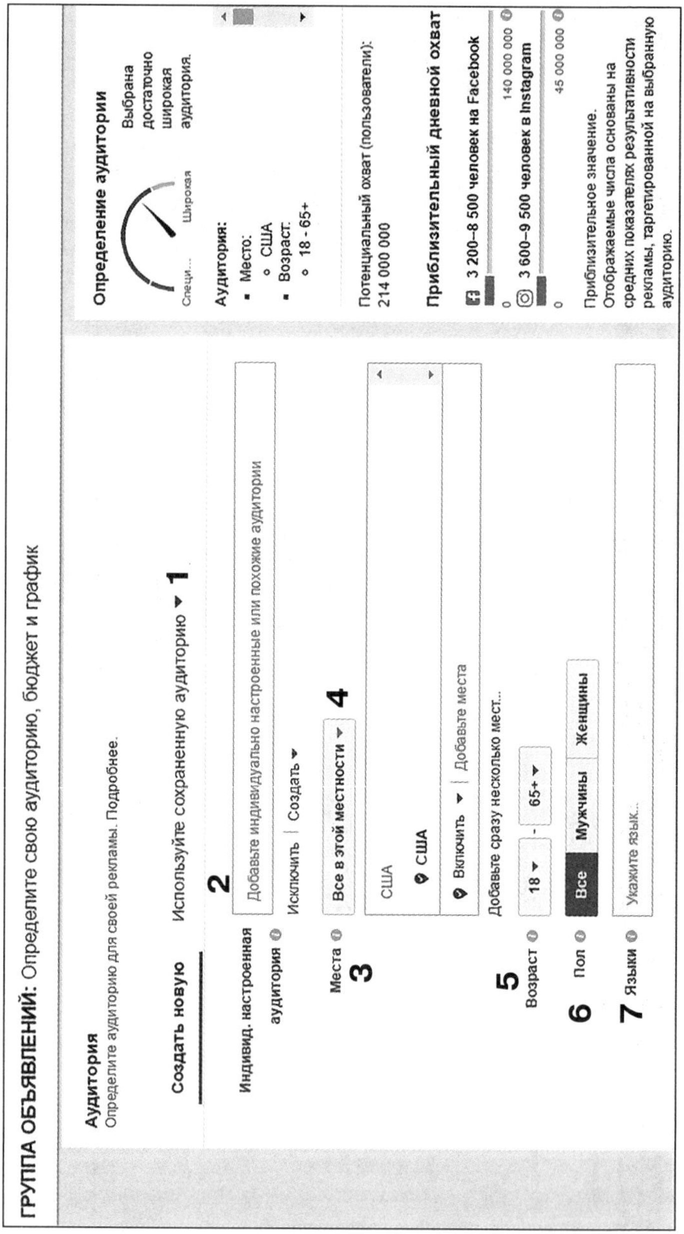
ГРУППА ОБЪЯВЛЕНИЙ: Определите свою аудиторию, бюджет и график
Аудитория
Определите аудиторию для своей рекламы. Подробнее.
Создать новую
Используйте сохраненную аудиторию
1
2
Индивид. настроенная аудитория
Добавьте индивидуально настроенные или похожие аудитории
Исключить
Создать
Места
3
Все в этой местности
4
США
США
Включить
Добавьте места
Добавьте сразу несколько мест...
5
Возраст
18
65+
6
Пол
Все
Мужчины
Женщины
7
Языки
Укажите язык...
Определение аудитории
Специ...
Широкая
Выбрана достаточно широкая аудитория.
Аудитория:
Место:
США
Возраст:
18 - 65+
Потенциальный охват (пользователи): 214 000 000
Приблизительный дневной охват
3 200–8 500 человек на Facebook
0
140 000 000
3 600–9 500 человек в Instagram
0
45 000 000
Приблизительное значение. Отображаемые числа основаны на средних показателях результативности рекламы, таргетированной на выбранную аудиторию.

Рис. 2.3

всех продаж через таргет). Поэтому не надо настраиваться по всей Украине — работайте сегментами от наиболее вероятного к наименее вероятному:

- отдельно настройка на Киев и пригород;
- отдельно — на области, близлежащие к Киевской;
- отдельно — на украинские миллионники и просто большие города (Днепр, Харьков, Одесса, Львов...);
- все остальное.

Разумеется, эту рекомендацию стоит разделить на здравый смысл. Потому что в зависимости от личностных характеристик можно эффективно настраиваться и одновременно на несколько стран (например, если у вас онлайн-мероприятие и вы выбираете «всех, кто часто тратит деньги», вполне логично сразу отрабатывать Украину, Россию, Беларусь и Казахстан, чтобы увеличить потенциальный охват вашей рекламы).

Все индивидуально, но принцип прост — чем конкретнее и индивидуализированнее вы обращаетесь к своей целевой аудитории, тем выше вероятность позитивного отклика.

Обратите внимание на то, что вы можете настроиться на конкретное место на карте — станцию метро, жилой массив, квартал, детский сад, супермаркет, что угодно еще (за исключением правительственных зданий и стратегических объектов — мы пробовали...).

Плюс учтите, что «места» можно не только добавлять, но и исключать. Кстати, интересная «фишка» здесь — выбрать крупный город радиусом 20–40 километров, а потом сам город поставить в исключения. Это дает возможность настроиться сугубо на тех, кто живет в пригороде (как правило, это люди со средним достатком и выше).

4. «Места» — возможность отфильтровать пользователей с точки зрения их географического поведения:

    - все в этой местности;
    - живущие в этой местности;
    - часто бывающие;
    - путешествующие.

    Это может быть крайне важным нюансом, если вы ограничены рамками конкретного места в офлайне (например, вам нужно приводить людей в ресторан) или вам нужен какой-то конкретный тип поведения (например, трафик локальных путешественников).

5. «Возраст». Вспоминайте принцип, который прозвучал парой пунктов выше. Бизнесмен в 18 лет и бизнесмен в 60 — это невообразимо разные люди. С разным опытом, ценностями, складом ума, целями... Разумеется, и разговаривать с ними нужно по-разному (показывать разные тизеры). Поэтому общие рекомендации таковы:

    - настраивайтесь на тот конкретный возраст, который является для вас целевым (желательно, чтобы это было не предположение, а эмпирические данные);
    - если вы не знаете, какой возраст для вас целевой, — дробите его на сегменты; классический вариант — по пять лет (20–25, 25–30, 30–35 и т. д.), но не принимайте на веру, отталкивайтесь от своей аудитории;
    - настраивайтесь на широкий диапазон возраста (допустим, от 20 до 55), чтобы проанализировать поведение аудитории на сайте (цели в Google Analytics или «Яндекс.Метрике» нужны в том числе для этого); то есть запустите такую рекламу и понаблюдайте, какого возраста пользователи будут конвертироваться активнее всего, а затем сделайте выводы и в новых запусках сужайте диапазон до целевого.

6. «Пол». Здесь практически нечего комментировать. Думаю, мальчиков от девочек все мы отличаем. Единственное — если нет четкой уверенности в том, кто принимает решение о покупке (например, если вы продаете кухни, платить может мужчина, а решения принимать — женщина), тестируйте обе гипотезы. Ну и в откровенно нишевых продуктах не забывайте отключать ненужные сегменты, а то попадается иногда реклама прокладок, настроенная на мужчин.

7. «Языки». Здесь есть очень важная особенность: учитывается не тот язык, который пользователь указал в качестве родного, а язык пользовательского интерфейса. То есть язык, на котором человек пользуется Facebook.

   Если вы оставляете это поле пустым, как советуют некоторые специалисты, система показывает рекламу без учета языкового критерия. Но подумайте вот о чем: при условии, что в «Местах» вы оставили «Все в этой местности», в ваши показы попадает туристический трафик, в том числе заграничный (особенно актуально для миллионников и столиц). Мораль — указывайте языки, которые вам необходимы:

   - для СНГ это, как правило, русский и украинский;
   - английский стоит использовать, если это точно характеризует вашу целевую аудиторию (например, вы настраиваетесь на программистов, чтобы показать им рекламу англоязычного курса по Java) (рис. 2.4).

8. «Детальный таргетинг». В общем-то, самая вкусная часть настроек Facebook и Instagram находится именно здесь. Система позволяет настраиваться с точки зрения четырех основных критериев:

   - демографии;
   - поведения;
   - интересов;
   - другого (забота о ногтях, фастфуд).

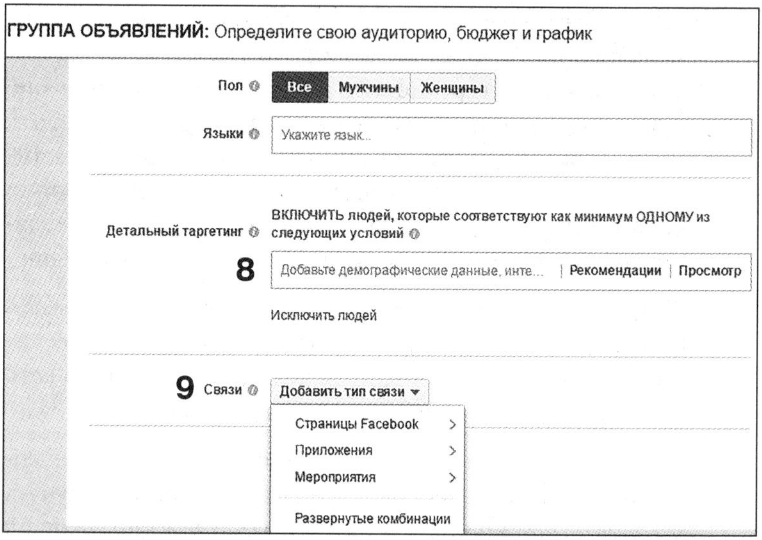

Рис. 2.4

Главное, что я могу здесь сказать, потратьте вечер (а лучше несколько), чтобы разобраться в возможностях этой настройки. Найдите критерии, подходящие конкретно под вашу тему. Кабинет Facebook совершенно прекрасен, и, если подходить к нему с умом и вариативностью, можно дотянуться практически до любой категории пользователей. Несколько принципиально важных моментов:

- не превращайте таргетинг в свалку критериев, которые кажутся вам подходящим, сегментируйте; если вы работаете с предпринимателями — отдельно настройтесь по интересу («предпринимательство», «бизнес», «стартап» и т. п.), отдельно — по поведению («малый и средний бизнес» (есть такая настройка)) и отдельно — по должностям («директор», «собственник», «владелец», «CEO» и т. п.); разумеется, как и все остальные, эту рекомендацию стоит умножить на здравый смысл и, если объем аудитории получается маленьким, настройку можно доукомплектовывать подходящими характеристиками;

- двигайтесь от наиболее очевидного к менее очевидному, но не пренебрегайте контекстом; скажем, если вы настраиваетесь на тех, кто интересуется боевыми искусствами, не ограничивайтесь только характеристикой «боевые искусства» — возьмите также «карате», «ушу», «тхеквондо» и т. д. (возможно, первое уже включило второе, но не факт);
- обращайте внимание на категорию сегментации Facebook: интерес к «путешествиям» и поведение «путешественник» — совершенно разные вещи, равно как должность «предприниматель» и интерес к «предпринимательству»; а значит, и разговаривать с такими аудиториями пользователей нужно совершенно по-разному.

Еще раз — пойдите и поиграйте с этим «конструктором» в рамках своей темы и своих продуктов. Многое из того, что, например, в сети «ВКонтакте» приходится вытаскивать руками и парсерами (родителей детей определенного возраста, допустим до одного года; или людей, собирающихся в путешествие), в Facebook уже предусмотрено самим кабинетом. Поэтому не жалейте времени: чем больше целевых вхождений в свою аудиторию вы найдете, тем выше вероятность успешного исхода кампании.

Как и с местами — отдельные категории пользователей вы можете исключать. Кроме того, вы можете создавать аудитории, в которых критерии не суммируются, а перекрещиваются (накладываются друг на друга). Разумеется, такие аудитории будут гораздо у́же и дороже, но потенциально и более отзывчивы.

9. «Связи». Здесь вы можете добавить или исключить тех пользователей, которые имеют отношение к вашим страницам, мероприятиям или приложениям. Это бывает

нужно, если, допустим, вы промотируете пост и задачей ставится покрытие новой аудитории — друзей уже существующих подписчиков. Или, наоборот, скажем, вам нужно показать рекламу только тем, кто уже подписан на одно из ваших мероприятий. Используйте.

10. «Сохранить аудиторию». Имеет смысл, если вы «заморочились» с глубиной таргетинга и навыбирали десятки критериев (например, по должностям). Чтобы каждый раз не пересоздавать аудиторию (в случае успеха тестового запуска), просто назовите ее так, чтоб сами потом поняли, что имели в виду.

11. «Плейсменты».

    Плейсмент — это место для отображения вашей рекламы (где именно она будет показана). По умолчанию он выбирается автоматически и ваша реклама попадает во все плейсменты, предусмотренные для того формата рекламы, с которым вы работаете (рис. 2.5). Но не стоит это отдавать на откуп Facebook — редактируйте вручную. Возможные варианты выглядят так.

    - Facebook (ленты — мобильная, десктопная; моментальные статьи, вставки в видео и правая колонка). Честно говоря, правая колонка давно перестала давать какой-то ощутимый эффект, но если вы ее не выключите, ничего фатального не случится — Facebook не будет тратить деньги на тот плейсмент, который не дает целевых действий. Реклама в мгновенных статьях и вставках в видео пока слишком новый пункт, чтобы о нем можно было сказать нечто определенное, кроме того, что трафика здесь мало. Тестируем.

    - Instagram. Речь идет о ленте новостей и историях (stories). И вот это едва ли не самая главная рекомендация о плейсменте в целом: если вы оставляете Facebook — выключайте Instagram. И наоборот. Почему?

Требования к размерам изображений в Facebook и Instagram различны. Это может затягивать процесс модерации, задирать ставки оплат и т. д. Кроме того, в формате «Продвижение поста», если вы используете ссылки в тексте, Instagram может ссылки не воспринимать. Для вас это значит, что лайки вы получать будете, а вот переходы на сайт или лендинг — нет. Поэтому от греха и хаоса подальше запускайтесь либо там, либо там (с поправкой на наш любимый здравый смысл — видео длительностью до одной минуты вполне можно тестировать в обоих плейсментах одновременно).

- Audience Network (сеть аудиторий). Это сеть партнерских сайтов и приложений Facebook, которые позволяют ему ротировать рекламу у себя. Что о ней стоит знать, так это то, что она революционно удешевляет трафик: отключите Audience Network — и ставка оплат вырастет в разы. Традиционный вопрос рекламодателей (вполне справедливый вопрос): конвертируется ли аудитория этого плейсмента в целевые действия? Правильный ответ: у кого как. Я видел примеры как полных провалов (чаще), так и феерических побед, когда 70 % продаж вытягивал именно этот плейсмент (реже). Поэтому, чтобы узнать наверняка и на своем примере, придется тестировать (запускать отдельную рекламу с Audience Network и отдельную — без, а потом сравнивать при прочих равных).

  Обратите внимание, что с помощью кнопки «Исключить категории для Audience Network» можно запретить показ на отдельных тематических сайтах и в приложениях.

- Messenger. Формат плейсмента, который отображается внутри окна/приложения с мессенджером. Например, в образовательных проектах, где организаторы могут себе позволить пообщаться с каждым заинтересованным, — работает отлично.

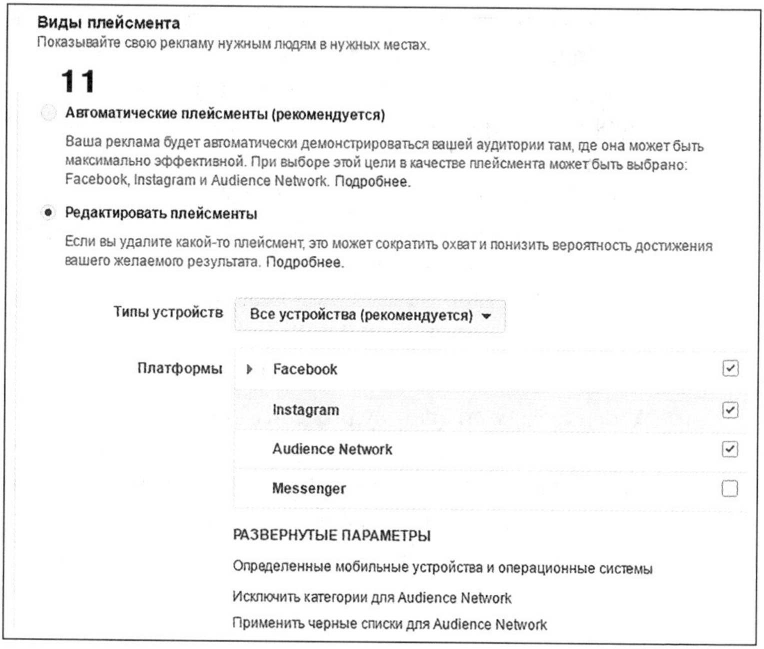

Рис. 2.5

Понимаю, что тема плейсментов не очень проста и привычна, поэтому добавляю ссылку на справку от самого Facebook. Здесь еще больше подробностей: https://www.facebook.com/business/help/274759766036201.

Бюджет и график

12. «Бюджет». Выбирать «Дневной бюджет» или «На весь срок действия» — дело ваше (рис. 2.6). Это ни на что не влияет (иногда можно услышать, что «дневной расход» выгоднее с точки зрения получаемых охватов, но я эту информацию подтвердить не могу). В своих запусках я обычно выбираю «На весь срок действия», чтобы не переживать об автоматическом отключении откруток и перерасходе денег.

Сколько тратить денег — опять же вам виднее. Для каждого формата есть свои минимальные лимиты (например, для «Продвижения постов» — это от $1 в день, для «Трафика» — от $5 и т. д.). Ниже лимита вам не даст запуститься сама система, поэтому ставьте то, что можете себе позволить для целей тестирования, и идите дальше. В условиях ограниченного бюджета я обычно работаю с $15–20 на один тестовый запуск.

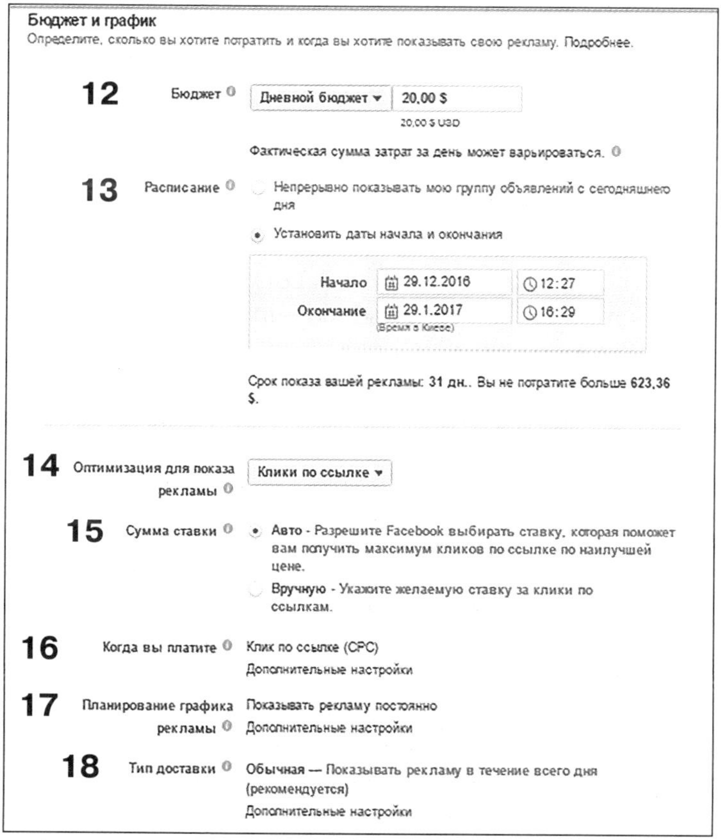

Рис. 2.6

13. «Расписание». Все, что вам нужно знать на этом уровне: Facebook требуется около 24 часов, чтобы оптимизировать данные по рекламе (проще говоря — добиться устойчивой цены за целевые действия, предполагаемые на уровне оптимизационной стратегии). Поэтому меньше чем на один день вам запланировать просто не дадут. В остальном, если я провожу тестирование, я выбираю сроки от трех дней и более (в зависимости от объемов целевой аудитории и количества денег, которые у меня есть на запуск).

14. «Оптимизация для показа рекламы». Здесь вам предложат выбрать из CPC (cost per click — плата за клик), CPM (cost per mile — плата за 1000 показов), CPE (cost per engagement — плата за вовлечение), CPL (cost per lead — плата за лид).

    Самый простой путь — просто ничего не трогать (особенно в своих первых запусках), потому что автоматически система выбирает самый синонимичный по формату оптимизационный инструмент. С другой стороны, если в стратегии CPL (для формата «Генерация лидов») рекламные охваты начали стремительно падать — стоит поэкспериментировать с CPC, потому что аукцион рекламной ротации переключится на другую модель работы, а это может позволить охватить новых пользователей.

15. «Сумма ставки». А вот здесь рекомендация более чем конкретная — руками не трогать (справедливо только для новичков). Оставьте «Авто» и радуйтесь. Facebook оптимизирует свою рекламу достаточно честно, чтобы ему доверять. Более того, я пока не видел примеров того, что настройщик переиграл автоматическую оптимизацию системы (часто слышал, но ничто из того, что имел удовольствие проверить лично, никогда не подтверждалось). Если вы все же решите получить собственный опыт, помните о том, что снижение ставки оплат вручную

провоцирует пропорциональное снижение рекламных охватов (это и есть то пространство, где профессионалы добиваются снижения стоимости целевого действия). Подробнее о том, как работает механизм, поговорим в разделе «ВКонтакте» главы 5 (так как реклама и в Facebook, и в сети «ВКонтакте» работает по модели аукциона — в этом смысле механизмы у них идентичные).

16. «Когда вы платите». Обратите внимание, что «Оптимизация для показа рекламы» и «Модель оплаты» — не одно и то же. Фактически Facebook списывает с вас деньги либо по модели CPC (за каждый клик), либо по модели CPM (за каждые 1000 показов), все остальное — производные. Поэтому рекомендация, которую я дал в пункте 14, имеет смысл.

17. «Планирование графика рекламы». Здесь вы можете выбрать конкретные часы дня, когда будет ротироваться ваша реклама. Обычно я не рекомендую этого делать. Исключение — разве что вы абсолютно уверены в устойчивых покупательских привычках вашей целевой аудитории (например, в 90 % случаев они покупают по ночам; я видел такие случаи, когда мы работали с аудиторией молодых мам, кормящих грудью). Если же вы лишь предполагаете — не трогайте, Facebook сам все оптимизирует и в то время, когда целевых действий нет, просто не будет ничего ротировать.

18. «Тип доставки». Имеется в виду скорость расходования денег. По умолчанию бюджет рекламного запуска расходуется равномерно в течение дня. Но процесс можно ускорить. Это бывает необходимо, если рекламная кампания должна быть краткой, но предельно интенсивной (с максимальной частотой показов). Особенно касается маленьких аудиторий (допустим, региональных) и сравнительно больших бюджетов (предположим, $200 для аудитории 15 000 человек).

19. Теперь, когда работа конкретно с таргетированием завершена, характеристики целевой аудитории настроены, переходим к работе с тизерной частью объявления (напоминаю, что тизер — это рекламное сообщение типа «изображение плюс текст»).

    В формате «Трафик» вы можете доносить свой рекламный месседж шестью способами:

    - «Кольцевая галерея» (она же «Карусель») — позволяет добавлять в рекламный тизер от двух до десяти изображений, которые вращаются в формате ленты или бегущей строки; обычно работает не ахти, очень зависит от самого первого изображения; но в тесты добавить стоит;
    - «Одно изображение» — самый ходовой формат; подразумевает, что для одного тизера будет подгружаться только один вариант картинки (даже если в рамках одного запуска вы загрузите сразу шесть изображений, чтобы провести тестирование) (рис. 2.7);
    - «Одно видео» — позволяет добавить ролик, после просмотра которого пользователя можно будет перенаправить на внешний сайт; работает хорошо — пробовать надо;
    - «Слайд-шоу» — этакое видео в профиль; не могу сказать, что дает какой-то революционный эффект, пользуемся редко;
    - «Холст» — своего рода лендинг внутри Facebook; позволяет создавать полотна из фото, видео и текста; тоже на рынке не особо прижился;
    - «Коллекция» — решение для ретейла и e-commerce-проектов, которое позволяет добавлять к карточке продукта еще и видео, слайд-шоу или изображение о нем; на момент отправки книги в печать — это еще новинка, которая проверку боем не прошла, могу сказать только сакраментальное «давайте тестировать вместе».

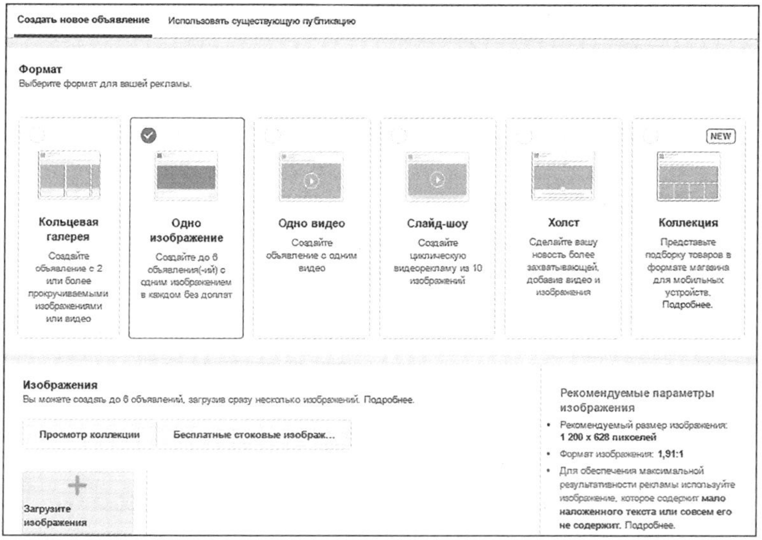

Рис. 2.7

Выбирайте, что вам по душе, и помните, что никакого правильного выбора в природе не существует. Руководствуйтесь рациональностью и продуманной структурой тестов (до конца книги я вас тестами достану чуть более, чем полностью).

Дальнейшее рассмотрение — на примере «Одного изображения».

20. Обратите внимание, с помощью кнопки «Просмотр коллекции» вы можете загрузить фото, которые уже использовали ранее; а нажав кнопку «Бесплатные стоковые изображения» — загрузить бесплатные изображения с Shutterstock (это партнер Facebook). Стоит ли использовать стоковые фото в рекламе? Правильный ответ — да. Из шести картинок, которые в итоге пойдут в ротацию, желательно добавить 1–2 стоковые, чтобы структура тестирования была максимально вариативной. Иногда случаются чудеса, и именно эти изображения приносят конверсии.

Если оба варианта вам не подходят, используйте «Загрузите изображения».

Самое страшное, что можно сделать на этом уровне, — работать с одной картинкой (которую дизайнер нарисовал за «много денег», и которая всем нравится). Используйте шесть изображений таким образом, чтобы все они были по теме продвигаемого продукта, но при этом имели разные визуальные концепции (продукт на белом фоне, продукт в действии, результат от использования продукта, продукт на фото с лицом человека, продукт в момент производства, рисованная графика о продукте и т. п.).

21. Вот такой навязчивый баннер, как на рис. 2.8, ждет вас в случае, если плейсмент Instagram вы не выключили, еще и картинку загрузили неподходящего размера.

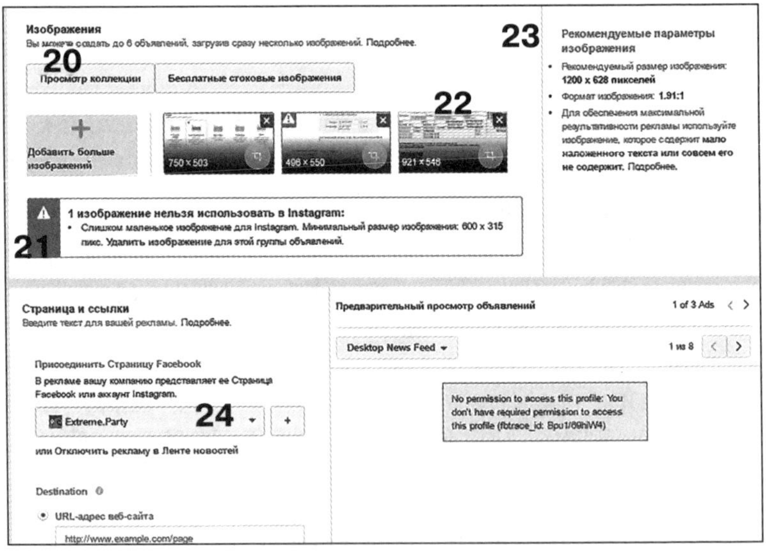

Рис. 2.8

22. Присмотритесь поближе к кнопке с косичкой (на блоках с загруженной графикой). Она позволяет распределить, растянуть, переместить изображение в рамках требуемых размеров так, чтобы у людей не были отрезаны головы, текст оставался читабельным и т. д.

    Еще один очень важный вопрос оформления визуальной части тизеров касается допустимого количества текста в изображениях. Старое правило о 20 % текста, которые распределяются по сетке, больше не работает. Теперь, если у вас более 20 % текста в изображении, запуск пропорционально теряет в рекламных охватах (то есть это пессимизационный фактор — обращайтесь с ним вдумчиво), а то и вовсе в ротацию не попадает.

23. Справа от блока с загрузкой изображений — информация для дизайнера. Если он у вас есть, пусть адаптирует картинки именно вот так (для каждого формата рекламы требования свои, поэтому в текст их не выношу).

24. Для того чтобы реклама попала в большую часть плейсментов, нужно, чтобы она была показана от имени одной из страниц, которые вы администрируете (или от имени канала в Instagram). По сути, это представление компании на Facebook. Для нас с вами как рекламодателей это значит следующее:

    - отправлять рекламу в ротацию нужно от имени релевантных страниц (релевантных и в смысле темы, и даже в смысле названия, потому что на шапке тизера могут кликать, переходить на страницу, и если все сделано «по фэн-шуй», это будет давать дополнительный трафик бесплатных подписок);
    - если подходящей страницы у вас нет, а заморачиваться с ведением сообщества не хочется — стоит создать сугубо рекламную страницу, для которой оформить обложку, миниатюру и пару-тройку постов (чтобы от

щелчков кнопкой мыши эхо не раздавалось). Этого вполне достаточно, чтобы протискиваться в нужные плейсменты; администрировать страницу с точки зрения выкладки нового контента и работы с подписчиками не обязательно (для себя самого я принципиально не веду сообществ, но страницу под названием «Сергей Щербаков» держу для рекламных целей).

Выберите подходящую страницу и двигайтесь дальше.

24,5. Если аккаунт Instagram все еще не привязан — самое время сделать это.

25. «Назначение» (то есть куда будут перенаправляться пользователи, кликнувшие на вашей рекламе). Здесь укажите ссылку на сайт (рис. 2.9) или страницу сайта, обязательно пометив ее перед этим UTM-меткой (UTM-метки — инструмент разметки ссылок, который позволяет маркировать, а затем и анализировать эффективность различных рекламных каналов, источников, моделей оплат и даже конкретных объявлений). Если вы не знаете, что это такое, прочтите на с. 136. Очень важно сделать это до запуска вашей рекламной кампании.

26. «Текст сообщения» — это функция, которая позволяет отправлять заинтересованным пользователям в мессенджер копию рекламного сообщения плюс любой дополнительный текст.

    «Структурированное сообщение» (JSON — JavaScript Object Notation) — почти то же самое, что и предыдущий пункт, только позволяет добавлять в сообщение медиаматериалы, кнопки призыва к действию и т. д.

    «Заголовок», «Текст» — описание ссылки (если это предполагает выбранный формат рекламы).

    На сегодняшний день жестких требований по количеству символов у Facebook нет. Просто, если вы «пережмете», часть текста не будет отображаться в реальной ротации. Поэтому пишите то, что должны, а потом проверяйте, насколько адекватно это будут видеть пользователи (блок «Предварительный просмотр объявлений» — справа).

О том, как писать тексты и, самое главное, как их тестировать, мы поговорим в отдельной главе.

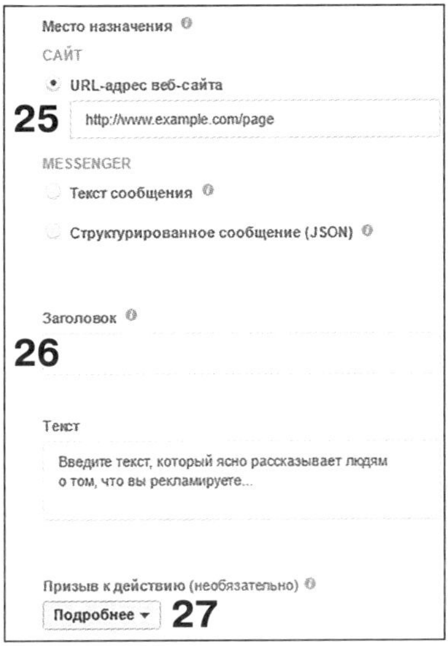

Рис. 2.9

27. «Призыв к действию». Это кнопки внутри самого тизера, которые подсказывают пользователю, что делать (какое целевое действие совершать). Стоит использовать, если вы хотите добиться единообразия тизера и посадочной страницы (если у вас на лендинге есть кнопка «Зарегистрироваться», значит, и здесь ее имеет смысл выбирать). В остальных случаях никакого революционного эффекта она не дает.

28. «Ссылка для отображения». Если с доменным именем беда или ссылка прошла через «сокращатор», вам может понадобиться красивый адрес URL. Укажите его в этом поле (рис. 2.10).

29. «Параметры URL-адреса». Если это не ваша ежедневная рутина — просто не трогайте; все, что нужно сделать со ссылками (проставить UTM-метки), мы вот-вот обсудим отдельно.

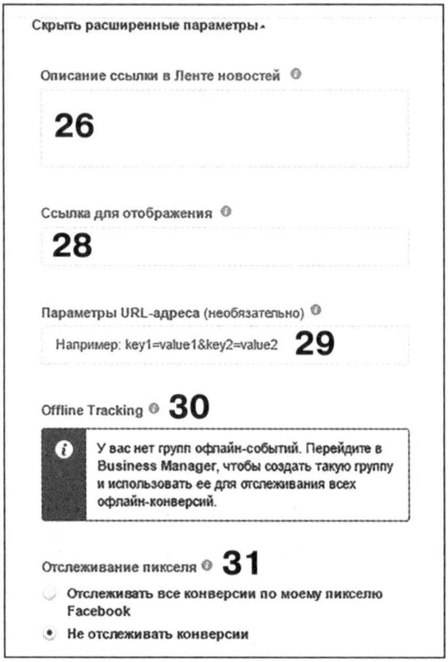

Рис. 2.10

30. «Отслеживание офлайн-событий». Отличная функция Facebook, о ней я расскажу чуть позже отдельно. На этапе настройки, в принципе, можете не трогать.

31. «Отслеживание конверсий по пикселю». Если у вас на сайте/лендинге/в блоге установлен пиксель с отслеживанием конверсий — выбирайте «Отслеживать».

Проверьте все еще раз

Вернитесь в кабинете чуть выше и перепроверьте:

- характеристики аудитории, на которую вы настроились;
- плейсменты;
- бюджет и график показов;

- тизерную часть объявления;
- описания, ссылки, дополнительные функции.

Если все хорошо — вдыхайте поглубже и щелкайте на «Разместить заказ».

Вуаля! Поздравляю, ваш рекламный запуск ушел на модерацию (обычно она занимает 15–20 минут, в особо экзотических случаях может доходить до нескольких часов, но это скорее исключение).

Создание нескольких групп объявлений

Это сравнительно новая функция, и доступна она пока не во всех рекламных аккаунтах. Но знать и быть готовыми необходимо. В чем суть?

Вверху рекламного кабинета, перед блоком с аудиториями, вы можете выбрать «Создавайте сразу несколько групп объявлений» (рис. 2.11). Почему это стоит делать?

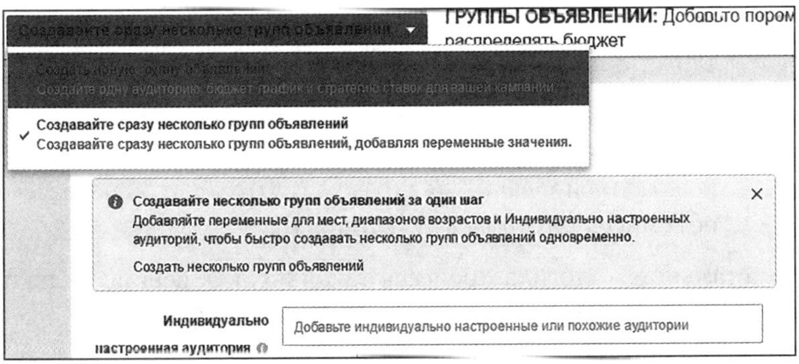

Рис. 2.11

- Функция дает возможность вводить переменные для настроенных аудиторий, мест (географии) и возраста (рис. 2.12).

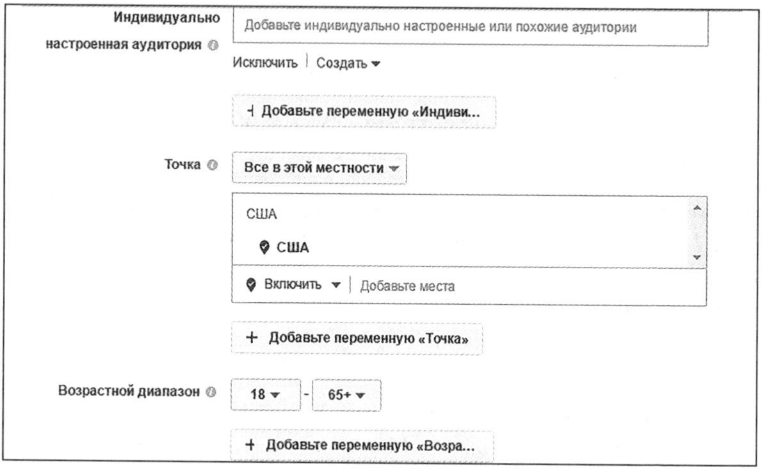

Рис. 2.12

То есть вы получаете возможность запускать сразу несколько идентичных кампаний, которые «разведены» с точки зрения принципиальных настроек (не пересекаются). И не нужно теперь делать пять запусков, чтобы таргетировать свою целевую аудиторию по пять лет.

- В графе «Бюджет и график» появится возможность выбирать между «равномерным распределением бюджета» и «сбалансированным» (то есть тратить тем больше, чем объемнее получилась аудитория).

В остальном — логика процесса такая же, как всегда. Только скорость тестирования увеличилась. Рекомендую!

Есть ли жизнь после запуска?

После нажатия кнопки «Разместить заказ» работа не оканчивается. Что критически необходимо проконтролировать (рис. 2.13):

- размечено ли каждое объявление в запуске уникальной UTM-меткой; если нет — открывайте объявления по отдельности и прописывайте идентификаторы вручную (особенно важно сделать это, если вы работаете с группами объявлений, где на всю группу объявлений одновременно ставится одна ссылка назначения, как это было в примере с целью «Трафик», который мы только что обсуждали);

- если вы работаете с узкими размерами аудитории (до 10 000–20 000 человек), очень важно делать следующие тестовые запуски в рамках одной рекламной кампании кабинета, потому что, если отправлять в ротацию отдельные запуски на одну и ту же аудиторию в одно и то же время, вы начнете конкурировать сами с собой, а на выходе это означает обрушение охватов в сотни раз; вот что говорит по этому поводу сама поддержка Facebook в личной переписке.

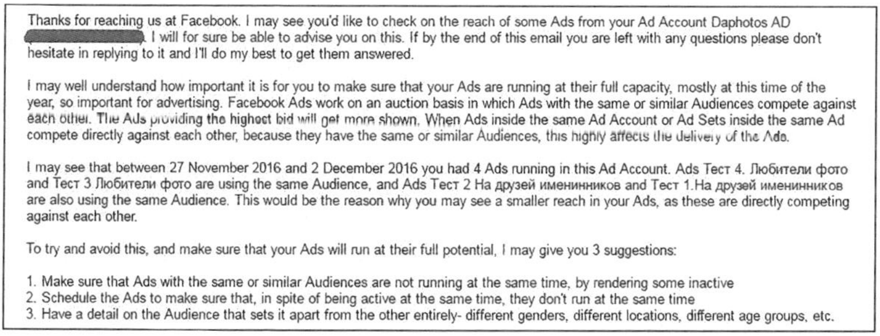

Thanks for reaching us at Facebook. I may see you'd like to check on the reach of some Ads from your Ad Account Daphotos AD [redacted]. I will for sure be able to advise you on this. If by the end of this email you are left with any questions please don't hesitate in replying to it and I'll do my best to get them answered.

I may well understand how important it is for you to make sure that your Ads are running at their full capacity, mostly at this time of the year, so important for advertising. Facebook Ads work on an auction basis in which Ads with the same or similar Audiences compete against each other. The Ads providing the highest bid will get more shown. When Ads inside the same Ad Account or Ad Sets inside the same Ad compete directly against each other, because they have the same or similar Audiences, this highly affects the delivery of the Ads.

I may see that between 27 November 2016 and 2 December 2016 you had 4 Ads running in this Ad Account. Ads Тест 4. Любители фото and Тест 3 Любители фото are using the same Audience, and Ads Тест 2 На друзей именинников and Тест 1.На друзей именинников are also using the same Audience. This would be the reason why you may see a smaller reach in your Ads, as these are directly competing against each other.

To try and avoid this, and make sure that your Ads will run at their full potential, I may give you 3 suggestions:

1. Make sure that Ads with the same or similar Audiences are not running at the same time, by rendering some inactive
2. Schedule the Ads to make sure that, in spite of being active at the same time, they don't run at the same time
3. Have a detail on the Audience that sets it apart from the other entirely- different genders, different locations, different age groups, etc.

Рис. 2.13

Ни в каких правилах или настройках Facebook этой информации вы не найдете, поэтому перевожу самое главное:

«...Реклама на Facebook работает на основании аукциона, поэтому рекламные кампании, которые настроены на одинаковые или похожие аудитории, конкурируют друг с другом. Реклама, предлагающая большую ставку оплат, получает большее количество показов. Когда друг с другом начинают конкурировать рекламные кампании, запущенные в рамках одного аккаунта, или

рекламные объявления, запущенные в рамках одной кампании (потому что они настроены на одну и ту же аудиторию), — это очень влияет на доставляемость рекламы.

Я вижу, что между 27 ноября 2016-го и 2 декабря 2016-го вы отправили в работу четыре рекламные кампании [перечисляет названия]. Именно в этом может быть причина маленьких охватов — все они конкурируют друг с другом.

Чтобы избегать этого в дальнейшем и быть уверенными, что ваша реклама работает со всем доступным ей потенциалом, у меня есть для вас три предложения:

- *убедитесь, что реклама, настроенная на одинаковые или очень похожие аудитории, не запускается в работу в одно и то же время, и пока какой-то запуск работает, другие пусть ожидают своей очереди;*
- *распределите запуски по расписанию вместо того, чтобы запускать все и сразу, — в одно и то же время реклама все равно откручиваться не будет;*
- *выбирайте такие критерии таргетинга, которые совершенно отличны от других ваших запусков, — разный пол, разное местоположение, разные возрастные группы и т. д.».*

Какой объем аудитории нужно выбирать для таргетинга

Для честного ответа на этот вопрос нужно учитывать четыре фактора:

- емкость сегмента аудитории;
- количество денег;
- приблизительный дневной охват;
- степень срочности (есть разница, проводить тестирования для рок-концерта, который уже через полторы недели, или для магазина гаджетов, который продает круглый год).

Упрощенный взгляд на вещи выглядит так: в Facebook не стоит работать с объемами аудитории менее 5000 и более 150 000 человек в одном запуске (сотнями тысяч и миллионами стоит оперировать, только если у вас есть «обученный пиксель», то есть когда по нему состоялась хотя бы пара сотен конверсий). Обычно норма — это 20 000–80 000 человек. Но, разумеется, эту цифру нужно соотносить с количеством денег, которые вы готовы потратить. Если на тесты есть $30 — выбирать объем аудитории 1 500 000 человек совершенно нецелесообразно, потому что с таким бюджетом вы даже 5 % своей аудитории не отработаете. Да и вряд ли по отношению к цифре в полтора миллиона можно использовать эпитет «целевая».

Аудитории Facebook

Помимо ретаргетинговых баз и настроек, которые можно вытащить из рекламного кабинета, у Facebook есть еще несколько важных тонкостей. В частности, lookalike-аудитории (то есть аудитории-близнецы, которые собираются усилиями самой системы на основании исходной аудитории, указанной вами).

Создание lookalike-аудиторий — пакетная функция, которая работает как идеальный черный ящик:

1) вы открываете крышку;

2) загружаете информацию;

3) внутри ящика что-то происходит;

4) вы получаете результат.

Для того чтобы пощупать лично:

- зайдите в раздел «Аудитории» в своем рекламном кабинете и выберите «Создать аудиторию»/«Похожая аудитория» (рис. 2.14);
- укажите «Источник» (то есть базу, которая будет выступать в качестве исходной; ею может быть аудитория

вашей бизнес-страницы, аудитория, собранная пикселем, аудитория, загруженная базой e-mail, телефонов или действий в приложениях, аудитория ваших офлайн-событий);

- укажите страну — сбор данных происходит в масштабах страны (кстати, ключевой фактор, на который ориентируется система, — это карта пользовательских кликов);

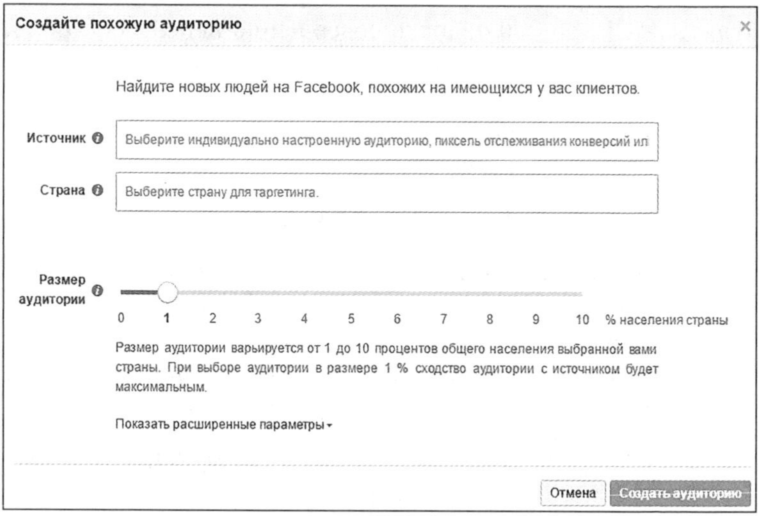

Рис. 2.14

- выберите желательный раздел аудитории (от 1 до 10 % от количества зарегистрированных пользователей в выбранной стране); разумеется, чем у́же объем, тем точнее получается аудитория, поэтому начинаем всегда с 1 %; 10 % стоит выбирать в случаях, когда вы будете дополнительно фильтровать аудитории из кабинета;
- нажимайте «Создать аудиторию», и через 10–20 минут аудитория будет готова. Она появится у вас в кабинете в качестве сохраненной, и по ней можно будет делать рекламные запуски. Пользоваться настоятельно

рекомендую — практически ни один успешный запуск без этой функции не обходится.

Помимо lookalike-аудиторий, обратите внимание на **индивидуализированные аудитории** (находятся там же: «Аудитории»/«Создать аудиторию»/«Индивидуализированная аудитория») (рис. 2.15).

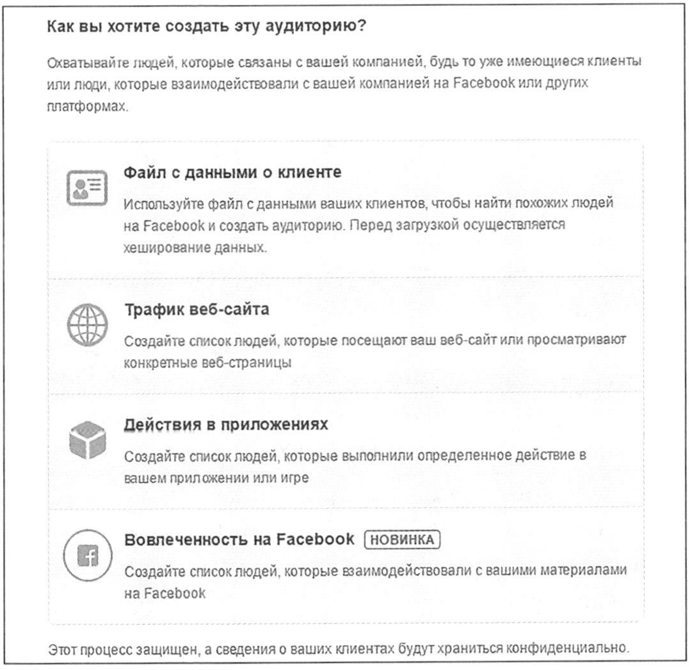

Рис. 2.15

Как видите, здесь можно не только загрузить свою клиентскую базу (файл с данными о клиенте) в формате TXT или CSV, но и создать список людей, которые взаимодействовали с вашими:

- видео;
- рекламой для сбора лидов;

- холстами;
- страницами.

По сути, это поведенческий ретаргетинг, который позволяет продлевать коммуникации с вашими аудиториями благодаря рекламе. Также очень рекомендую для внедрения функцию «Вовлеченность на Facebook».

Автоматические правила рекламы на Facebook

Найдите одноименную кнопку в меню рекламного кабинета. Нажмите «Создать правило» и разберитесь, что к чему (рис. 2.16).

По сути, это функционал, который работает по принципу «в случае достижения события А включается сценарий Б». Здесь можно прописать алгоритмы для себя лично, которые будут выключать рекламу, если что-то пошло не так (например, цена целевого действия перевалила за границы окупаемости), увеличивать рекламный бюджет, если запуск оказался успешным (например, лиды стоят меньшее $0,3) и т. д.

Если вы продвинутый юзер и много работаете с рекламой, эта функция ощутимо облегчит вам жизнь. Скринкаст с подробностями по функционалу есть у меня на YouTube-канале (да и не только у меня).

Бизнес-менеджер Facebook

Как я уже говорил, это инструмент, предназначенный для официальной передачи прав на любые элементы Facebook — страницы, рекламные аккаунты, приложения, пиксели, каталоги продуктов и т. п.

Пользоваться стоит, если вы работаете с большим количеством заказчиков или сотрудников. И чем больше в вашем управлении разнородных элементов, тем нужнее бизнес-менеджер.

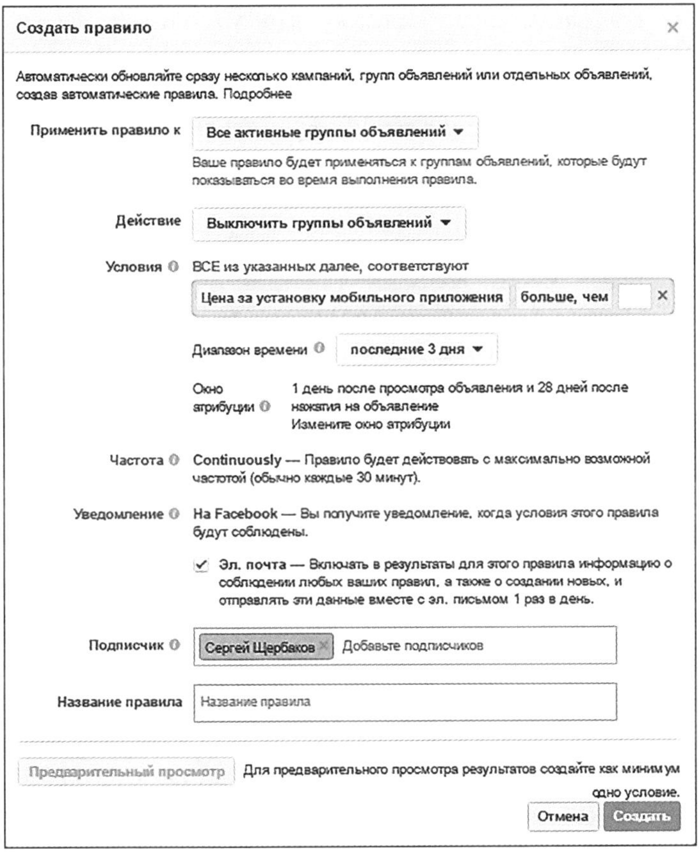

Рис. 2.16

Что рекламодателям стоит о нем знать:

- если на вас работает подрядчик, не позволяйте ему вести рекламную кампанию из своих рекламных аккаунтов (так у него остаются все «ниточки», а вы «подсаживаетесь на иголочку»); оптимальный вариант — открывайте доступы на свои ресурсы исполнителям, а когда отношения заканчиваются, удаляйте и забывайте;

- чем правомернее используются инструменты Facebook, тем ниже вероятность бана; поэтому ни в коем случае не передавайте логины и пароли от аккаунтов своим заказчикам/исполнителям — особенно, если вы находитесь в разных странах; это практически гарантированный бан аккаунта в течение 24 часов после запуска и куча проблем с его отвоевыванием назад — лучше просто не ввязывайтесь;
- бизнес-менеджер нужен для некоторых новых функций в рекламе — например, создания холстов, отслеживания офлайн-событий, использования рекламного формата «Побудите людей посещать ваши точки» и т. п. (конечно же, постепенно все это мигрирует в обычный пользовательский кабинет).

Эти три пункта — главное. В остальном — если в рекламу вы пришли всерьез и надолго, рекомендую установить бизнес-менеджер и разобраться в нем хотя бы принципиально. Материалов на русском языке достаточно.

Facebook Power Editor

Это плагин, который работает только в Google Chrome. Нужен он тем рекламодателям, которые манипулируют действительно большими объемами рекламных кампаний, групп объявлений и конкретно объявлений, потому что позволяет производить такие манипуляции (выгрузка баз, редактирование, сплит-тестирование и т. п.) пакетно.

Power Editor — наиболее профессиональный инструмент для таргетированной рекламы в Facebook. Поэтому все новинки сначала появляются здесь, а потом уже мигрируют в Ads Manager. Эта судьба постигла функции:

- тайминга рекламных кампаний (когда реклама откручивается не весь день, а только в выбранные часы);
- контроля плейсментов;

- оптимизации (охватов, кликов, впечатлений и т. п.);
- «карусели»;
- рекламы в Instagram;
- рекламы формата «Генерация лидов» и т. д.

Вывод прост: если вы хотите оставаться на гребне волны или вам по долгу службы нужно манипулировать большим количеством запусков — используйте Power Editor (прочтите любой мануал — скорее всего, он будет устаревшим; получите принципиальное понимание и идите приобретать личный опыт; я рекомендую материалы: http://www.socialmediaexaminer.com/use-facebook-power-editor/ и https://adespresso.com/academy/blog/power-editor-tutorial-youll-ever-need/). Кстати, по последним данным от Facebook, они начали слияние Ads Manager и Power Editor в единый рекламный кабинет. Функционал, скорее всего, останется неизменным, поменяется только интерфейс.

Реклама в Instagram. Особенности

Представьте, что вам нужно написать стихотворение, используя рифмы слов «вечер», «свечи», «плечи», «встречи». Думаю, даже ребенок угадает, о чем оно получится.

Точно так же и в таргетированной рекламе. У нас есть примерно одинаковый набор инструментов для Facebook и Instagram. И если вы владеете им на уровне «мастер+», результат предсказать несложно. А об особенностях и нюансах, которые следует учесть, я расскажу вам прямо сейчас.

- Повторю еще раз: разводите плейсменты (если работаете с Facebook — Instagram выключайте; если работаете с Instagram — выключайте Facebook).
- Для рекламы в Instagram используйте изображения подходящего размера; кстати, западные эксперты утверждают,

что пользователи Instagram привыкли к фотоконтенту и рисованные картинки, карикатуры, инфографика работают хуже; я отношусь к этому скептически — все надо тестировать, поэтому адаптируйте свои «вижуалы» под требования системы и вперед.

- Несмотря на то что десктопная версия уже есть, Instagram — традиционно мобильная площадка, поэтому, если специфика проекта диктует вам отсутствие мобильного трафика (такое бывает), либо адаптируйте посадочную страницу, либо не идите в Instagram вообще.
- В Instagram меньше пользователей, поэтому будьте готовы, что «выгорание» аудиторий будет происходить быстрее, что ставка будет дешевле (по крайней мере, пока) и «женские» продукты (или, говоря более общо, визуально центрированные продукты) будут пользоваться большим спросом.
- Свяжите свою бизнес-страницу и/или рекламный аккаунт с рекламным аккаунтом Instagram (в первом случае — «Настройки страницы»/«Реклама в Instagram»; во втором — во время настройки рекламной кампании в блоке «Страницы и ссылки» — «Добавить аккаунт Instagram», см. выше пункт 24,5).
- В бизнес-аккаунтах Instagram сейчас можно напрямую запускать рекламу типа «Продвижение поста» без участия рекламного аккаунта. После того как пост уже запущен, его можно найти в рекламном кабинете Facebook и дополнить тем, чего не хватило, или просто внести правки.

Вот и вся специфика. Обращайте внимание на мелочи, но помните, что конверсия — это всегда человеческий поступок. И если вы убедили пользователя, что ваш оффер — это именно то, что ему нужно, всякие технические ухищрения, количество цветов на фото, нейроманипуляции и суггестивный текст становятся вторичными.

Таргетированная реклама в сети «ВКонтакте». Пошаговая настройка

1. Щелкните на пункте «Реклама» в левом сайдбаре, под меню. Проверьте, что выбран таргетинг, а не «Реклама в сообществах» (о рекламе в сообществах мы поговорим отдельно). Нажмите кнопку «Создать объявление».
2. Рекламных форматов в сети «ВКонтакте» значительно меньше, нежели в Facebook. Взгляните сами на скриншот и обратите внимание на пояснения, какие форматы для каких задач подходят (рис. 2.17).

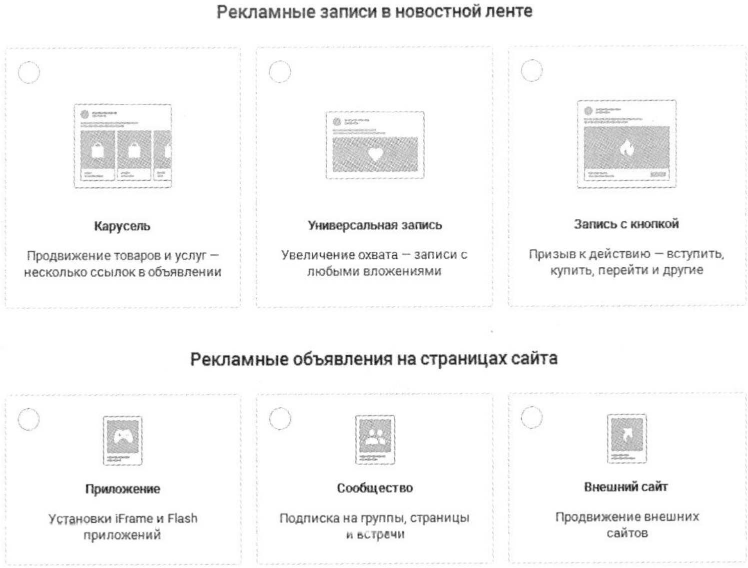

Рис. 2.17

3. Рассмотрим «ВКонтакте» на примере продвижения сообщества. Щелкайте на кнопке «Сообщество», выбирайте нужный пункт из выпадающего списка и нажимайте

«Продолжить». Обратите внимание, что админом при этом быть не обязательно. Ну и на всякий случай добавлю: не забывайте ставить UTM-метки в каждую ссылку, которая отправляется в рекламу, будь то «Клики на сайт» или ссылка, вставленная в пост.

4. «ВКонтакте» первым делом предлагает оформить тизер. Конкретно в случае с продвижением сообществ есть три варианта (рис. 2.18):

   - «Изображение и текст» — это формат, в котором есть картинка, заголовок и текст описания;
   - «Большое изображение» — только заголовок и картинка в два раза больше;
   - «Продвижение сообществ» — формат, который позволяет пользователям подписываться, не переходя в сообщество, а щелкая на кнопке прямо в объявлении.

   Для других форматов рекламы в сети «ВКонтакте» предусмотрены еще некоторые форматы тизеров. Не буду комментировать их все — справка самой «ВКонтакте» или эмпирический опыт, без сомнений, помогут вам больше.

5. Размер изображения подскажет «ВКонтакте». Просто покажите это дизайнеру и спите спокойно. Если вы используете картинки с другими пропорциями, не забывайте подтягивать их так, чтобы главное находилось в кадре. Как всегда — вариативность тестов важнее одного, даже самого лучшего запуска. Поэтому готовьте как можно больше вариантов изображений, а подробнее — в главе 3.

6. «Заголовок» и «Описание». Они есть не во всех форматах. Но там, где есть, они всегда жестко фиксированы по количеству символов. Нынешние требования — 33 в заголовке и 70 в описании. Будьте точны, конкретны и... вариативны, конечно.

7. «Тематика», «Подраздел» и «Возрастная маркировка». На результаты вашего запуска они повлияют от слова «никак». Это сбор статистики для самой «ВКонтакте» и какая-никакая категоризация. Разумеется, если ваши товары или услуги детям противопоказаны, возрастную маркировку нужно ставить более ответственно.

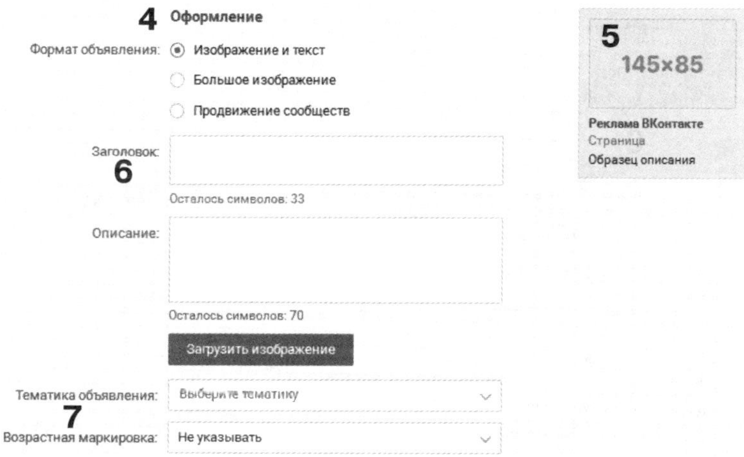

Рис. 2.18

8. «География» вашей целевой аудитории (рис. 2.19). Общее правило здесь точно такое же, как и в Facebook: чем точнее целитесь, тем выше вероятность попадания. Не стоит настраиваться на всю страну одним махом, особенно если потратить вы готовы всего пару-тройку тысяч рублей. К настоящему моменту «ВКонтакте» тоже ввела функционал выбора конкретных мест (пинов), по которым можно показывать рекламу с учетом их радиуса. Как и в Facebook, места можно как добавлять, так и исключать.

9. «Пол» и «Возраст». Опять-таки принципы остаются неизменными. С полом вы разберетесь сами. Возраст следует

дробить, если вы заранее понимаете, какой сегмент аудитории наиболее отзывчив.

10. «День рождения». Это прекрасный катализатор сбыта и «точка входа» в диалог. Поэтому, если вы работаете на B2C-рынке, да еще и прежде, чем кабинет открывать, действительно поработали с оффером, попробуйте хотя бы один запуск сделать с учетом этой характеристики тоже.

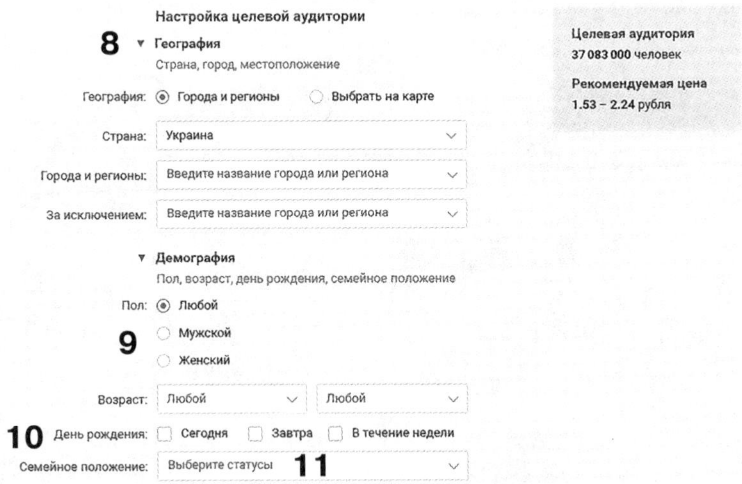

Рис. 2.19

11. «Семейное положение». Если оно заметно влияет на покупательский паттерн конкретно вашей аудитории — используйте (например, вы продаете услуги для помолвленных). Если нет — не слушайте никого и не пытайтесь высасывать предположения из пальца.

12. Я не буду комментировать каждое поле на этом рисунке, чтобы не отнимать ваше время очевидными вещами (тем более

что «ВКонтакте» сама дает к ним комментарии, а принципы мы обсудили применительно к Facebook и Instagram). Остановлюсь только на логике процесса (рис. 2.20).

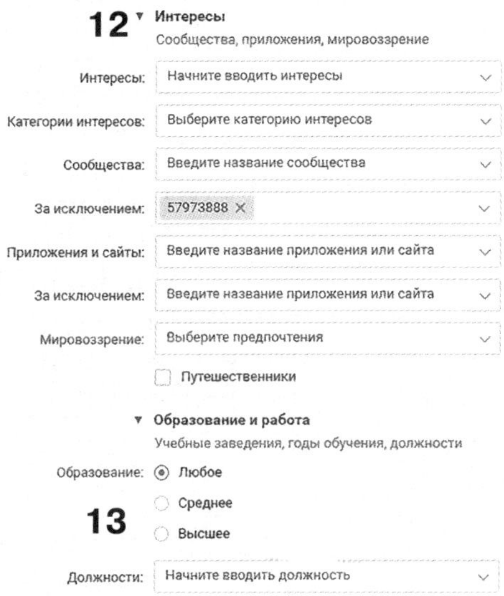

Рис. 2.20

- «Интересы» — базовая настройка. Использовать обязательно. Но не ограничивайтесь чем-то одним. Если, допустим, вы работаете с психологами — добавляйте и психотерапевтов, и психоаналитиков, и гештальт-терапевтов, и НЛП, и эриксоновский гипноз и т. д. То есть работайте кластерами интересов.
- «Сообщества» и сообщества «За исключением». Это уникальная особенность «ВКонтакте» в сравнении с Facebook и Instagram. Вы можете настроиться напрямую на аудиторию подписчиков ваших конкурентов (просто выберите их сообщество в выпадающем

списке). Раз уж они на конкурентов подписаны, а вы свой оффер усилили... Сами понимаете. Обратите внимание, что сообщество, которое вы продвигаете по умолчанию, попадает в исключения (чтобы существующих подписчиков не раздражать бессмысленной рекламой).

- «Приложения и сайты». Великолепная настройка. Например, когда мы работали с аудиторией эсэмэмщиков, сегмент специалистов, который активно пользуется приложениями для SMM, с точки зрения конверсий показывал себя очень хорошо. Думаю, логика здесь очевидна: интерес — это нечто абстрактное и зависящее от настроения, а когда человек пользуется платными профессиональными приложениями, вполне можно говорить о поведенческом таргетинге. Рекомендую пользоваться.
- «Мировоззрение» (имеются в виду религиозные предпочтения). Если не знаете достоверно — просто не трогайте. Бывает, нужно использовать, когда сам продукт это диктует (например, приложение для христианских знакомств).

13. «Образование» и «Должности». Образование не влияет почти ни на что (опять же этот тезис может быть полностью ложным, если вы работаете, допустим, с аспирантами). А вот должности — еще одна базовая характеристика, близкая к поведенческой. Отрабатывать нужно тоже кластерами, с оглядкой на емкость сегмента в целом. Настоятельно рекомендую.
14. «Аудитории ретаргетинга» и ретаргетинг в исключениях (рис. 2.21). Эта графа очень понадобится вам в двух случаях:

- пиксель накопил достаточное количество пользователей, чтобы начать откручивать на них рекламу;

- вы собираете аудиторию парсерами (о них — уже в следующей главе книги).

Рис. 2.21

Честно говоря, это одна из наиболее используемых функций рекламного кабинета, потому что без парсеров не обходится ни одна толковая рекламная кампания. Зафиксируйте себе.

15. «Устройства», «Операционные системы», «Интернет-браузеры». Как в Facebook есть явно выраженная тенденция к тому, что владельцы гаджетов под брендом Apple тратят деньги чаще и охотнее, так и в сети «ВКонтакте» стоит проверить эту гипотезу своей конкретной ситуацией. В остальном, если продукт специфических требований не предъявляет или вы сами не уверены, что у целевой аудитории есть какие-то предпочтения, просто не трогайте.
16. Пожалуй, самая интересная часть кабинета — работа с ценой и ставками оплат (рис. 2.22). Здесь нужно понимать принцип. Во-первых, обратите внимание, что по мере настройки рекламного запуска «ВКонтакте» будет вам подсказывать, какой объем целевой аудитории попадает под выбранные характеристики и сколько будет стоить целевое действие (возможные варианты привычны: CPC — плата за клики и CPM — плата за 1000 показов).

Рекомендуемая цена, которую предлагает кабинет, — это цена, за которую вы получите конкурентоспособное размещение в ротации (напоминаю, что ценообразование в таргетированной рекламе — это аукцион, кто больше предложил — тот и попал в пользовательские ленты и сайдбары). То есть можно оставить 2 рубля (см. рисунок) и не переживать. А можно подумать, что на больших объемах аудитории (от 50 000 человек) пользовательская масса крайне неоднородна. Кто-то из них социально активен, состоит в сотнях сообществ и ведет в них жаркую публичную жизнь. Кто-то — социально пассивен, позавчера вступил в одну-единственную группу, «лайкнул» там фото, а вчера — в нашу парсинговую модель попал. А значит, если мы снизим предложенную ставку оплат руками (например, с 2 рублей до 1,72), мы просто отрежем себе часть потенциальной аудитории из охватов (то есть их останется не 50 000, а пропорционально меньше). За меньшие деньги мы получим ротацию на тех, за кого конкурируют меньше.

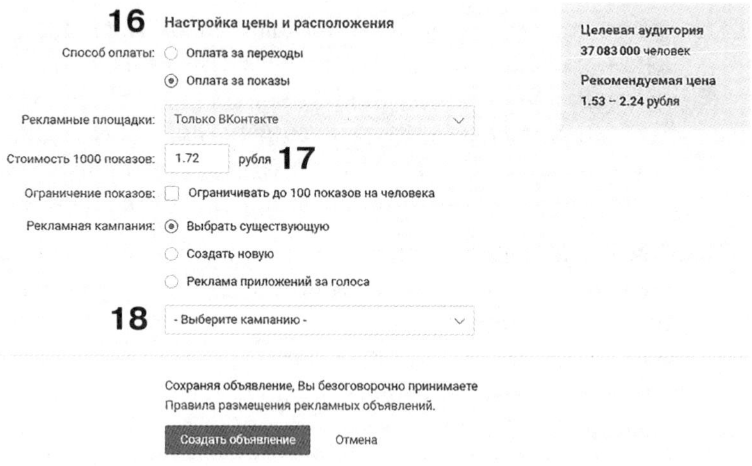

Рис. 2.22

Хорошая новость заключается в том, что на таких цифрах зачастую можно делать выводы (подробнее о статистической значимости — в разделе «Статистическая значимость тестов» главы 4). Поэтому рекомендую в тестовых запусках экспериментировать со снижением ставки оплат (и в модели CPM, и в модели CPC). Снижайте на 20–40 % и наблюдайте. Если после модерации открутки пошли, значит, все хорошо, держите руку на пульсе. Если откруток нет или они очень медленные, значит, пережали, поднимайте ставку.

Резюмирую: ставки оплат в сети «ВКонтакте» — это рычаг для управления охватностью вашей целевой аудитории. Манипуляции с ними пригодятся и для тестирования, и для управления процессами «выгорания» (скажем, если 50 % вашей аудитории уже охвачено и CTR начал падать — поднимите ставку, чтобы в охваты попали новые люди; как следствие, эффективность рекламы на какое-то время вернется в норму).

Существуют автоматические сервисы для управления ставками оплат (платные). Например:

- Kairos (https://vk.com/publickairos);
- «Антислив Таргет» (https://vk.com/antisliv_rf).

Попробуйте и решите сами, подходят ли они вам.

Механизм происходящего в Facebook подчиняется ровно такой же логике: понижаете ставку оплат — падает охватность. Но я все еще не рекомендую лезть в эти настройки руками, особенно если вы новичок. Facebook сам прекрасно оптимизирует рекламный бюджет. И все мои собственные попытки, а также попытки моих коллег его переиграть, как правило заканчиваются ничем (если у вас есть доказуемый пример того, как вы «победили» автоматическую оптимизацию ставок в Facebook и сделали ее более эффективной, пожалуйста, напишите мне на sa@shcherbakovs.com).

17. Ограничивать ли количество показов сотней человек? Короткий ответ: да. Ответ с привкусом здравого смысла: если аудитории мало — обязательно ограничивать. А если вы «раскачиваете» личный бренд и вам нужно ваше лицо в непрерывной ротации на целевых людей, можно поэкспериментировать и не ставить флажок.
18. Выберите существующую кампанию или создайте новую (это слишком просто, чтобы пояснять отдельно), и щелкните на пункте «Создать объявление».

После запуска вам необходимо сделать еще два действия:

- отправить рекламу на модерацию (кликните на значке в строке с названием кампании и выберите «Запустить»); после успешного прохождения модерации реклама сразу же отправится в ротацию; если вы этого не хотите — нажмите «Запустить» и сразу же «Остановлено» (рис. 2.23);
- поставить лимиты рекламного бюджета; просто щелкните на нужном поле в строке и укажите цифру в рублях (минимальная — 100 рублей); если этого не сделать, да еще и со ставкой не угадать, можно потратить свои деньги даже быстрее шопоголички в «черную пятницу».

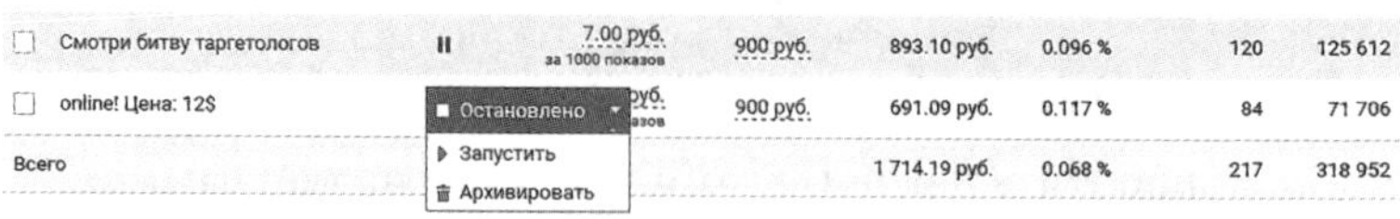

Рис. 2.23

Вот и все. Реклама запущена.

В рекламном кабинете «ВКонтакте» нет встроенных механизмов тестирования. Для нас с вами это значит, что, если вы хотите добиться вариативности и протестировать несколько вариантов с различными переменными, каждое объявление нужно запускать по отдельности. То есть нет никаких «добавить сразу шесть фотографий» или «создать сразу несколько групп рекламных объявлений» — все придется делать вручную.

Парсеры для сети «ВКонтакте». Что, как, зачем?

Парсинговыми сервисами называют программные продукты, которые умеют собирать данные по заданным критериям. Грубо говоря, умеют находить тех самых конкретных людей в толпе, которую представляют собой соцсети.

Еще три года назад таких сервисов даже в проекте на рынке не было. Сейчас работать без них — значит,не уважать себя и свои деньги.

«На пальцах» процесс выглядит следующим образом... Предположим, вам нужны люди, которые интересуются прыжками с парашютом, роупджампингом и прочими адреналиновыми видами спорта. Самый простой и логичный способ настроить на них рекламу — это поставить в настройки таргетинга сообщества, посвященные темам прыжков (если речь идет о «ВКонтакте» или «Одноклассниках» — в Facebook такой финт не провернешь). Но это самый простой и логичный способ, который «был». Ведь в сообществе полно:

- ботов и офферов (пользователей, которые выполняют нужные заказчику действия за деньги, например вступают в сообщество или комментируют конкретные посты), хотя ботов на сегодняшний день соцсети уже научились вычищать из рекламных запусков автоматически;
- тех, кто уже отпрыгал свое и не отписался только потому, что забыл, или потому, что заходит поностальгировать;
- людей, которые никогда не прыгнут, потому что их одна только мысль об этом приводит в состояние хтонического ужаса;
- любителей «полайкать» фотографии и почитать статусы о «свободе полета» и «зоне комфорта», которым вообще плевать на сами прыжки.

Таким образом, если мы показываем рекламу всем подписчикам сообщества, мы показываем рекламу и всем перечисленным группам подписчиков тоже. А это экономически нерационально, потому что они никогда не купят. И это я молчу про «сообщества-призраки», в которых полно реальных, но абсолютно пассивных подписчиков в силу заброшенности самого сообщества модераторами.

Чем здесь могут помочь парсеры? Например, собрать:

- только тех, кто вступил в группу за указанный промежуток времени (допустим, в последние две недели);
- тех, кто на протяжении последней недели проявил хотя бы две (или сколько нужно) активности в сообществе;
- тех, кто состоит минимум в трех (или скольких нужно) тематических сообществах сразу;
- тех, кто за последние 11 дней высказался в ветке обсуждения под названием «хочу прыгнуть»;
- тех, кто за последний год оставил в сообществе хотя бы один комментарий, кому при этом от 30 лет и кто к тому же живет в Сыктывкаре;
- тех девушек, у чьих парней в ближайшую неделю день рождения;
- тех...

В общем, парсеры умеют практически все. Если вы понимаете свою аудиторию на уровне сегментов, если вы знаете функционал парсеров до каждой кнопки и если при этом вы умеете логически размышлять — найти можно практически любую аудиторию. Единственное, в некоторых нишах будет вопрос с ее объемами (помните мою историю про таксистов?).

Для того чтобы эта идея закрепилась в вашем сознании образно, отсылаю вас к своей статье под названием «9 способов найти девушку во "ВКонтакте" после общения в ночном клубе» (сайт http://shcherbakovs.com/9sposobov-naity-devushku-vo-vk/). Это будет хорошей подготовкой к теме парсинговых алгоритмов. Идите прочитайте и возвращайтесь — мы опускаемся еще глубже.

На самом деле парсеров в сети «ВКонтакте» довольно много — растущий спрос привлекает все новых и новых разработчиков. Основных, которыми пользуюсь я сам, всего три — «Церебро Таргет», NinjaPepper и Target Hunter.

Пойдем по порядку...

Познакомиться с «Церебро Таргет» поближе можно на сайте церебро.рф или в одноименном сообществе в сети «ВКонтакте». Честно говоря, я бы советовал подписаться на сообщество и провести в нем хотя бы неделю, изучая возможности сервиса, а в перерывах читая кейсы. Для этого даже доступ к сервису покупать не нужно (но если купите — настоятельно рекомендую также доступ к закрытой тусовке пользователей) (рис. 2.24).

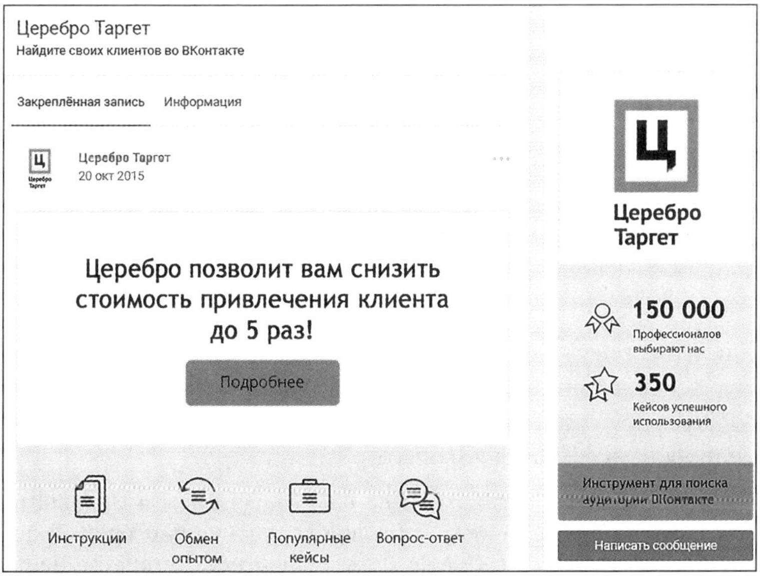

Рис. 2.24

Самое главное — разберитесь в функционале. Добейтесь того, чтобы для вас не осталось ни одной непонятной кнопки в сервисе (потому что, скорее всего, именно эта кнопка однажды и сыграет решающую роль в максимизации ваших продаж или их полном отсутствии). В принципе, инструкций самого «Церебро», их видеоуроков и тусовки внутри сообщества вам будет более чем достаточно для старта. Остальное приложится в процессе практики.

NinjaPepper скромнее по функционалу и количеству фанатов, зато умеет парсить не только «ВКонтакте» (как «Церебро Таргет»), но и «Одноклассники». По идее, так как «ВКонтакте» и «Одноклассники» представляют собой взаимоинтегрированные площадки, идентификаторы пользователей (ID) одного ресурса можно использовать на другом. Только вот где гарантии, что, если юзер активен в сообществах «ВКонтакте», он будет так же активен в сообществах «Одноклассников»? Нет таких гарантий. А здравый смысл упорно подсказывает, что, скорее всего, будет ровно наоборот. Признаюсь на правах практика: так и случается. Сайт: https://vk.com/pepperninja.

Target Hunter — наименее понятен интуитивно, имеет репутацию «профессионального» сервиса, зато содержит массу замечательных функций, не реализованных в рамках конкурентных сервисов (типа автоматизации парсингового процесса и сбора пользователей по добавленным аудиозаписям). Познакомиться поближе, воспользоваться пробной версией и прочесть о деталях можно здесь: https://vk.com/targethunter.

Как итог: богу — богово, кесарю — кесарево, для «ВКонтакте» — «Церебро» и Target Hunter, для «Одноклассников» — NinjaPepper. А дальше как уж душа попросит (но в идеале — попробовать все на своем опыте).

Настоятельно рекомендую вам «загуглить» в Интернете файл под названием «Большое сравнение парсеров» (распространяется в Google Docs бесплатно). Авторство неизвестно, но там собрана информация о 14 парсерах, которые сопоставили с точки зрения 112 характеристик. Колоссальная работа. Даже если вы наткнетесь на давно не обновлявшийся файл, уверен, приятных впечатлений вам все равно не избежать.

Как происходит непосредственно парсинг. Алгоритмы

Парсинговые связки и названия кнопок интерфейса в этой книге могут отличаться от актуально действующих. Поэтому концентрируйтесь на том, чтобы уловить принцип, а не оттенки формулировок.

Честно говоря, чтобы обсудить хотя бы половину возможных (даже только типичных) алгоритмов, нужна еще одна отдельная книга, а то и не одна. Но чтобы пазл в вашей голове приобрел законченный вид, я пробегусь по логике процесса. Следите внимательно...

Предположим, вам нужна аудитория мам из Москвы, у которых есть маленькие дети (наряду с бизнес-аудиторией и аудиторией молодоженов одна из самых востребованных и дорогих аудиторий вообще). Что вы можете сделать?

Вариант 1

1. Собрать 3–5–10 (сколько найдете) активно действующих сообществ по темам типа «Мамочки Москвы», «Современные родители», «Детство – лучший отрезок жизни», «Советы мамам», «Подслушано у грудничков» и т. п.

2. Найти в этих сообществах обсуждения и фотоальбомы для тех мам, которые недавно родили (вкладка «Аудитория сообществ»/«Обсуждения» и «Аудитория сообществ»/«Фотоальбомы» в «Церебро») и спарсить оттуда всех активных.

3. Затем получившуюся базу загрузить в «Поиск аудитории»/«Группы, где есть ЦА» и найти все остальные сообщества, в которых суммарно состоят люди, собранные на предыдущем шаге.

4. Отфильтровать получившийся список минус-словами так, чтобы в нем остались только сообщества, посвященные материнству, заботе о грудничках и т. п., то есть очень и очень целевые.

5. Сохранить список оставшихся сообществ, а затем загрузить его во вкладку «Аудитория сообществ»/«Активности» и спарсить только активных пользователей, допустим, за последние две недели (причем активных за исключением лайков, потому что «лайкать» могут и те, кому просто фотография понравилась).

6. Зайти в «Фильтр баз»/«Поиск по базе» и отфильтровать девушек по возрасту и, самое главное, географии (вам ведь только москвички интересны).

7. Сохранить файл и посмотреть, достаточно ли он велик, чтобы продолжать с ним работу, или процедуру нужно повторить, начиная с третьего шага. В принципе, для нормальной работы вам нужна база примерно от 5000 до 80 000 ID, хотя я вполне эффективно настраивался и на аудиторию из 2000 человек (на аудиторию мам, родивших близняшек, кстати). Очень многое зависит от ниши, ее востребованности, вашего оффера и т. д. Что касается «Одноклассников», на данный момент базы менее 5000 человек сюда физически не загружаются.

Только что мы с вами мысленно прошли, пожалуй, наиболее типичный алгоритм поиска целевой аудитории (причем не очень сегментированный). То есть я совсем не удивлюсь, если точно таким же путем движется еще ...дцать игроков московского рынка. В итоге вы начинаете конкурировать в рамках одной площадки за одних и тех же людей (потому что найдены они одним и тем же образом). Тем самым разогреваете аукцион (то есть поднимаете среднерыночную цену на рекламу) и откровенно выматываете целевую аудиторию своим предложением — не вы, так конкуренты. Это, кстати, еще одна причина, почему стоит сегментировать свою ЦА.

Хорошая новость заключается в том, что если вы готовы заморачиваться, то эту же аудиторию (но, скорее всего, другую ее часть) можно собрать и иначе.

Вариант 2. Парсинг — он как комбинация генов: чем родители наградили, тем и будут довольствоваться потомки. Таким витиеватым способом я пытаюсь сказать, что исходное сообщество (или исходная база данных) имеет ключевое значение. Поэтому...

1. Вы можете собрать исходные сообщества не по теме материнства в целом, а, например, по теме любви к мультфильмам. Найти сообщество «Маша и медведь», «Три богатыря», «Миньоны», «Мультимания» и т. п.

2. С помощью вкладки «Аудитория сообществ»/«Активности» можно выбрать всех, кто за последний месяц оставлял в этих сообществах комментарии (то есть активен).

3. Можете зайти в «Фильтр баз»/«Поиск по базе» и оставить в своем списке только девушек, только из нужного региона и только с детьми (конечно, будет погрешность в возрасте детей, потому что парсер соберет всех, у кого в графе «дети» указан хоть кто-нибудь; но с учетом того, что исходные сообщества были посвящены мультфильмам, вряд ли в конечном файле окажется так уж много мам выпускников средних школ).

4. Дальше — уже известная вам процедура распарсивания, которая на примере с «Церебро» начинается с вкладки «Поиск аудитории»/«Группы, где есть ЦА» (шаг 3 в предыдущем варианте).

Юмор в том, что, если вы фактически пройдете сначала первый вариант, потом второй, аудитории не будут повторяться на 100 % (хотя бы только потому, что не все мамы вступают в тематические сообщества про материнство).

Вариант 3. А как вам идея в качестве исходного массива данных брать сообщества, которые представляют детские интернет-магазины или сами выступают как площадка для продажи товаров для грудничков? Думаю, логику вы уже ухватили.

Вариант 4. Отработать лидеров мнений и их подписчиков по вашей теме. Первые фамилии, которые приходят мне в голову (а я не представитель целевой аудитории), — Елена Малышева, Евгений Комаровский, Дмитрий Карпачев... Наверняка ведь их читают те, кому тема резонирует, — значит, и ваш оффер срезонировать может.

Вариант 5. Вариант из неочевидных, но абсолютно необходимых — парсинг сообществ конкурентов. Facebook такое делать не дает, а вот в сети «ВКонтакте» и в «Одноклассниках» есть где разгуляться. Подумайте сами: если подписчики состоят в сообществах ваших конкурентов, значит, у них наверняка есть потребность в том, что вы продаете, — ну так сделайте им предложение, от которого они не смогут отказаться (только спарсите их толком).

Надеюсь, к этому моменту вы уже уловили, насколько разносторонним может быть подход к поиску отобранных сегментов целевой аудитории. Пределов здесь буквально нет, а варианты для парсинга заканчиваются там, где заканчивается ваша фантазия.

«Все гуглятся, все ищутся», — сказал мне прокурор. Еще несколько алгоритмов

Если вы до сих пор не прочитали статью про поиск девушек из клуба — сделайте это прямо сейчас. А теперь задумайтесь: ведь парсить можно не только тех, кто вам нужен, но и тех, кто вам совсем не нужен, — топ-менеджерский состав конкурентов (чтобы они вашу рекламу не увидели) или офферов (тех, кто получил деньги за вступление в сообщество), допустим.

Найдите несколько сообществ, которые точно набиты оплаченными аккаунтами (еще лучше сообщества, из которых офферы продаются), и соберите оттуда буквально всех. Потом распарсите. Снова соберите и распарсите еще раз. В итоге получившуюся базу можно будет добавлять в исключения к каждой рекламной кампании, которую вы настраиваете (чтобы на этих людей реклама точно не откручивалась). То же самое касается и конкурентов или, например, администраторов сообществ по какой-то теме (есть у парсеров и такая вкладка).

Все, что я пытаюсь здесь сказать, — мыслите логично и обращайте внимание на мелочи. Например, когда парсер «Поиск аудитории/группы, где есть ЦА» находит несколько десятков тысяч сообществ, можно фильтровать их не минус-словами, а с помощью вкладок «Соотношение» или «Smart» — ведь очевидно же, что чем выше концентрация исходной аудитории в том или ином сообществе, тем более оно целевое, тем выше вероятность спарсить из него «правильных» людей.

Алгоритм алгоритмов. Куда копать в свободное время

«Фишки» — это замечательно, но если хотите, чтобы ваши результаты были системными, смотрите на задачу шире. Все алгоритмы парсинга имеют примерно общую логику — структуру, если угодно. И она такова.

1. Прежде всего нужна аудитория, от которой можно оттолкнуться. Это могут быть пользователи, которые уже покупали, подписчики конкретных сообществ, активные участники конкретных сообществ и даже списки ID, выгруженные из CRM-системы (если она интегрирована с социальными сетями). В любом случае вам нужен «исходный материал», ДНК вашей аудитории, в котором вы уверены.

2. Пользователи, от которых вы хотите получить целевое действие (каким бы оно ни было — подписка в сообщество, покупка, установка приложения, еще что-нибудь), должны быть активны. То есть вас должны интересовать в первую очередь те юзеры, которые участвуют в обмене «сетевой валютой» — оставляют лайки, комменты и репосты, выражают деятельный (поведенческий) интерес к совершению целевых действий. И чем чаще (ближе к моменту настройки рекламы) они это делают, тем они интереснее. Выгрузка

ID купивших из CRM обладает прямыми эмпирическими свойствами, поэтому практически идеальна.

3. Люди склонны сбиваться в стаи по интересам. Поэтому, о какой бы нише ни шла речь, скорее всего, нужно работать не только над тем сегментом целевой аудитории, который вам интересен, но и над его окружением (лидерами мнений, друзьями, вторым из пары...).

Такие вот 3А в построении алгоритмов: Аудитория, в которой вы уверены, Активности, Аффилиаты. Проследите, чтобы все элементы находились во взаимном резонансе, иначе слишком высоки шансы, что вся рекламная кампания провалится.

Чего парсеры не умеют

Думать за вас и собирать данные из закрытых сообществ. Все существующие на сегодняшний день парсеры работают только на основании открытых для профиля данных (то есть если конкретно вы имеете доступ в закрытую группу, то и данные с нее собрать вы тоже сможете; если же нет — то никакой сервис не дотянется).

Еще момент: вдумчивый ответственный парсинг может занимать часы и даже дни. Потому что звучит-то это все красиво, но по факту, когда начинаешь руками перебирать возможные сообщества, выясняется, что целые отрасли, хоть и представлены в сети «ВКонтакте», да и в «Одноклассниках» тоже, по факту просто мертвы. И использовать их в качестве исходных — значит закрывать глаза на очевидное. Поэтому не пугайтесь, если у вас (или у вашего подрядчика) не получится справиться за 15 минут. Это творческая работа, и если делать ее плохо, то лучше вообще не делать.

По мере работы вы заметите, что не все из тех гипотез, которые были «накреативлены» во время сегментации целевой аудитории, получится полноценно спарсить. Потому что емкость гипотезы маленькая, потому что специфика ниши такова, что пользователи неактивны, еще почему-то... Все это нормально. Отбрасывайте то, что не получилось, и двигайтесь дальше.

Со временем и опытом вы будете строить гипотезы, уже примерно понимая, какие из них удастся «вытащить» парсерами, а какие — нет. Не торопите события. Чтобы стать мастером, нужно допустить все возможные ошибки.

После парсинга хоть трава не расти

О'кей, вы потрудились на славу, и у вас на руках наконец есть база из пользовательских ID, которые точно целевые (вы даже перепроверили на вкладке «Фильтр баз»/«Аналитика»). Что делать дальше? Не на хлеб же намазывать.

Сохраните конечный файл себе на компьютер. А затем пойдите и загрузите его в свой рекламный кабинет. В сети «ВКонтакте» это делается при нажатии кнопки «Ретаргетинг» в меню рекламного кабинета (рис. 2.25).

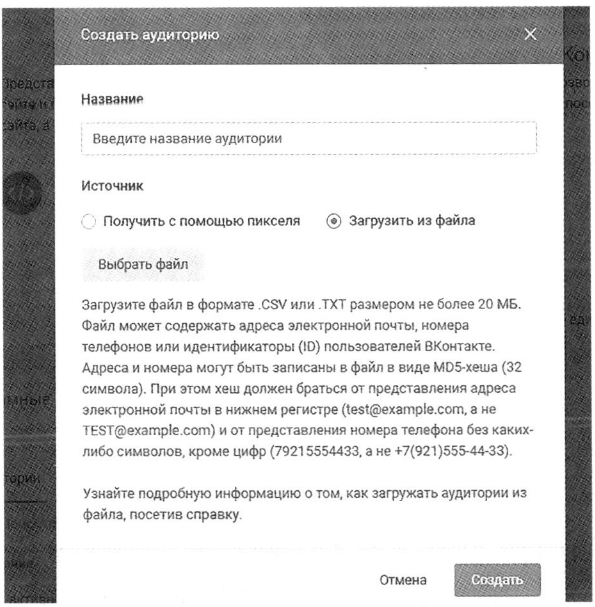

Рис. 2.25

На этом все. Идите парсить следующую гипотезу. А насколько разумно это было сделано, покажут уже тесты во время проведения непосредственно рекламной кампании.

Когда лучше пользоваться парсерами, а когда — кабинетом

В подавляющем большинстве случаев для тонкой работы без парсеров просто не обойтись. По крайней мере, в арсенале они должны быть обязательно, особенно если нужны нетипичные сегменты целевой аудитории. Но опыт подсказывает, что и рекламный кабинет в руках профи из бенгальского огонька иногда превращается в лазерный меч. Например:

- когда качество данных у самой социальной сети заведомо выше (например, если речь идет о настройке по геолокации, конкретному местонахождению или, скажем, игровым приложениям);
- когда генеральная совокупность пользователей в нужном регионе слишком мала для тонкой работы (например, если вы настраиваетесь на жителей города N, в котором всего 200 000 пользователей «ВКонтакте»; наверняка, отсеяв детей и предпенсионный возраст, вы как раз и упретесь в 100–120 тысяч человек, на которых стоит запустить пару объявлений по модели CPC, а уже по итогам получения конверсий и их анализа делать выводы, стоит ли углубляться в парсинг вообще).

Lookalike-аудитории в сети «ВКонтакте»

Вслед за Facebook функционал lookalike-аудиторий ввели все основные социальные сети. В сети «ВКонтакте» аудиторию-близнеца можно создать здесь (рис. 2.26).

Меню «Ретаргетинг», «Похожие аудитории», «Найти похожую аудиторию». Принцип вам уже знаком.

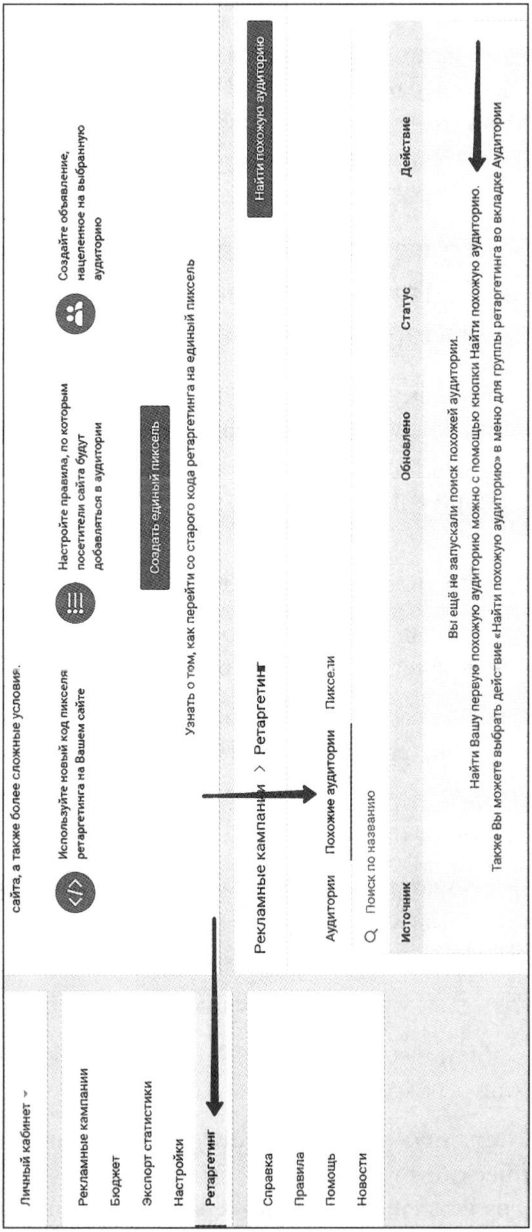
Личный кабинет
Рекламные кампании
Бюджет
Экспорт статистики
Настройки
Ретаргетинг
Справка
Правила
Помощь
Новости
сайта, а также более сложные условия.
Используйте новый код пикселя ретаргетинга на Вашем сайте
Настройте правила, по которым посетители сайта будут добавляться в аудитории
Создайте объявление, нацеленное на выбранную аудиторию
Создать единый пиксель
Узнать о том, как перейти со старого кода ретаргетинга на единый пиксель
Рекламные кампании > Ретаргетинг
Найти похожую аудиторию
Аудитории
Похожие аудитории
Пиксели
Поиск по названию
Источник
Обновлено
Статус
Действие
Вы ещё не запускали поиск похожей аудитории.
Найти Вашу первую похожую аудиторию можно с помощью кнопки Найти похожую аудиторию.
Также Вы можете выбрать действие «Найти похожую аудиторию» в меню для группы ретаргетинга во вкладке Аудитории

Рис. 2.26

Нужно сказать, что на момент, когда я пишу эти слова, lookalike-аудитории «ВКонтакте» работают не так чтоб заметно эффективнее остальных — Facebook пока впереди (но он и старше, поэтому не стоит паниковать раньше времени — пробуем).

Таргетированная реклама в My Target («Одноклассники»). Пошаговая настройка

Вообще, по-хорошему, настройка рекламы в My Target начинается с создания «аудитории», но давайте для начала пройдем стандартный путь, чтобы у вас сложилось понимание процесса. Аудитории, равно как и принципы сегментации, обсудим отдельно.

1. Выбирайте «Кампании», а затем «Создать».
2. Выберите цель — для вас это уже рутинная процедура, которая должна быть интуитивно понятной:
   - «Сайт» — вывод трафика на внешние ресурсы (сайты, лендинги, блоги, интернет-магазины);
   - «Игра» — продвижение игрового приложения, если у вас такое имеется;
   - «Пост в социальных сетях» — он же «Продвижение записи»; здесь работает не менее эффективно, нежели в Facebook или в сети «ВКонтакте»;
   - «Группа» — набор подписчиков в ваше сообщество;
   - «Мобильное приложение» — очевидный пункт, который в особых комментариях не нуждается;
   - «Магазин» — представляет собой классический динамический таргетинг. Для его запуска сначала нужно загрузить «прайс-листы» в разделе «Аудитории».

Логика выбора цели совершенно идентична остальным социальным сетям — выбирайте то, что ближе всего к вашей непосредственной задаче. Ну и тестируйте в плановом порядке так, как это описано в главе 4.

Сразу же скажу о форматах (подробности есть в разделе «Помощь»):

- тизер 90×75. Как раз тот случай, когда можно пренебречь и особо не тратить время;
- баннер 240×400. Несмотря на то что баннер можно сделать интерактивным (flash), такая же история, как и с предыдущим пунктом;
- широкоформатный блок 1080×607. Это рекламный формат для массовых продуктов № 2 (в смысле второй по значимости). Его прелесть в том, что он достаточно большой, чтобы занять всю ширину пользовательской ленты. В общем, если у вас не приложения — обратите внимание;
- мобильный широкоформатный блок 1080×607. А вот это формат № 1. Мобильная лента хороша тем, что она получается практически full-screen, то есть занимает весь экран. Именно это и обеспечивает ей высокую кликабельность от пользователей (CTR от 1 %, которые в сети «ВКонтакте» кажутся достижениями, здесь — обыденность, по крайней мере пока);
- мобильная реклама. По сути, только для рекламы приложений. Из приятного — можно выбрать, будет она показана баннером, стандартным постом в ленте или вообще во весь экран;
- заметки групп в «Одноклассниках». Это исключительно для продвижения заметок. Здесь вообще ничего не редактируется — какую заметку добавили, такую и будете рекламировать. Хорошая новость в том, что

заметка подгружается вместе с «социальной валютой» — классами, комментариями, репостами (а это автоматически выступает как «социальная гарантия» — другим-то понравилось!);

- баннер 1000×120 в видео. Позволяет размещать рекламный баннер в видеороликах на площадках Coub и «ВКонтакте». Каких-то явно выраженных особенностей в приложимости к тому или иному продукту нет. Просто протестируйте как-нибудь, когда будет желание.

Mail.Ru — это не просто социальная сеть, это агрегатор. Поэтому во время выбора рекламного формата обращайте внимание на значки в левой части строки. Они ответят вам на вопрос, на какой площадке будет ротироваться объявление.

3. Запуск в My Target обсудим на примере продвижения поста, чтобы предварительно закрыть тему наиболее популярных рекламных форматов.

   Итак, прежде всего создайте пост, который собираетесь отправить в рекламную ротацию, и разместите его у себя в сообществе. Если в нем содержатся ссылки, которые выводят трафик за пределы «Одноклассников», добавьте уникальную UTM-метку. Когда будет готово — откройте пост в новом окне и скопируйте ссылку на него (ее можно ничем не размечать).

4. В разделе «Кампании» выберите «Пост в социальных сетях», а затем вставьте ссылку на него. Обратите внимание — пост подгружается со всей его «социальной валютой»: «комментами», «классами», «поделиться» и кнопкой «Присоединиться» в правом верхнем углу. Значит, если у вас «раскачанная» группа, лучше дать посту какое-то время, чтобы он получил свой первый всплеск внимания.

В рекламном кабинете после указания ссылки на рекламируемый пост нажмите «Добавить», чтобы он подгрузился в качестве тизера.

5. Начинаем таргетировать (рис. 2.27). «Пол» и «Возраст» не комментирую — принципы те же, что и в остальных соцсетях: чем у́же настройки — тем выше вероятность отклика.
6. «Возрастное ограничение» — так же, как в сети «ВКонтакте». Особо ни на что не влияет, но если у продукта есть внутренние «но», лучше маркировку ставить.
7. «День рождения». Содержит довольно подробный таргетинг по степени отдаленности от праздника (1, 2, 3, 4 дня и далее как до, так и после дня рождения). Если у продукта сравнительно небольшой чек, а ниша мягкая, вполне стоит отрабатывать как отдельную гипотезу. В остальном — по ситуации и целевой аудитории.

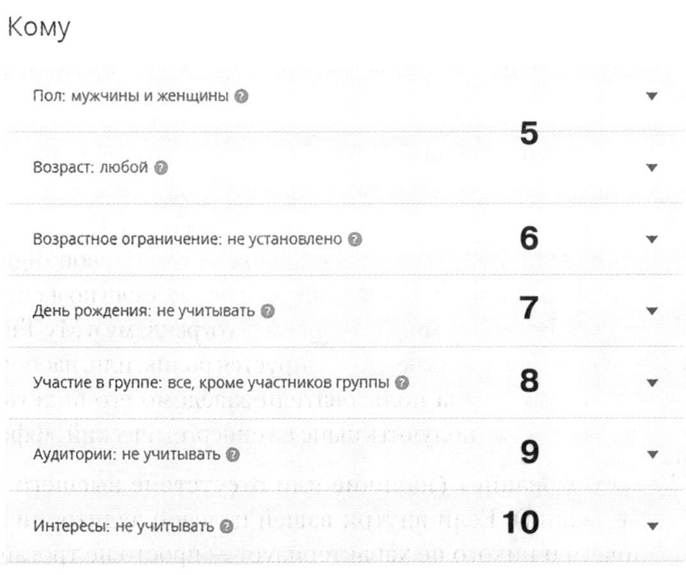

Рис. 2.27

8. «Участие в группе». По умолчанию, разумеется, стоит «все, кроме участников группы» (потому что зачем привлекать в сообщество тех, кто уже там есть?). Но мы ведь говорим о продвижении поста — поэтому, если вы промотируете конкурсные условия, важный контент или просто хороший продающий пост, может понадобиться и функция «только участники группы».

9. «Аудитории». Здесь загружаются сегменты пользователей, подготовленные заранее (аналог спарсенных ретаргетинговых баз в сети «ВКонтакте»). Какие это могут быть аудитории и откуда их собирать — поговорим уже в следующем разделе.

10. «Интересы» — базовая настройка. Обязательно должна быть в структуре тестов. Как и в случае с Facebook и Instagram, путь воина заключается в том, чтобы сесть один раз и прокликать все имеющиеся интересы по вашей теме. Обращайте внимание на баланс между релевантностью интересов и объемом целевой аудитории (как и везде — сегменты до 5000 и более 100 000 — под большим вопросом).

11. «Телезрители» (рис. 2.28). Настройка учитывает пользователей, которые смотрят ТВ мало (до двух часов в день), немного (2–4 часа в день) или много (более четырех часов). Отлично работает, если вы усиливаете свои digital-активности классической рекламой на ТВ. Если поэкспериментировать с таймингом (показывать рекламу в My Target в то же самое время, когда ротируется ролик, или, наоборот, в то время, когда пользователи заведомо его видеть не могут), можно получить шанс на синергетический эффект.

12. «Образование» (наличие или отсутствие высшего образования). Если внутри вашей целевой аудитории это ничего и никого не характеризует — просто не трогайте. Выбирать «лишь бы было» не стоит.

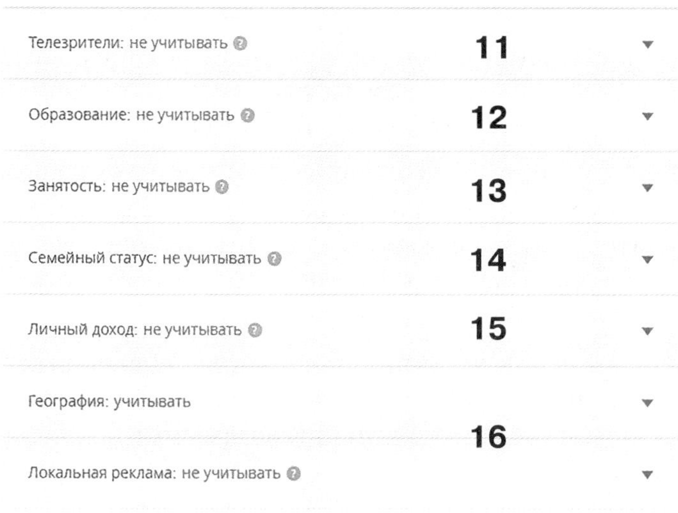

Рис. 2.28

13. «Занятость». Имеется в виду наличие или отсутствие работы у сегмента целевой аудитории. Альфа и омега для таргетинга на потенциальных сотрудников или проектные работы. В остальном — решайте сами.

14. «Семейный статус» (в браке или холост). Думаю, в комментариях не нуждается.

15. «Личный доход» (градация от «ниже среднего» до «премиум»). Помните, что это всего лишь мнение алгоритма, пусть и довольно умного. Поэтому, когда рука с мышкой дрогнет в сторону «премиум», не забудьте проверить еще раз объем целевой аудитории с учетом прочих настроек, чтобы не получилось, что вы сами с собой разговариваете.

16. «География» и «Локальная реклама». Стандартный «суповой набор» социальных сетей — вы можете выбрать как конкретные страны, области, регионы (география), так и конкретные места радиусом от 500 м до 10 км (локальная

реклама). Во втором случае будут учитываться все пользователи, которые побывали в указанном месте за последние семь дней. Для ускорения процесса можно загрузить файл с указанием сразу нескольких координат.

17. «Время и дни показа» (рис. 2.29). Стандартный тайминг рекламной кампании. Как всегда, рекомендую использовать, только если у вас есть четкое понимание поведенческих тенденций целевой аудитории (не предположения, а понимание).

18. «Время работы кампании». Позволяет выставить критерии «от» и «до». То есть не заморачиваться с отключением запуска «по памяти». Мне очень нравится.

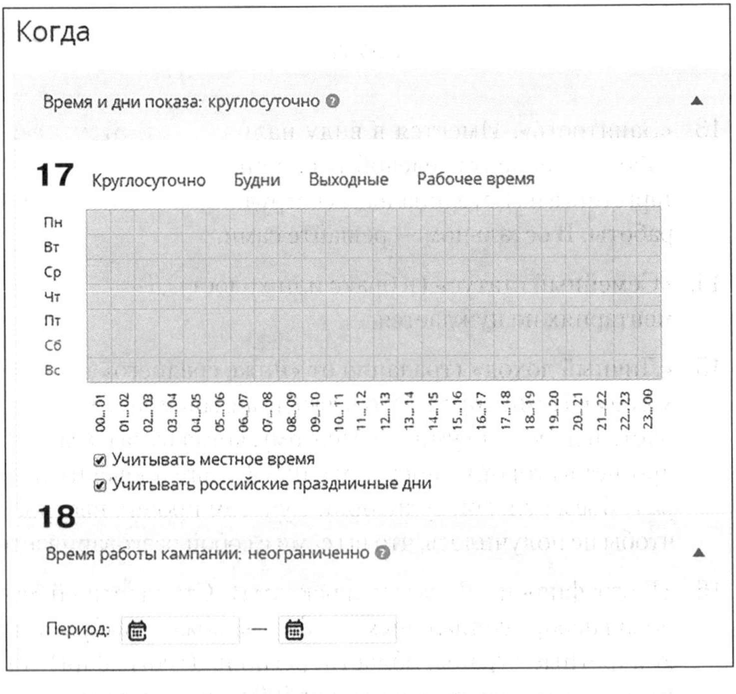

Рис. 2.29

19. «Места размещения» (рис. 2.30). Выбирая между мобильным и десктопным трафиком, помните, что мобильный продолжает экспансивно расти и даже девушки за 40 постепенно гаджетизируются. Если явных перекосов у целевой аудитории нет, оставляйте оба варианта.

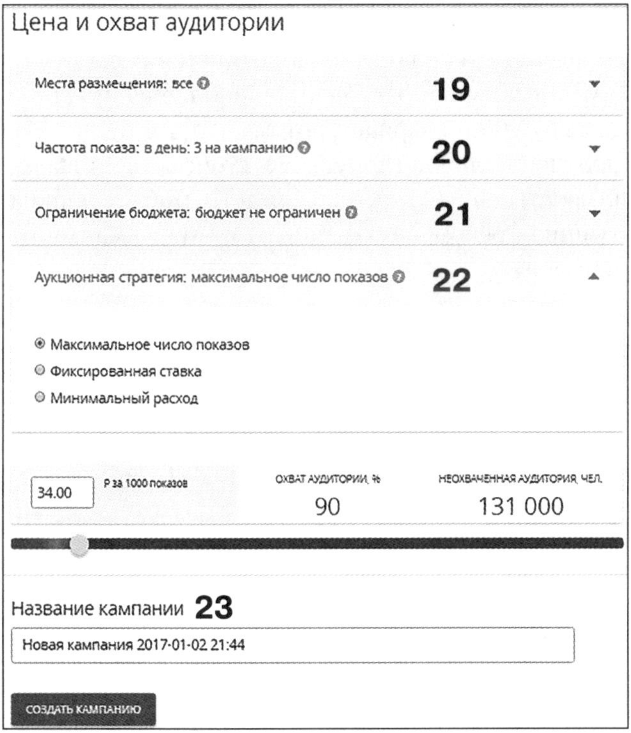

Рис. 2.30

20. «Частота показов». Крайне полезная настройка, прокликайте. Разумеется, даже если у вас брендовая история и вы работаете на охватность, перегибать с интенсивностью показов на одного пользователя не стоит. То, что стоит по умолчанию, — три в день — нормально. В остальном — тестируйте.

21. «Ограничение бюджета». Обязательно ставьте лимиты, иначе однажды зазеваетесь и «сольете» деньги в никуда. Обратите внимание, что минимальный дневной расход — 500 рублей. Но это ограничение можно легко обойти, если запускаться на три дня с общим бюджетом, например, 900 рублей.

22. «Аукционная стратегия». Скорее всего, если опыта у вас мало, то первое поле, куда потянется ваша рука, — это «Минимальный расход». Но, вполне возможно, это не самый лучший вариант, потому что для таких целей, как получение лидов (допустим), стоимость клика — очень второстепенный фактор. Для того чтобы «пощупать ситуацию», рекомендую начинать с «Максимального числа показов».

    Теперь внимательно присмотритесь к цветовому градуснику:

    - если курсор находится в красной зоне — предложенная вами стоимость оплаты неконкурентоспособна, а значит, реклама показов получать не будет;
    - желтая и оранжевая части — средний вариант. Примерно по этим же ценам ротируются конкуренты. Обратите внимание, что охватность здесь растет революционно (как правило, от 0 до 70 % на разнице 1–2 рубля). Начиная с таких цифр охвата, уже, в принципе, можно запускаться в ротацию;
    - ну и зеленая часть — это самая дорогая, но и самая эффективная ставка оплат (во всяком случае, с точки зрения охватов). Опять же заметьте, что в рамках зеленой части градусника рост процента охватности происходит очень поступательно. Для нас с вами это значит, что оптимальная стратегия — это начинать с самого левого края зеленой полосы. А потом наблюдать за ходом ведения кампании и вносить коррективы.

23. «Название кампании». Вряд ли вы, как солдаты-вэдэвэшники, помните все ключевые даты своих запусков, поэтому называйте так, чтобы вам самим было понятно.

24. Перед тем как выбрать «Создать кампанию», проверьте все еще раз. Мы ведь живые люди, мало ли в какой момент моргнули.

После запуска реклама уходит на модерацию, а кабинет начинает выглядеть так, как на рис. 2.31.

Аудитории в My Target

Щелкните на кнопке меню «Аудитории» и порадуйтесь — помимо кабинетных настроек, по которым мы уже пробежались, у вас есть десять вариантов. Очень кратко проговорим каждый.

- «Счетчик Top@Mail.Ru» — это ваш пиксель (мы устанавливали его еще до запуска кампании).
- «Группы (“Одноклассники”, “ВКонтакте”)» и «Приложения (“Одноклассники”, “Мой мир”, “ВКонтакте”)» — говорят сами за себя. Добавляются ссылками. Использовать «ВКонтакте» особенного смысла нет: как я уже говорил, те, кто предпочитают «ВКонтакте», сидят, как ни странно, именно в сети «ВКонтакте».
- «Списки пользователей» — возможность загрузить клиентскую базу (для этого предусмотрено девять способов). Спарсенные аудитории загружаются именно здесь. Пользоваться обязательно.
- «Списки поисковых запросов» — крайне полезная функция. Едва ли не аналог контекстной рекламы. Позволяет работать с базами пользователей, которые применяли конкретные поисковые запросы в системе Mail.Ru. Единственное — как правило, это очень узкие аудитории, но с довольно высоким CTR. Отсматривать запросы и собирать их базы — здесь: http://webmaster.mail.ru/querystat.

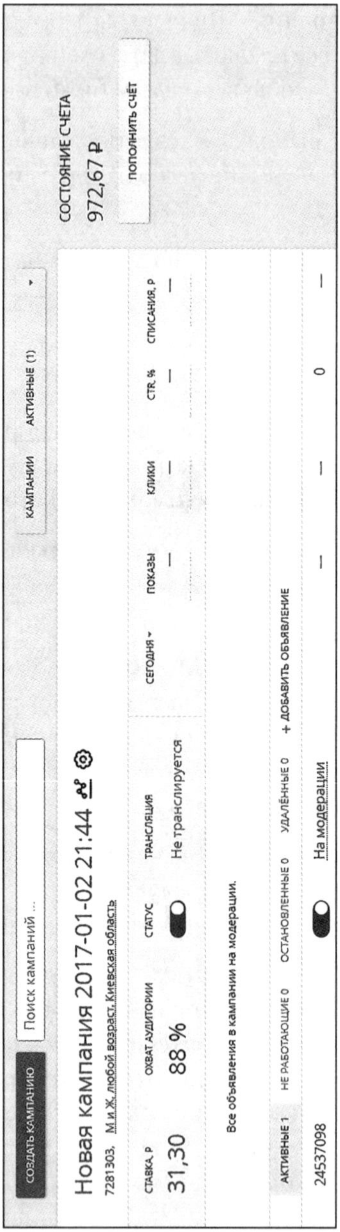
СОЗДАТЬ КАМПАНИЮ
Поиск кампаний ...
КАМПАНИИ
АКТИВНЫЕ (1)
СОСТОЯНИЕ СЧЕТА
972,67 ₽
ПОПОЛНИТЬ СЧЁТ
Новая кампания 2017-01-02 21:44
7281303, М и Ж, любой возраст, Киевская область
СТАВКА, ₽
31,30
ОХВАТ АУДИТОРИИ
88 %
СТАТУС
ТРАНСЛЯЦИЯ
Не транслируется
СЕГОДНЯ
ПОКАЗЫ
КЛИКИ
CTR, %
СПИСАНИЯ, ₽
Все объявления в кампании на модерации.
АКТИВНЫЕ 1
НЕ РАБОТАЮЩИЕ 0
ОСТАНОВЛЕННЫЕ 0
УДАЛЁННЫЕ 0
+ ДОБАВИТЬ ОБЪЯВЛЕНИЕ
24537098
На модерации
0

Рис. 2.31

- «Прайс-листы» — вполне стандартный динамический ретаргетинг.
- «Поделиться сегментами» — настройка, которая позволяет передавать права (или получать их) на использование клиентских аудиторий другим пользователям.
- «Рекламные кампании». По сути, это подвид ретаргетинга. Позволяет взаимодействовать с аудиториями, у которых есть доказанный опыт коммуникации с брендом (как вы помните, абсолютно аналогичная функция есть в Facebook). Рекомендую пользоваться.

Вариативность настроек My Target более чем достаточна и позволяет дотянуться до всех, кого вы сочтете нужными. Более того, здесь тоже есть...

...Возможность создания lookalike-аудиторий

1. Выбираете уже готовую аудиторию, которая будет использоваться в качестве исходной.
2. Нажимаете «Создать lookalike» (рис. 2.32).
3. Называете аудиторию понятным для себя образом и ждете.

Принцип вы уже давно понимаете, что делать с готовой аудиторией — вопрос вряд ли возникнет.

Парсеры и парсинговые алгоритмы для My Target

Общая тенденция такова, что возможности парсинга аудитории «Одноклассников» слегка скромнее, нежели «ВКонтакте». Хотя бы только потому, что большая часть вдумчивых рекламодателей предпочитает вторую площадку. Тем не менее в «Одноклассниках» тоже есть что делать. Тот же PepperNinja умеет собирать аудитории пользователей, которые были активны в отношении конкретных постов, или аудитории наиболее активных участников сообществ (к слову, я был в числе первых пользователей, которые тестировали эти

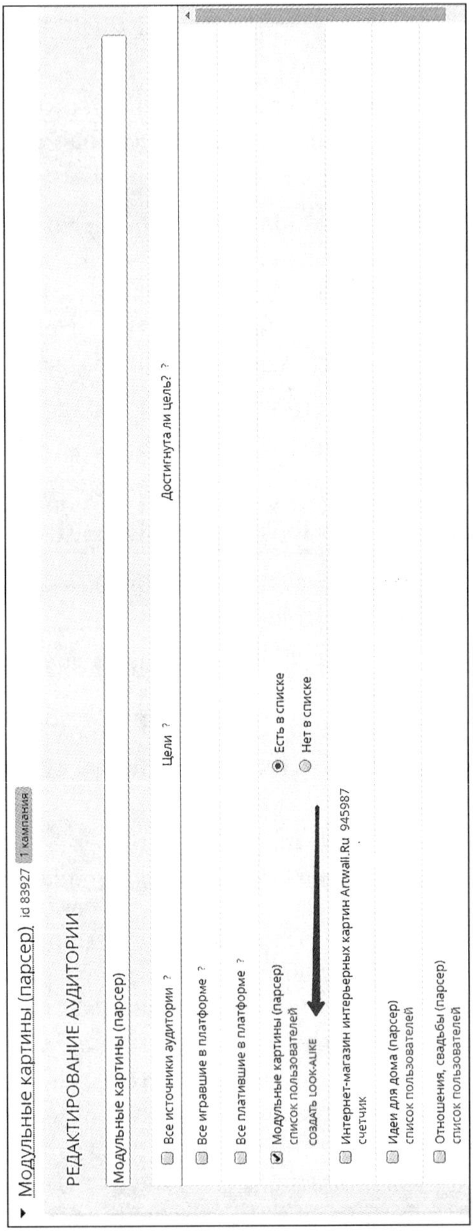
Модульные картины (парсер) id 83927 1 кампания
РЕДАКТИРОВАНИЕ АУДИТОРИИ
Модульные картины (парсер)
Все источники аудитории ?
Цели ?
Достигнута ли цель? ?
Все игравшие в платформе ?
Все платившие в платформе ?
Модульные картины (парсер)
список пользователей
СОЗДАТЬ LOOK-ALIKE
Есть в списке
Нет в списке
Интернет-магазин интерьерных картин Artwall.Ru 945987
счетчик
Идеи для дома (парсер)
список пользователей
Отношения, свадьбы (парсер)
список пользователей

Рис. 2.32

функции на этапе их ввода в функционал сервиса, поэтому рекомендую спокойно).

Что касается алгоритмов, они, как и в случае с сетью «ВКонтакте», завязаны на логику поведения ваших целевых клиентов. Чем глубже и точнее вы их понимаете, тем выше шансы на отклик по отношению к рекламным усилиям.

Принципиальные замечания по настройке кампаний таргетированной рекламы во всех социальных сетях

Самая главная правда заключается в том, что один запуск, каким бы гениальным и продуманным он ни был, ничего не решает. Для достижения системного и масштабируемого результата нужны структурные тесты (то есть тесты, максимально вариативные в рамках ниши, с которой вы работаете). Держите это в памяти, настраивая свои кампании. А тестам посвящена отдельная большая глава в этой книге — «Тестирование в таргетированной рекламе. Философский камень успеха».

Принципы создания тизеров (говоря проще — выбора рекламных изображений и написания текстов) тоже являются общими для всех социальных сетей. Допустимое количество текста или разница в размерах минимально влияют на итоговые результаты (потому что то, что́ вы говорите, всегда важнее того, ка́к вы это делаете). С поправкой на предыдущий пункт мы обсудим эти принципы в следующей главе под названием «Тизерная часть рекламы».

Кто бы там что ни утверждал, в СНГ для таргетированных кампаний чаще всего используются Facebook, Instagram, «ВКонтакте», «Одноклассники». В рамках моего проекта «Битва таргетологов» (конференция, где несколько специалистов по таргетированной рекламе продают один и тот же продукт в разных социальных сетях в прямом эфире) мы экспериментировали с Twitter и LinkedIn. Но и по результатам этих запусков, и по отклику зрителей стало ясно, что делать здесь особо нечего.

UTM-метки

Если вы хотя бы один раз настраивали таргетированную рекламу, скорее всего, вы в курсе. Но на всякий случай я расскажу как.

1. Зайдите в любой компоновщик UTM (они все бесплатные). Я пользуюсь http://utmurl.ru/.
2. Вставьте ссылку на саму страницу, куда будет вести реклама.
3. Заполните как минимум три обязательные графы — источник кампании (utm_source), канал кампании (utm_medium) и название кампании (utm_campaign); заполнять нужно на латинице (кстати, http://utmurl.ru/ сам делает транслитерацию, если нужно); я обычно указываю что-то вроде fb-target в источнике, CPC в канале и test1girl в названии.
4. Скопируйте длинную ссылку (она будет примерно следующего вида: http://shcherbakovs.com/?utm_source=fb-target&utm_medium=cpc&utm_campaign=test1girl) и вставьте ее именно в таком виде в графу «Назначение», или как там она называется в той социальной сети, с которой вы работаете сегодня?

Размечать рекламный трафик UTM-метками совершенно обязательно. Если этого не делать, ни о какой аналитике и оптимизации рекламной кампании не может и речи идти.

Важно: любое изменение любой переменной в вашей рекламе должно влечь за собой смену UTM-метки. То есть, если вы используете формат «Карусель», ставьте уникальные идентификаторы названия для каждого используемого изображения. Если вы в рамках одного запуска формата «Трафик» используете шесть картинок, после запуска открывайте каждое из объявлений по отдельности и дописывайте в ссылку уникальные идентификаторы URL. Иначе, когда возникнет вопрос, какое именно изображение оказалось наиболее конверсионным, вы будете отталкиваться от его стоимости, мол, самое дешевое — самое эффективное. В 90 % случаев это не так.

Что еще нужно учесть, когда вы выбираете пункт назначения для трафика:

- никогда не выбирайте в качестве целевой главную страницу сайта — это почти гарантированный «слив» бюджета;
- если вы работаете с интернет-магазином, лучше давайте ссылки на конкретные товары или хотя бы группы товаров, но опять же ни в коем случае не на весь магазин в целом;
- если домен на кириллице, возможно, придется использовать «сокращаторы» ссылок типа https://goo.gl/; разумеется, сокращать их стоит уже после разметки UTM-метками.

CPM, CPC, CPA или CPL?

Говоря честно, мы выбираем только между CPM и CPC (именно по этим двум моделям соцсети с нас списывают деньги). Поэтому главное — уловить логику, на основании которой этот выбор делается.

Подумайте следующим образом... Если вы заморочились с целевой аудиторией, собирали ее парсерами, анализировали, вытаскивали экзотические сегменты кабинетом и сужались до адекватного максимума, значит, в такой аудитории концентрация людей, склонных кликнуть на вашей рекламе, максимальна. Ведь так? А раз она максимальна — переплачивать в 2–3 раза в модели CPC совершенно незачем.

С другой стороны, если, положа руку на сердце, вы не можете сказать, что знаете аудиторию до кончиков ногтей, значит, концентрация людей, склонных отреагировать на ваше объявление, минимальна (во всяком случае точно меньше, чем в предыдущем допущении). Вывод? Подбирайте аудиторию пошире, выставляйте CPC и наблюдайте. Больше всего вас должна интересовать не стоимость клика, а сводные данные конверсий на посадочной странице; чтобы вы смогли на основании доказуемых фактов ответить себе на вопрос: кто те люди, которые совершают целевые действия? Как только ответ появится, снова уходите в сегментацию, вдумчивую работу с подбором аудиторий и CPM.

Например, для одного из наших клиентов, который занимался продажей офисных перегородок, мы начинали тестирование именно с платы за клики. Согласитесь, сложно спрогнозировать «на берегу», кто будет лучше реагировать на тизеры — владельцы предприятий, подписчики паблика БМ, «менеджеры» или, допустим, администраторы сообществ, посвященных агентствам по изучению английского языка (у заказчика такой информации тоже не было — только допущения). Кроме того, задача усугублялась тем, что ни одна из гипотез не являлась достаточно емкой, чтобы с ней можно было работать автономно. CPC стало отличным решением, чтобы получить первые клики и отследить, кто был их источником.

Главное о ценообразовании в социальных сетях

На сегодняшний день совершенно все социальные сети работают по модели аукциона: кто предложил больше всего денег за нужный сегмент целевой аудитории, тот и попал в рекламную ротацию. На самом деле, как я уже упоминал выше, Facebook действует немного сложнее — он учитывает три переменные: насыщенность аукциона, обратную реакцию на тизер (релевантность) и интенсивность достижения целевых действий. Это все еще аукцион, но нелинейный и очень сложнопрогнозируемый. Для нас с вами это значит следующее.

- Конкуренция и количество ресурсов, которое тратится в отрасли, имеет значение. Уже в середине 2016 года я видел примеры того, как стоимость вовлечения в Facebook для формата «продвижение поста» составляла более $1,5 (ниша девочек-подростков в Украине). Это не просто дорого — это космически дорого. Причина в том, что в отрасли сидит массивный конкурент, который тратит на рекламу действительно много. Скорее всего, стоимость рекламы постепенно будет расти, по мере притока рекламодателей (но это не точно), поэтому чем раньше вы начнете, тем лучше для вас.

- Манипуляции со ставками оплат — это инструмент управления объемами охватности. Вне зависимости от площадки. Если вы понижаете рекомендуемую цифру ставки за целевое действие, из ротации исчезают те пользователи, за которых больше всего конкурируют. Если повышаете — охватываете все большее количество «дорогих» пользователей. И у того и у другого процесса есть «дно» и «потолок» соответственно (то есть существует ставка, по которой реклама не откручивается вообще — это никогда не нулевое значение; и существует ставка, после которой цену поднимать бесполезно, потому что конкурентов больше нет). И ту и другую цифру можно вычислить только эмпирически, в своей конкретной отрасли, в конкретное время.
- Логическое продолжение предыдущего пункта заключается в том, что «копейка охват бережет». Подавляющее большинство таргетологов (ваших конкурентов) понижают ставки до ровных, «красивых» чисел — 2,00 рубля, 1,60 рубля, 3,40 рубля... Но раз уж это аукцион — добавляйте к своим ставкам одну копейку. Ставьте 2,01 рубля, 1,61 рубля, 3,41 рубля. Это, может быть, не так красиво, зато позволяет потенциально обойти конкурентов за невероятно смешную сумму. Справедливо только для сетей «ВКонтакте» и «Одноклассники».

Как социальные сети собирают данные о клиентах (их интересах, местоположении, должностях)? Насколько этим данным можно доверять?

Принцип сбора информации выглядит так.

В первую очередь — эмпирические данные (те, которые доказуемы фактами реальной жизни). Например, при настройке геотаргетинга в первую очередь учитываются не места, которые пользователь указал в качестве мест своего жительства или любимого общественного заведения, а анализ геолокации устройства, с которого пользователь выходит в соцсеть; понятно, что второй метод гораздо точнее. Увы, эмпирически можно померить не все, но алгоритмы совершенствуются и с каждым днем становятся все точнее (даже беременность они зачастую определяют раньше самой забеременевшей — в США уже были прецеденты). Поэтому доверять можно.

Выводы делаются на основании множества взаимозависимых факторов. Например, когда речь идет о возрасте пользователей, понятно, что не у всех эта информация указана корректно. Поэтому рекламный кабинет учитывает не только написанное в профиле, но и годы выпуска из школы/университета, среднее арифметическое возраста ближайших друзей и т. п. В сумме это дает гораздо более точные данные. То же самое касается «интересов» и «должностей»: учитывается не только информация из профиля, но подписки на тематические сообщества, карта кликов по контенту, превалирующие интересы ближайшего окружения и т. п.

Вывод: доверять можно.

Смело утверждаю, что эти принципы будут только разрастаться и становиться все значимее (недаром же алгоритм Facebook, который контролирует попадание контента в пользовательские ленты, учитывает уже более 100 000 критериев). Они в интересах рекламодателей, а значит, и в интересах соцсетей (которые большую часть доходов получают как раз от рекламы). Пользуйтесь спокойно.

Изучение целевой аудитории и ее сегментация

Представьте, что вы на сцене, а перед вами толпа самых разных людей. Как и к кому вам нужно обратиться, чтобы продать десяток кожаных браслетов до конца вечера?

Сделаем допущение, что самая перспективная часть толпы — это любители тяжелой музыки. Вы можете крикнуть в микрофон: «Эй, любители тяжелой музыки! Кожаные браслеты по 1000 рублей. Всего 20 штук. Налетай!» И в обычной жизни это должно сработать. Но в социальных сетях этого будет недостаточно, потому что:

- социальные сети вообще не площадка для продаж, это медиапространство, куда люди изначально пришли фотки смотреть и общаться между собой;
- реклама получается «холодной»;
- за счет того, что средний пользователь состоит более чем в 100 сообществах сразу, диагностировать его интересы однозначно практически невозможно;
- в сообществах обычно реальные люди перемежаются ботами, офферами и просто балластом, который вступил и забыл.

Поэтому для ведения таргетированной рекламы целевую аудиторию нужно сегментировать, то есть делить на более узкие подвиды, чтобы обращаться к ним максимально индивидуально. Например, давайте подумаем, как можно сегментировать нашу рокерскую толпу:

- обратиться только к мужчинам или только к женщинам (это все еще широкое обращение, но в два раза точнее, чем изначально);
- к мужчинам с длинными волосами;
- к девушкам в косухах;
- к тем, кто пришел в футболке с принтом любимой рок-банды;
- к тем, кто умеет петь гроулом;
- ваши варианты.

Обратите внимание, что, когда мы сегментируем целевую аудиторию, у нас появляется возможность более индивидуального обращения, а значит, и большие шансы на отклик. Например, так: «Если на вас футболка с принтом группы, которая была основана до 2000 года, — вам, как старожилам, мы продадим браслеты в первую очередь, а наши партнеры подарят вам пригласительный в местное хард-рок-кафе».

Согласитесь, в таких условиях сложно не отреагировать, особенно если на вас футболка с Black Sabbat, а вы сами — апологет дисторшена.

В этом ключевая идея работы с целевой аудиторией в социальных сетях — она должна быть сегментирована (иначе вы будете банально откручивать рекламу на нецелевую аудиторию и терять деньги). Чем точнее вы к ней обращаетесь, тем выше ваши шансы на окупаемость.

Нарезайте мелко, но без использования терки

Был у меня клиент, который продавал замороженные овощи и фрукты круглый год в одном из регионов Украины (конкретно бренд называть не могу). Давайте на их примере попробуем сегментировать общий массив целевой аудитории — любителей здорового питания. Варианты, которые обозначил заказчик:

- мамы с маленькими детьми (до трех лет);
- женщины, придерживающиеся различных диет;
- сыроеды, вегетарианцы;
- люди, соблюдающие религиозные посты (особенно перед Пасхой и Новым годом);
- люди возраста 45+, которые покупают замороженные фрукты и овощи не столько чтобы есть, сколько чтобы лечиться (например, бруснику — для лечения почек, калину и аронию — для нормализации давления);
- офисные сотрудники (слишком занятые, чтобы ходить по магазинам).

Мы с командой к этим сегментам добавили еще:

- женщин, которые любят готовить и интересуются этим;
- спортсменов, любителей фитнеса, особенно девушек, которые готовят себе смузи.

Честно говоря, это редкость, чтобы заказчик сам мог настолько же точно описать ключевые сегменты целевой аудитории. Обычно приходится делать это автономно — строить гипотезы, а затем перепроверять их сначала у заказчика, а потом — на самом рынке. Но именно с этого начинается настройка таргетированной рекламы — с построения гипотез относительно сегментов целевой аудитории (гипотез, потому что, пока они не приносят денег, мы не можем быть уверены в правильности своего выбора).

Следующим шагом мы будем искать людей, которых обозначили на этом шаге, и собирать из них базы, по которым затем настроим рекламу и проверим реальную значимость каждой сделанной гипотезы. Поэтому, прежде чем читать дальше, проведите такую сегментацию для себя. Как это сделать?

Задание для самостоятельной проработки № 8: *поднимите статистику продаж на сайте, CRM, свою тетрадку с записями о продажах и посмотрите, кто у вас покупает, что у этих людей общего.*

- *Если у вас есть действующее сообщество в социальных сетях, которое генерирует продажи, посмотрите статистику его данных продаж — сделайте выводы о том, кто эти люди.*
- *Если у вас есть отдел продаж или любые другие варианты офлайн-сбыта, поинтересуйтесь у наиболее успешных продавцов, с кем им приходится работать, что характеризует этих людей, какие особенности им присущи.*
- *Присмотритесь к конкурентам, особенно прямым; если вы можете выделить ключевые сегменты их целевой аудитории (которая опять-таки оставляет им деньги в кассе), скорее всего, на эту информацию можно опираться в собственной работе.*

- *В конце концов, используйте банальный здравый смысл и свое знание жизни — мы ведь гипотезы строим, а не в открытый космос выходим, на то они и гипотезы.*

Порядок тестирования гипотез в реальной рекламной кампании

Скорее всего, если вы ответственно подошли к вопросу, гипотез у вас получилось около десятка. В каком порядке их отрабатывать, чтобы максимально быстро приблизиться к окупаемости инвестиций?

1. Гипотезы, подтверждаемые эмпирическими данными (потому что маркетолог предполагает, а рынок располагает). Если у вас есть база данных, откуда можно вытащить информацию о тех людях, которые реально тратят деньги на ваши продукты, — настраивайтесь именно на этих людей, один в один, и не пытайтесь выдумывать велосипед.
2. Гипотезы первого порядка. То есть наиболее вероятные и логичные варианты характеристик вашей целевой аудитории. Например, если вы продаете цветы плюс доставку, скорее всего, стоит поэкспериментировать с мужчинами, которые выбирают подарки на день рождения, годовщины или юбилеи своих женщин (это будет три разные аудитории).
3. Гипотезы второго порядка. То есть предположения, которые кажутся логичными, но вызывают сомнения. Скажем, с теми же цветами это могут быть женщины, которые дарят цветы своим подругам (да, такое бывает) или покупают, просто чтобы украсить дом и себя порадовать (такое тоже случается).
4. Гипотезы на уровне фола и бредовых реальностей. Предположения в чистом виде. Как правило, оказываются либо абсолютно провальными, либо феерически результативными. У меня в практике был случай, когда при продвижении картин на холсте одной из наиболее результативных

аудиторий оказались любители роупджампинга, прыжков с парашютом и т. п. Кажется нелогичным? Мы размышляли так: любят прыгать — значит, много фоток. Фотки эмоциональные — значит, хочется хвастаться. Картина на холсте — лучший способ хвастаться.

Тестируйте свои аудитории именно в таком порядке, как я здесь перечислил, — сэкономите кучу денег. Ну и, чтобы окончательно вас убедить, еще два примера о том, какова...

...Сила эмпирических данных

«Ой, Роза, шо вы меня лечите?»

У меня есть знакомая, которая владеет туристическим агентством в одном из регионов Украины. Агентство продает эксклюзив — то есть не Турцию и Египет, а Мексику, Бразилию, Австралию и т. п. Средняя стоимость чека плавает в районе нескольких тысяч долларов.

Как-то в частном разговоре я посоветовал ей провести анализ своей клиентской базы и выяснить, кто те люди, которые приносят ей больше всего денег. В бизнесе она больше пяти лет, казалось бы, ничего нового о целевой аудитории раскопать больше не удастся (напоминаю, это регионы). Но она таки сделала анализ.

Как думаете: кто те люди, которые обеспечивали ее бизнес доходами все эти годы (речь идет примерно о 60 % всех финансовых поступлений)?

Бизнесмены? Логично, но нет.

Чиновники? Тоже логично и тоже нет.

Программисты? Нет.

Золотая молодежь? Нет.

Домохозяйки, удачно вышедшие замуж? Нет.

Ваши варианты?

Об этом практически невозможно догадаться, но 60 % всех доходов в ее бизнесе генерировали... врачи. Я не знаю, почему и как так вышло, но если бы я настраивал для нее рекламную кампанию в соцсетях, я бы двигался по вышеуказанному списку. И я бы ошибался. А с учетом полученных данных (60 % доходов — доктора) я бы вообще не взялся вести таргетинг, потому что с целевой аудиторией врачей он просто не нужен.

Не задирайте нос. Сколько бы лет вы ни провели в обнимку со своими клиентами, прежде чем тратить деньги на рекламу, соберите данные и попытайтесь оттолкнуться именно от них. А потом уже стройте гипотезы.

Муж и жена — сатана с одной потребительской корзиной

Летом 2016 года я приехал в Харьков на бизнес-ужин, и по дороге на мероприятие организатор события рассказала мне, что прочла одну из моих книг (методика эмпирического анализа баз описана в книге «Бизнес, попавший в шторм»[1]), выполнила рекомендации и обнаружила, что... около 55 % всех заказов в ее бизнес тоже приносит вполне конкретный клиентский сегмент (бизнес — продажа штор и карнизов). Как думаете, что это за сегмент? Подскажу: не врачи.

Правильный ответ логичен, но точно не войдет в первую тройку ваших предположений. Это жены айтишников.

Мораль обеих историй в том, что гипотезы — хорошо, но достоверные данные — лучше. Потратьте время и соберите свою эмпирическую базу данных. Это самый быстроокупаемый актив в таргетинге.

Методики сбора данных и изучения сегментов целевой аудитории

Когда я или другие специалисты рекомендуем «выстраивать гипотезы» вокруг целевой аудитории, никто не имеет в виду

[1] *Щербаков С.* Бизнес, попавший в шторм. — СПб.: Питер, 2016.

свободный полет фантазии. У хорошего дома всегда есть фундамент, у хорошей гипотезы всегда есть основание. Поэтому, чтобы не высасывать их друг у друга из пальцев, пытайтесь опереть каждую гипотезу хоть на что-нибудь достоверное. Краткий список выглядит так:

- данные Graph Search (все подробности — в следующем разделе);
- данные из Google Analytics и «Яндекс.Метрики» (в первую очередь вам понадобятся данные о демографии, географии и устройствах; если получится выудить больше информации — отлично); чтобы полноценно пользоваться этой функцией, в Google Analytics нужно зайти в меню «Администратор», в колонке «Ресурс» выбрать «Настройки ресурса», а затем «Сбор данных»; в появившемся меню включить «Функции отчетов по рекламе» (рис. 2.33);
- данные аналитики пикселей (в Facebook это отслеживается в меню «Статистика аудитории») (рис. 2.34);
- данные о подписчиках в ваших сообществах (в любой социальной сети смотреть в «Статистике»);
- данные от сервисов аналитики и мониторинга социальных медиа и СМИ (на этом этапе градус конкретики падает, потому что с помощью такого рода сервисов — babkee, wobot, youscan и т. п. — можно отслеживать только тональность высказываний по теме; или придется интегрировать парсеры/CRM-системы с сервисами аналитики);
- данные от сервисов social fishing (такие сервисы умеют определять профили конкретных пользователей в социальных сетях из числа зашедших на ваш сайт или совершивших конверсию). Важно: я ни в коем случае не призываю отслеживать конкретных людей, чтобы писать им в «личку» и что-то продавать, наш путь — наблюдение и изучение профилей для выяснения общих свойств сегментов целевой аудитории; исключительно в таком

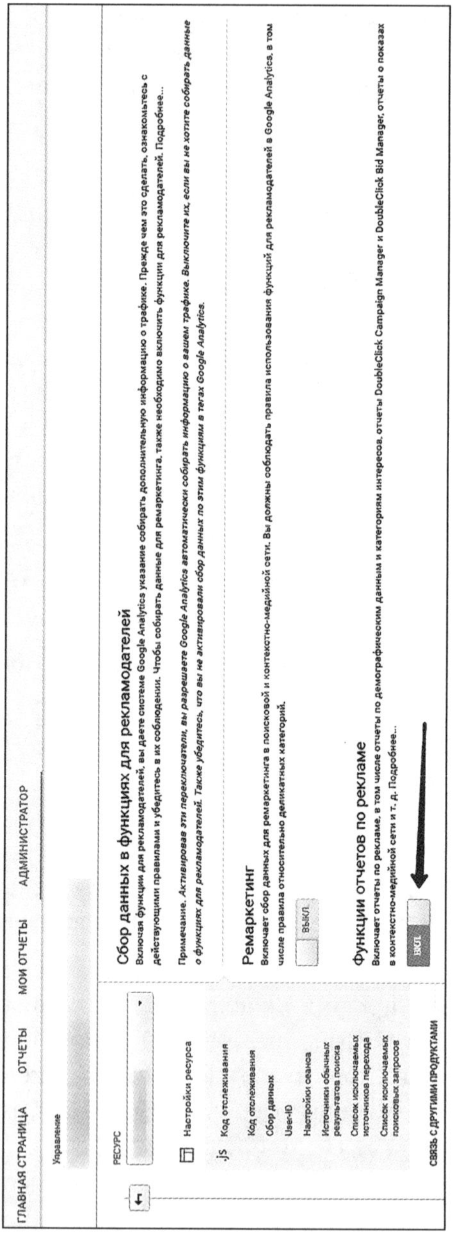
ГЛАВНАЯ СТРАНИЦА
ОТЧЕТЫ
МОИ ОТЧЕТЫ
АДМИНИСТРАТОР
Управление
РЕСУРС
Настройки ресурса
Код отслеживания
Код отслеживания
Сбор данных
User-ID
Настройки сеанса
Источники обычных результатов поиска
Список исключаемых источников перехода
Список исключаемых поисковых запросов
СВЯЗЬ С ДРУГИМИ ПРОДУКТАМИ
Сбор данных в функциях для рекламодателей
Включая функции для рекламодателей, вы даете системе Google Analytics указание собирать дополнительную информацию о трафике. Прежде чем это сделать, ознакомьтесь с действующими правилами и убедитесь в их соблюдении. Чтобы собирать данные для ремаркетинга, также необходимо включить функции для рекламодателей. Подробнее...
Примечание. Активировав эти переключатели, вы разрешаете Google Analytics автоматически собирать информацию о вашем трафике. Выключите их, если вы не хотите собирать данные о функциях для рекламодателей. Также убедитесь, что вы не активировали сбор данных по этим функциям в тегах Google Analytics.
Ремаркетинг
Включает сбор данных для ремаркетинга в поисковой и контекстно-медийной сети. Вы должны соблюдать правила использования функций для рекламодателей в Google Analytics, в том числе правила относительно деликатных категорий.
ВЫКЛ.
Функции отчетов по рекламе
Включает отчеты по рекламе, в том числе отчеты по демографическим данным и категориям интересов, отчеты DoubleClick Campaign Manager и DoubleClick Bid Manager, отчеты о показах в контекстно-медийной сети и т. д. Подробнее...
ВКЛ.

Рис. 2.33

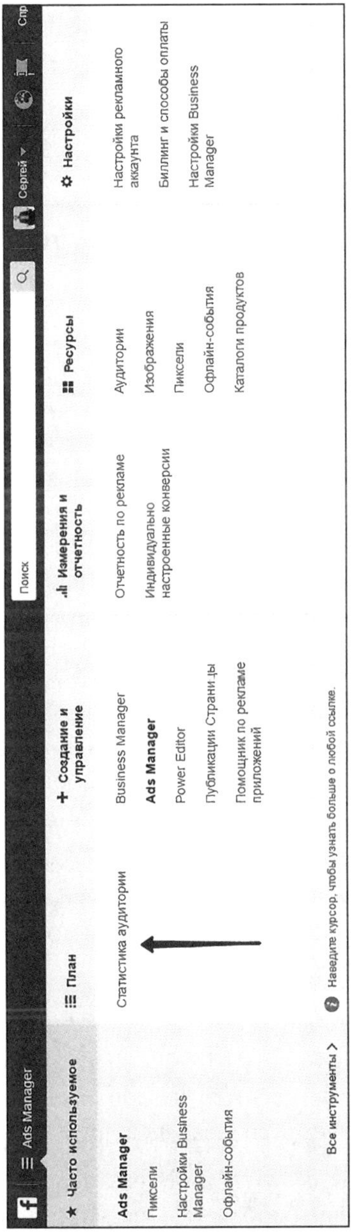
Ads Manager
Поиск
Сергей
Часто используемое
Ads Manager
Пиксели
Настройки Business Manager
Офлайн-события
План
Статистика аудитории
Создание и управление
Business Manager
Ads Manager
Power Editor
Публикации Страни ды
Помощник по рекламе приложений
Измерения и отчетность
Отчетность по рекламе
Индивидуально настроенные конверсии
Ресурсы
Аудитории
Изображения
Пиксели
Офлайн-события
Каталоги продуктов
Настройки
Настройки рекламного аккаунта
Биллинг и способы оплаты
Настройки Business Manager
Все инструменты
Наведите курсор, чтобы узнать больше о любой ссылке.

Рис. 2.34

ракурсе сервисами пользоваться можно. Кстати, поисковые роботы пессимизируют сайты за использование сервисов social fishing, поэтому если ввязываетесь — делайте это только на лендингах, которые не обладают стратегическим значением;

- аналитические данные, которые продают исследовательские агентства; разумеется, если вы этим агентствам доверяете.

Graph Search

Graph Search — это умный поиск в Facebook (причем не семантический поиск, а на основе «предполагаемого смысла»; то есть он не просто находит информацию по ключевым словам, но пытается ответить на заданный пользователем вопрос). Если вы про него еще не слышали, это потому, что работает он исключительно в англоязычном интерфейсе Facebook. Тем не менее для вдумчивого использования в нашей русскоязычной ситуации он тоже вполне сгодится.

Что нужно сделать? Перейти на англоязычный интерфейс в настройках личного профиля.

Поэкспериментировать с запросами на английском, которые вас интересуют, в поисковой строке. Например:

- people who like advertisment (Facebook найдет профили людей, которые интересуются рекламой; причем ранжирует их по степени значимости характеризующего слова и в соответствии с вашим списком друзей);
- people who like advertisment in Moscow (все то же самое, только люди будут уже из Москвы);
- people who are not my friend who like Websarafan (найдет людей, которым нравится указанная страница, но которые до сих пор почему-то у вас не в друзьях);
- people who work at Mondelez and like music (найдет людей, которые работают в указанной компании и при

этом интересуются тем, что важно для настройки вашей рекламы);

- cafes in Kiev visited by people who like Star Wars (обнаружит тип бизнеса в нужном месте или городе, которые посещали юзеры, интересующиеся, допустим, «Звездными войнами»);
- movies liked by people who like Denis Kaplunov (вычислит, какие фильмы или, например, музыка нравятся друзьям Дениса Каплунова);
- games played by fans of Marketing One (ответит на вопрос, в какие игры играют подписчики Marketing One);
- places near Independence Square visited by people who like Italy (найдет места, которые находятся рядом с площадью Независимости и которые при этом нравятся людям, предпочитающим Италию);
- pages liked by people who like «Коммерческий директор» (найдет страницы, которые нравятся людям, читающим «Коммерческий директор»);
- interests liked by women who like Marketing One (найдет интересы женщин, которые подписаны на страницу Marketing One);
- pages liked by people who like I-marketing and older than 25 and younger than 34 (отыщет страницы, которые нравятся подписчикам указанной страницы в возрасте от 25 до 34 лет).

Как вы уже поняли, если потрудиться, то найти с помощью Graph Search можно если не все, то очень многое.

Для скромных маркетинговых и рекламных целей того списка, который я здесь привел, будет вполне достаточно, чтобы делать выводы о предпочтениях подписчиков конкурентов, желательных призах для конкурса или о том, в каких веб-играх отлавливать «своих» потребителей (особенно если вы более или менее дружите с английским).

В качестве бонуса рекомендую сайт: http://graph.tips/. Умеет он не так много, как Graph Search, но в какое кафе наведывается Игорь Манн («Бублик» на Тверском бульваре, 24), вполне можно раскопать.

И еще один сайт из этой же оперы: https://stalkscan.com/. Позволяет прогнать личный профиль пользователя Facebook через базовые вопросы: родственники, интересы, любимые книги, места, в которых бывает.

Пара предупреждений:

- Graph Search способен отвечать на вопросы только в рамках открытого API Facebook (иными словами, если юзер закрыл свои интересы, комбинируй не комбинируй запросы — увидеть их не удастся);
- как и все в этом мире, Graph Search иногда глючит и вообще перестает что-либо искать; рецепт стандартный — используйте формулировки Facebook — он будет их подсказывать; перелогиньтесь, еще раз поменяйте язык (с English US на English UK, предположим), просто подождите.

Глава 3
Тизерная часть рекламы

Работа с объявлениями

Бьюсь об заклад, большинство таргетологов начали бы эту главу с фразы типа «объявления — самый важный элемент вашей таргетированной рекламы, который обусловливает ее успех или провал». Но мы-то с вами в теме. Мы знаем, что продуманный тизер — это хорошо, но продуманный оффер — еще лучше.

Объявления в социальных сетях называют тизерами, потому что тизер — это реклама формата «изображение + текст». И раз так, давайте выделим составные части конкретно объявления:

- изображение;
- заголовок;
- текст в описании;
- текст поверх изображения;
- кнопки.

Обратите внимание: два первых пункта бывают в каждом тизере (потому что он из них и состоит). А вот три нижних зависят от конкретного формата рекламы, который вы выберете для работы. При этом видео — частный случай тизера.

Возможные цели таргетированной рекламы вы уже знаете. Комментировать, какие тизеры бывают в принципе (с точки зрения размеров, логики расположения текстовой части, плейсментов и т. п.), не стану, иначе это будет перевирание руководств самих социальных сетей. Вы изучите их уже на практике — так эффективнее.

Самое главное — помните о целесообразности. Вы ведь, когда идете в кафе с друзьями, одеваетесь иначе, нежели на рыбалку с зятем или на свидание со стоматологом? Цель диктует средства. Так и здесь. Если товар выигрышно смотрится в действии — используйте видео; если много рациональных аргументов — пост с буллитами перечисления; если продвигаете человека — фотографию лучше подписать... И так далее с поправкой на то, что один-единственный запуск никогда ничего не решает (как вы помните).

Ну а теперь пойдем по порядку...

Изображения

Если сравнивать «ударную силу» изображений с силой текстов в таргетированной рекламе — изображения побеждают и будут побеждать. Некоторые специалисты утверждают, что 80 % успеха тизера зависит от картинки. Я скептически отношусь к этой цифре, но я абсолютно поддерживаю основную мысль: «вижуал» всегда работает как локомотив.

Изображение в таргетированной рекламе должно:

- быть тематически или контекстуально связано с темой рекламы, продуктом, услугой, персоной;
- составлять единое целое с заголовком и/или текстом объявления;
- быть визуально привлекательным и вызывать эмоциональную реакцию (причем не обязательно позитивную);
- не содержать мелких или непросматриваемых деталей;
- быть «подогнано» под требования социальной сети, чтобы части тел и надписи на изображениях не попадали под цензуру рекламного формата;

- быть качественным — имеется в виду разрешение изображения; в противном случае к ротации могут не допустить;
- не нарушать правила социальных сетей (то есть не изображать сцены насилия, порнографии, запрещенные препараты и т. п.; отдельно обратите внимание, что Facebook запрещает рекламу с содержанием «до/после»);
- не содержать больший процент текста, чем допустимо (максимум 50 % для «ВКонтакте» и «Одноклассников»; у Facebook эта цифра — 20 %, но если вы ее превысите, объявление все равно уйдет в ротацию с несколько заниженным охватом); к слову, это может быть важно не только в случае сознательного нанесения текста на изображения, но и просто при подборе картинки — например, если вы попытаетесь загрузить изображение школьного учителя, который что-то пишет на доске, высоки шансы, что модерация сочтет написанное на доске текстом и тизер не пропустит;
- по возможности быть небанальным; относитесь к этой рекомендации с недоверием: «новые», «креативные», «непривычные» изображения часто показывают кликабельность выше, но, во-первых, эффект узнавания может работать на вас, а не против вас (например, для привлечения подписчиков в сообщество практически всегда отлично работает реклама с изображением обложки сообщества); во-вторых, в своих тестовых кампаниях я более чем в половине случаев использую картинки с файлостоков тоже (потому что иногда они работают лучше, уж не знаю почему).

В случае с форматом рекламы в Facebook типа «Карусель» ключевое значение имеет самое первое изображение из списка (то, которое во время ротации отображается первым).

Есть с «кем», есть «что», но «где взять»?

Изображений для ведения кампании таргетированной рекламы вам понадобится много (для начала 20–30 штук). Поэтому вопрос, откуда брать столько картинок, очень быстро станет для вас актуальным. Давайте я отвечу на него заранее.

- Из Google и «Яндекса». Самый очевидный и при этом самый опасный вариант. Комментирую. Изображения — тоже объект авторского права. А значит, за неправомерное использование картинки, найденной в поиске, можно схлопотать проигранное дело в суде. Чтобы подобный казус с вами не произошел, во время работы с Google щелкайте на пункте «Инструменты поиска», а затем «Права на использование» (вас должны интересовать варианты «С лицензией на использование и изменение» и просто «С лицензией на использование»). Этот фильтр позволит вам вести поиск только среди тех изображений, использование которых правообладателями не запрещено. Однако не спешите радоваться, у этого пункта есть теневая сторона: если картинка была «украдена» до вас и перевыложена с лицензией, допускающей использование, дело в суде вы все равно проиграете, если что (в СНГ прецедентов пока не было); поэтому используйте на свой страх и риск. Кстати, у «Яндекса» подобного фильтра в инструментах поиска нет.

  Если вы таки решились, важно не брать изображения с «первого экрана» (то есть наиболее популярные и «замыленные»), особенно без веских причин, а листать поглубже.

- Из бесплатных фотобанков и файлостоковых сервисов. Например:
  - https://unsplash.com/;
  - http://epicva.com/;
  - https://pixabay.com/;
  - http://thestocks.im/ (агрегатор, который умеет искать по перечисленным сайтам и некоторым другим).

Напоминаю, что к рекламному кабинету Facebook подключен Shutterstock (мы с вами обсуждали это во время пошаговой отработки рекламных запусков), с которого можно совершенно бесплатно брать картинки для своих кампаний (без возможности скачивать).

Бесплатных файлостоковых сервисов довольно много, есть из чего выбирать — «погуглите». Но, выбирая, помните: «пластмассовые» и особенно приевшиеся картинки мало кого цепляют, поэтому по возможности либо наносите тексты на изображения, либо пусть дизайнер их апгрейдит как-то иначе.

Отдельно обратите внимание на сайт http://search.creativecommons.org/. Это агрегатор, который позволяет искать в Сети объекты авторского права, распространяемые по лицензии creative commons. Но опять же, как и Google, сайт ничего не гарантирует.

- Из платных фотобанков и файлостоковых сервисов:
  - http://www.istockphoto.com/;
  - https://www.dreamstime.com/;
  - http://ua.depositphotos.com/;
  - https://www.shutterstock.com/ (снова без него никуда).

  Тут комментировать особо нечего: покупаете и используете в свое удовольствие. Единственное — обращайте внимание на тип используемой лицензии, бывают экзотические варианты. Например, необходимость доплачивать после 500 000 показов этого изображения. Или 15 % от стоимости продажи, которая состоялась благодаря используемому изображению...

  Как всегда, добивайтесь, чтобы стоковые фотографии вызывали эмоции или хотя бы не были слишком «стерильными».

- Рисовать самому или нанимать дизайнера. Стоить такое удовольствие может от пары долларов до $50–100 за штуку. Но! Насколько бы вы или ваш дизайнер ни были в теме, нельзя с ходу нарисовать идеальное изображение — все равно его придется тестировать, чтобы убедиться в своей гениальности. Поэтому, раз уж вы готовы тратить деньги (а их — ограниченное количество), лучше это делать не в самом начале рекламной кампании, а после получения первых результатов тестов, когда у вас более или менее сложится понимание тенденций (какие визуальные концепции дают больше конверсий). Исключение — продвижение концертов или мероприятий, где графические «афиши» стоит тестировать со старта.

- Экзотические варианты (встречаются редко, но упомянуть для полноты картины надо):
  - старые изображения, которым более 70 лет со дня смерти правообладателя (с точки зрения международных норм авторского права через 70 лет после смерти автора продукт его ума переходит в народное достояние и им может пользоваться кто угодно); сюда стоит отнести картины именитых художников, некоторые исторические фотографии, портреты и т. д.;
  - договориться с автором изображения напрямую; как вариант вполне работоспособно, особенно в СНГ, но времени занимает кучу; поэтому, если вы нашли какого-то «из ряда вон» фотографа или иллюстратора, который прямо «вау», пробуйте, конечно, но системно — не советую.

Если вы думаете, что замена элементов изображения, коллажирование, прогон через фильтры и т. п. освобождает вас от норм авторского права, то, увы, это не так. Поэтому думайте дважды, а лучше трижды, когда выбираете картинки для своей рекламы.

Двенадцать типов изображений, которые сейчас работают хорошо (на примере сети «ВКонтакте»)

Disclaimer: изображения, которые использованы для иллюстрирования примеров ниже, не являются истиной в последней инстанции или такими, на которые стоит безоговорочно равняться. Помните, что работают НЕ конкретно эти картинки, а их типаж, визуальная концепция (плюс синергия остальных настроек). Часть примеров взята из рекламной ротации «ВКонтакте»; спасибо всем невольно прикоснувшимся.

1. Изображения с лицами (рис. 3.1). Думаю, это никогда не устареет. Красивые и особенно эмоциональные лица отлично кликаются почти вне зависимости от тематики. Единственное «но» здесь — это модерация «ВКонтакте» (на Facebook такой проблемы нет). Формально размещение в рекламе изображений людей, которые не дали свое письменное согласие на это, запрещено. Но фактически, с поправкой на персональную удачливость, некоторым удается пропихивать даже фотографии национальных лидеров — и ничего. О том, как повторить такое в своей практике, мы поговорим в главе 5.

Рис. 3.1

2. Персоны (рис. 3.2). Опять-таки, если модерация позволяет (особенно модерация «ВКонтакте»), обязательно

используйте в рекламе людей и персонажи, которые связаны с вашей тематикой. Например, для темы продаж можно использовать как Леонардо ди Каприо — «волка с Уолл-Стрит», так и Скруджа Макдака. А для рекламы гитар — как Стива Вая, так и Егора Летова и мышонка из мультика, который пел на пеньке песню про «чудесный день». Разумеется, все это с поправкой на сегмент целевой аудитории, с которым вы работаете.

Рис. 3.2

3. Эмоции (рис. 3.3). Это все еще про людей, но, пожалуй, стоит выделить отдельно. Изображения, где люди смеются, плачут, кричат, ненавидят, рвут на себе волосы, поднимают руки к небу, ужасаются, восхищаются, — это хорошие (в смысле эффективные) изображения.
4. Мемы или тренды, но только если они обыграны для вашего конкретного продукта и тематики (например, домовой Добби для аудитории студентов или «Язь — рыба моей мечты» — для рыболовов) (рис. 3.4). При этом помните, что у мема есть срок жизни — с какого-то момента он перестает всех радовать и начинает раздражать.

Рис. 3.3

Рис. 3.4

5. Действия, движения (рис. 3.5). Сюда относятся изображения с динамическим эффектом. Где кто-то или что-то бежит, едет, летит, взрывается, перемещается... В общем, когда содержание картинки можно описать глаголом.

Рис. 3.5

6. Деньги, девушки и их «составляющие» (рис. 3.6). Опять же это вечные темы, которые не устареют никогда. Но это не значит, что их можно использовать для любой темы или бездумно выдирать с уже упомянутых файлостоков — ни

в коем случае. Делайте ставку на изображения денег или девушек, если действительно в них нуждаетесь, чтобы донести ключевую мысль.

Рис. 3.6

7. Изображение непосредственно продукта или услуги (если ее можно показать — например, массаж или какая-нибудь терка) (рис. 3.7). Зачастую после множественных тестов выясняется, что именно картинка с товаром без всяких надписей и аллюзий кликалась и конвертировала в продажи лучше всего. Особенно это касается случаев, когда продукт уникальный (заграничный, к примеру) или содержит сногсшибательный оффер, который виден на тизере (например, из опыта — две люльки в детской коляске). Сюда же относятся принтскрины для рекламы приложений.

8. Ассортиментная линейка (рис. 3.8). Изображение одного товара — хорошо, а нескольких — лучше. Это касается в первую очередь тизеров с широким разрешением картинки (в идеале формата «Продвижение постов»). Если вам удастся уместить в изображение сразу несколько платьев так, чтобы они были хорошо различимы, — тестировать обязательно.

Офисные перегородки? −20%! Спеши!
oki-doki.ru
Скидка до 20% на перегородки! Оставь заявку и узнай свой скидку! Здесь!
Третьи духи в подарок!
avuar.com.ua
Сегодня день скидки -70%. Есть оплата при получении. Смотри!
Днепр! Замороженные ягоды
Группа
Рецепты на основе замороженных ягод, овощей и фруктов!

Рис. 3.7

Мусульманские платья Рекламная запись
С нами ты подберешь любой образ
Подписывайтесь по этой ссылке -> https://vk.com/rimma_allyamova , Нас уже более 170 тысяч!
RimmaAllyamova

Рис. 3.8

9. Решение проблемы (рис. 3.9). Хорошо подходит для тех продуктов, действие которых видно невооруженным глазом. Например, цвет и состояние волос для рекламы краски. Или фотография парня с шикарной девушкой для курсов по пикапу.

10. Изображения типа «до/после» (рис. 3.10). Опять-таки требует места для применения, но работает отлично. Уверен, вы сами знаете, в каких случаях подходит лучше (реклама тренажерного зала, средства от угрей, средств передвижения...), а в каких — хуже. По поводу Facebook — я уже говорил, что «до/после» здесь запрещены, но решение принимается алгоритмом, а не живыми людьми, поэтому если слишком очевидное визуальное размежевание внутри тизера использоваться не будет, есть шанс, что проскочите.

Рис. 3.9

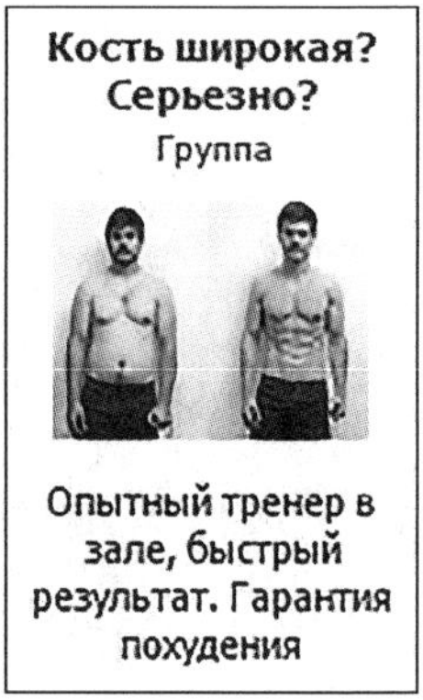

Рис. 3.10

11. Изображения-метафоры (рис. 3.11). Помните, мы говорили про рекламу отдела продаж на примере Леонардо ди Каприо и Скруджа Макдака? А как вам идея показать этот же отдел продаж метафорично? Например, в виде стаи волков, или внутреннего механизма швейцарских

часов, или идеальной комбинации в тетрисе? Здесь главное, чтобы метафора была лишена двусмысленностей и составляла органичное целое с заголовком или текстом описания (если этот текст есть).

Рис. 3.11

12. «Креативные» и «кликовымогательские» картинки, привлекающие внимание (рис. 3.12). Их стоит использовать в последнюю очередь. Потому что именно они опаснее всего. «Удачно» выбранное изображение может показывать отличные CTR, но при этом никак не конвертироваться в целевые действия. У меня такое было однажды на проекте, где мы продавали картины на холсте. Аудитория, собранная в сообществах по критерию знаков зодиака, отлично кликала по объявлениям типа «Водолей? Забери свой подарок», но на сайте показывала почти 100 % отказа.

Рис. 3.12

Запомните главное: эти рекомендации — не хайвей, по которому можно с ходу набирать обороты. Это проселочная дорога, даже колея в поле, и я не знаю, проедет ли по ней конкретно ваш внедорожник. Все нужно тестировать, а изображения — в первую очередь.

Визуальные концепции VS детали изображений

Я буду повторять до тех пор, пока вас это не начнет раздражать (когда мы эмоционально на что-нибудь реагируем, запоминается лучше): для получения максимальных результатов в таргетинге вам нужны структурные вариативные тестирования. А тестируем мы не «пиксель вправо — пиксель влево», а визуальные концепции, то есть содержание картинки, ее смысл, ее общий месседж. Поэтому, если вы работаете, допустим, с таким продуктом, как продажа линзоматов по франшизе, в структуре ваших тестов должны быть:

- изображения самих линзоматов (в разных ракурсах);
- изображения, на которых линзоматы устанавливают живые люди с эмоциональными лицами (в идеале не файлосток);
- линзоматы в действии (покупатель забирает свой продукт);
- изображения результата (владелец линзомата — с деньгами);
- решение проблемы (например, женщина в годах, которая прямо возле линзомата надевает новые линзы);
- инфографика о пользе линзоматов;
- визуальное сравнение линзомата с банкоматом или кофейным автоматом и т. п.

Мы *не* тестируем цвет рекламной вывески на фото, фасон шапочки прохожего или угол падения тени от продукта. Мы концентрируемся на визуальной концепции и пытаемся понять, что работает лучше. Чем вариативнее (в контексте вашего предложения) вы это делаете, тем больше у вас шансов на успех.

Пятнадцать способов сделать отличный...

...Заголовок — это изображение продукта с помощью текста. С учетом того, что в таргетированной рекламе ему отводится 25–40 символов, нужно быть почти поэтом, чтобы вместить максимум смысла (причин купить, совершить целевое действие) в минимум доступного объема. Но прежде, чем поговорить о технической стороне подхода, давайте разберем пример.

Продукт — детокс-программа на основе соков холодного отжима. Целевая аудитория — женщины, домохозяйки в возрасте от 25 лет, собранные с помощью парсера из групп для мамочек (дети родились год назад, надо похудеть). Время запуска — самое начало января. А вопрос такой: хорошие это тизеры или нет (рис. 3.13)?

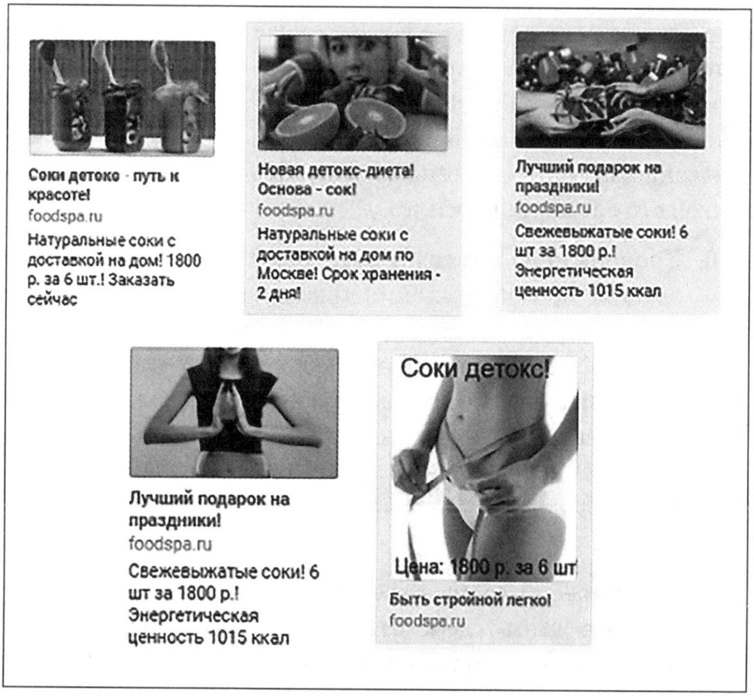

Рис. 3.13

Если вы ответили «нет», аргументируйте, прежде чем читать дальше. Потом сравните. Если же вы ответили «да» — вот вам краткий урок логики.

Задумайтесь, в чем вы можете быть уверены после парсинга аудитории? Наверняка в интересах, предпочитаемых обсуждениях, давности покупки и т. п. То есть в характеристиках, по которым этот парсинг велся (или в характеристиках, по которым велась настройка в кабинете). Иными словами, называя выбранный элемент в заголовке, вы точно не промажете. Парсили посетительниц ночных клубов — спросите в заголовке: «Недавно была в ночном клубе?»; парсили активных геймеров Counter Strike — спросите: «Увлекаешься “Контрой”?»; парсили обсуждения по поводу химчисток — напишите в заголовке: «Химчистка у себя дома» и т. д. С учетом того, что практически каждая исходная ЦА для таргетинга делится на сегменты, таких «точек входа» может быть довольно много. Поэтому, когда в следующий раз у вас будет кризис жанра и отсутствие идей для подготовки объявлений, идите кратчайшим путем — путем целевых обращений на основании ключевого элемента парсинга.

0. **Уровень ноль и фундаментальный must have...** Самое главное при оформлении тизера — вызвать у «своей» аудитории резонанс с тем оффером, который мы ей предлагаем. Заставить ее узнать себя в том, о чем мы говорим и что показываем в рекламе. Спровоцировать на действия по отношению к увиденному. И сделать это можно только одним способом — *четко называя в тизере элемент, который выбранная аудитория абсолютно точно ассоциирует с собой.*

Проблема с тизерами выше в том, что ни в одном из них нет слов «женщины», «домохозяйки», «мамочки», «недавно родили»... Они о чем угодно, но только не о целевой аудитории.

Ну а теперь десерт.

1. **Охарактеризуйте свою аудиторию:**
   - «Если у вас бультерьер»;
   - «Только для жителей Рязани»;
   - «Родились 22 апреля?»;
   - «Стратегия для интеллектуалов»...

   Заголовок должен «цеплять» внимание потенциального клиента, а ведь ни для кого из нас нет ничего более цепляющего, чем мы сами. Так что позвольте ему узнать себя в том, как вы к нему обращаетесь.

2. **Охарактеризуйте свой товар:**
   - «Китайская косметика MAC»;
   - «iPhone 6S»;
   - «Семинар Александра Левитаса»;
   - «Сервис попутчиков Bla-bla-car»...

   Насколько важно сказать, кому вы хотите продать, настолько же важно сказать что. Важно здесь не переборщить с метафоричностью, двусмысленностью, юмором и всем остальным, что обычно обсуждается в книгах по копирайтингу. Месседж должен быть четким, конкретным, однозначным и пониматься с первого взгляда. Перепроверьте.

3. **Назовите боль:**
   - «Ваш кошелек почувствовал кризис»;
   - «Вы не верите в себя?»;
   - «Когда болит спина»;
   - «Нравитесь девушкам, но до секса не доходит?»...

   Если вы точно знаете, к кому вы обращаетесь (а мы ведь уже обсуждали парсинговые сервисы), то наверняка и проблемы своей аудитории знаете. Как в реальной жизни невозможно игнорировать физическую боль, так и в социальных сетях боль сложно не заметить. Поэтому выбирайте болевые точки своей аудитории вдумчиво и не стесняйтесь в них бить.

4. **Покажите выгоду:**

   - «Минус 3 кг в день»;
   - «От 100к в месяц»;
   - «Почувствуйте себя здоровым в 50»;
   - «Верните зрению силу»...

   Помните, как говорил Карнеги? «Лично я люблю землянику со сливками, но рыба почему-то предпочитает червяков. Вот почему, когда я иду на рыбалку, я думаю не о том, что люблю я, а о том, что любит рыба». Так вот, покажите «косяку» ваших потенциальных клиентов, что они могут получить от вас, ради чего вообще кликают на рекламе (и помните, что это должно нравиться им, а не вам).

5. **Название + УТП:**

   - «iPhone X. Золотая крышка»;
   - «Сеанс холотропного дыхания под руководством создателя метода»;
   - «Единственный центр аквааэробики в городе»;
   - «Портреты ручкой. Гарантия от выцветания»;
   - «Обед в офис за 17 минут»...

   Не обольщайтесь тем, что аббревиатура УТП вам знакома. Социальные сети куда динамичнее традиционных рекламных каналов, поэтому УТП действительно должно быть «уникальнее некуда». «Золотая крышка» или «17 минут» могут «выстрелить» только тогда, когда на масс-маркете их нет.

6. **Название + цена:**
   - «Картины на холсте. От 308 р.»;
   - «Фотоаппарат Nikon. 11 000 р.»;
   - «Курс массажа — от 300 р.»;
   - «Покупка бунгало в складчину. 15 к на человека»...

   Этот фокус отлично работает, когда цена у вас действительно «глаз нс отвести». То есть вам либо выгодно проведение конкретной скидочной акции (которая у вас посчитана заранее), либо рекламируемый продукт выступает в качестве фронт-энда (грубо говоря, купил рыбку за $1 — докупил аквариум за $30).

7. **Название + ограничение и/или акция:**
   - «Распродажа сумок до 03.03»;
   - «Селфи-палка, сейчас или никогда»;
   - Семинар Кукуева. Осталось 11 мест»...

   Как вы знаете, ограничение нужно для того, чтобы заставить целевую аудиторию принять решение о покупке прямо сейчас. При наличии хорошего оффера (и это ключевой момент) ограничение вполне можно пропихивать и в заголовок тоже.

8. **Задайте вопрос:**
   - «Хотите избавиться от морщин?»;
   - «Секс на первом свидании — нереально?»;
   - «Устал толпиться в жаркой маршрутке?»;
   - «Разрываетесь между работой и семьей?»...

   Такие заголовки хороши тем, что нецелевые люди отваливаются сами по себе — они не узнают себя в заданном вопросе и, как следствие, не кликают. Кроме того, этого же типа заголовки ставят вопрос «боли» клиента острее. Но есть у них и теневая сторона — можно заиграться и между строк задеть потенциального клиента. Например, вопрос типа «Никак не накопишь на новую машину?» вполне может вызвать праведный гнев на уровне не только низких CTR, но и комментариев к рекламному тизеру (если мы говорим о Facebook, например).

9. **Введите условие:**

- «Если дети для вас — все»;
- «Чтобы выглядеть на все 100 %»;
- «Когда сил уже нет»;
- «В случае заражения компьютера»...

По сути, это просто «актуализация проблемы» — еще один способ ударить «по больному». Только здесь мы не просто ее называем, но и намекаем, как ее можно решить.

10. **Скажите как:**

- «Как открыть свой бизнес за семь дней?»;
- «Как отправиться в путешествие за $188»;
- «Как запоминать 80 английских слов в день»...

В общем, просто начните свой заголовок со слова «как». Ходят слухи, что ошибиться здесь совершенно невозможно. Но вы все-таки протестируйте.

11. **Спровоцируйте:**

- «Ты не сможешь дойти до седьмого уровня»;
- «Только если ваш IQ 120+»;
- «Это головоломку придумал Эйнштейн»...

Очень широко используется в развлекательных пабликах и рекламе приложений с играми. Бьет по чувству собственной важности, за счет этого бывает эффективна.

Однако не увлекайтесь слепо этой технологией — если в заголовке только провоцировать и не пояснять, ради чего, есть шанс получать сплошь отказной трафик.

12. **Расскажите новость:**
    - «С 31 января доставка за МКАД»;
    - «Новый ассортимент аксессуаров Biko»;
    - «Новый спикер на Российской неделе маркетинга»...

    Прелесть этого подхода в том, что на узкотематических новостях нецелевая аудитория кликать не будет. С другой стороны, базы пользователей, собранные парсерами, и ретаргетинговые базы, при условии точного попадания в их интересы, наверняка дадут высокий CTR.

13. **Покажите отзыв:**
    - «Я увеличил продажи на 104 %»;
    - «Сервис, которому я доверяю. Олег Тиньков»;
    - «Скинула 13 кг за 14 дней. Спасибо!»;
    - «Колл-трекинг. Рост ROI на 12 600 %»...

    Как обычно, здесь важно не придумывать отсебятину, а указывать реальные цифры и сроки, которые вы сможете доказать. Еще лучше, если это доказательство будет находиться на той странице, куда пользователь попадает после клика на рекламе. Разумеется, стоит позаботиться и о визуальном подтверждении сказанного — принтскринах, официальных письмах, видеозаписях (причем как на посадочной странице, так и в самом тизере)...

14. **Call to action:**
    - «Некогда объяснять — жми»;
    - «Перейди прямо сейчас»;
    - «Забирай, пока не закончились»...

Может быть довольно эффективно, если для тизера выбрано понятное недвусмысленное изображение, которое вслед за самим заголовком поясняет, почему кликать стоит «прямо сейчас» (то есть, как видите, мы снова упираемся в уникальность предложения). С другой стороны, если ошибиться с ясностью месседжа, то исходно прекрасный инструмент превращается в тыкву.

15. **«Кликовымогательство»:**
    - «Она ждет — кликай»;
    - «Вассерман бы кликнул»...

    Это чистой воды агрессивные технологии, и в подавляющем большинстве они неэффективны. Хотя бы только потому, что невозможно обратиться индивидуально к пользователю или группе пользователей на уровне «она ждет». Слишком очевидная попытка «покрыть всех». Тем не менее это может работать для сайтов знакомств и студенческих ниш. Да и просто об этом стоит знать.

«Воронка провоцирования» в тизере

Есть такой прием — не оканчивать мысль в заголовке, добиваться того, чтобы тизер имел смысл только в совокупности всех его частей. Например, написать: «Узнай, как навсегда избавиться от...» — а в изображение поместить мужчину с перхотью в волосах. Это создает обескураживающий эффект, но может работать и кликаться хорошо. С поправкой на наше любимое слово: тес-ти-ро-ва-ни-е. Попробуйте!

Тексты в описании тизера. Логика тестирований

Подумайте вот о чем: тексты в описании заведомо не способны привлекать внимание. То есть если в заголовках время от времени провокации и недосказанность допустимы, то в описаниях — никогда. Этот элемент тизера нужен, чтобы убедить, аргументировать, спровоцировать, показать дополнительную выгоду, «раскачать лодку» эмоций, предоставить дополнительную информацию, назвать цену, сроки и т. п.

Иными словами, когда перед вами стоит вопрос, что же сказать в описании, говорите конкретику. Благо место здесь позволяет.

Но конкретика тоже бывает разная, поэтому давайте разберемся, какие текстовые концепции (по аналогии с визуальными концепциями) нужно тестировать. Учтите, эти рекомендации касаются не только текстов в описании тизеров, но и текста в целом, текста как единицы влияния в рекламе. Итак:

- цифры, факты, хардкор; то есть фактологическая часть оффера («гарантия возврата денег 150 %»; «двойная система скидок»; «20.09 в Москве»; «доставка по всей России»; «осталось 22 штуки»; «от 1233 р.»);
- копипаст с посадочной; единообразие рекламного сообщения и посадочной страницы очень способствует конверсиям, поэтому в буквальном смысле делайте Ctrl+C/Ctrl+V; если текста на посадочной слишком много, а формулировки размазаны — «сушите» его до фактов, но в идентичных формулировках;
- эмоциональные потребности; у каждого оффера есть характеристики, которые играют роль рациональных аргументов для покупки, и есть эмоциональные триггеры, которые цепляют целевую аудиторию («защити себя от нищеты», «подарите ребенку незабываемое лето», «почувствуйте себя лучшей в мире бабушкой», «уделайте конкурентов»...); специалисты почему-то используют крайне редко, тестируйте в обязательном порядке;
- истории из жизни, здесь лучше всего на примере: однажды, продавая детские игрушки в Instagram, мы использовали фото реального ребенка с подписью: «Это Дима. Ему четыре года, но он уже построил мост из Канады в Америку, вертолетную площадку и завод по производству сахара. Современные конструкторы...»;

- нетипичные поисковые запросы (SEO), сленг (для парня 17 лет формулировка «откосить от армии» совершенно не равна формулировке «избегнуть несения воинской службы»; для интернет-маркетолога аббревиатура CPL — это ежедневная рутина, а не нечто сверхъестественное); если в вашей нише или отрасли это возможно — тоже обязательно отправляйте в работу;
- комбинированные варианты; например, в заголовке удар по эмоциям, а в описании — факты или наоборот; конкретика в заголовке и сленг в тексте на изображении и т. п.;
- ваши варианты.

Эти рекомендации на 90 % важнее всего того, что вы можете прочесть на любом языке мира о «правильных» и «неправильных» словах или «триггерах». С той стороны экрана — люди. И как они отреагируют сегодня, не знают даже они сами. Поэтому тестирование — наше все.

Правила написания текстов. Абсолютный минимум

Мне очень сложно представить, что вы живете в изоляции и вам еще не задурили голову многочисленные эксперты одинаковыми советами о том, как писать эффективно. Тем не менее давайте я на всякий случай проговорю вслух выжимку:

- будьте конкретны (не «быстрая доставка», а «в течение 90 минут»; не «качественный товар», а «товар, который соответствует ГОСТ-123» и т. п.);
- используйте цифры («1452 рубля», «всего 11 штук», «гарантия 13 месяцев» и т. п.);
- избегайте абстрактных прилагательных («умный», «длинный», «качественный», «быстро», «лидирующий», «лучший» и т. п.); для бизнес-офферов прилагательные лучше не использовать вообще; на женских аудиториях — пробовать стоит, но аккуратно и с учетом характеристик целевой аудитории;

- говорите о клиенте и его выгоде; любой разговор «о себе» («мы — логистическая компания № 1 на рынке, по мнению журнала "Доставка"») должен сводиться к выгоде клиента («а значит, ваши товары будут доставлены в течение 23 часов — это быстрее, чем вам предложит кто-либо в России»);
- будьте лаконичны — «сушите» текст по максимуму (вместо «это позволит вам увеличить мышечную силу на 20 %» говорите что-нибудь типа «станьте сильнее на 20 %»; вместо «команда высококлассных профессионалов» — «три выпускника MBA» и т. п.); для тренировки «высушите» текст предыдущего подпункта, если удастся выкинуть 80 % текста — отлично;

____

____

____

- используйте call to action (призыв к действию); говорите клиенту, что именно вы от него хотите: клик, регистрацию, оставленную заявку, что-то еще; учтите, что таргетинг жанр малых форм, поэтому, если призыв к действию не помещается, не надо лепить его любой ценой.

Остальное изучайте на практике и по книгам классиков: Огилви, Хопкинса, Шугермана, Кейплза, Каплунова, Кота и т. д.

«Воздух» в тексте — стоит ли оставлять пустое место?

Используйте все доступное место. Одна из самых частых ошибок новичков, которые мне встречаются в «полевой работе», — это пренебрежение оставшимся количеством символов. Мол, сказал, что хотел, остальное — в другом тестовом тизере. На самом деле считаные единицы могут настроить рекламу как апофеоз лаконичности (уже набив сотни шишек и выучив свою целевую аудиторию до количества родинок на стопе). В остальном подавляющее большинство ситуаций требует максимального использования символьного пространства в тизере.

Осталось место для 20–30 символов? Добавьте еще одно преимущество. Или гарантию. Или особенность доставки. Или аргумент. Или характеристику. Или город. Или дату проведения. Или количество оставшихся дней. Или...

Осталось место для 10–15 символов — добавьте призыв к действию. Хотя бы простенькое «Регистрируйся», «Заполняй форму» или «Не пропусти» (особенно если такой же призыв есть на посадочной странице).

Осталось 5–7 свободных символов — попробуйте добавить цену. Четырехзначное число плюс буква «р.» — это всего пять символов. Но зато насколько больше информации получает потенциальный клиент!

Размещение текста на изображениях

Грамотно размещать текст на картинке практически настолько же важно, насколько важен сам выбор этих картинок. Глаз пользователя в первую очередь цепляется именно за изображение — значит, текст, размещенный здесь, тоже будет читаться в первую очередь. Фактически это и есть заголовок тизера (потому что на основании этого текста юзер получает первое впечатление и принимает решение, углубляться ему или нет).

Мораль: здесь применимы ровно те же самые рекомендации, что и в отношении заголовков. Один в один.

Несколько особенностей:

- коэффициент количества текста (вы помните — его превышать не стоит);
- имеет значение топография размещения текста (левый верхний угол изображения, правый нижний, центр и т. п.; ходят слухи, что это сильно влияет на эффективность объявлений, но лично я статистически значимыми фактами подтвердить не могу — поэтому тестируйте);

- слов лучше использовать немного (максимум 5–7; лучше — три);
- фон картинки должен помогать, а не мешать; как правило, для тизеров используются пестрые картинки (хотя бы потому, что они привлекают внимание), и размещение на них одноцветного текста создает эффект «здесь вижу — здесь не вижу»; именно поэтому таргетологи так часто используют одноцветный фон в качестве подложки — не пренебрегайте им и вы; кстати, прозрачный фон, за которым проглядывает изображение, часто оказывается визуально более выигрышным;
- после нанесения текста на изображение оно все еще должно выглядеть аккуратно (рис. 3.14); если делаете цветную врезку с текстом, отступов от краев старайтесь избегать, иначе возникнет ощущение «грязи»;

Рис. 3.14

- модерация может запрещать объявления для ротации на основании как избыточной контрастности (например, ставший уже классическим черный текст на желтом фоне), так и недостаточной контрастности (например, в сети «ВКонтакте» тизеры с белым фоном, скорее всего, в открутки не пройдут — модерация считает, что они сольются с белым фоном интерфейса «ВКонтакте»);
- формат рекламы, который вы используете, значения не имеет; но чаще всего возникает потребность добавить текст на изображение, когда оно проходит в ротацию с большим разрешением (крупно смотрится) или банально не хватает места, чтобы сказать нечто

важное (например, формат «большое изображение» в сети «ВКонтакте») (рис. 3.15).

Рис. 3.15

Какими программами пользоваться для нанесения текстов на изображения (особенно если вы ничего не понимаете в Photoshop)

Пользуйтесь тем, что понимаете и что устраивает вас по результату, даже если это Paint + копипаст из Word. Однако облегченные решения выглядят так:

- все-таки Photoshop. Таргетологу ведь не нужен «полный фарш» инструментов продвинутого дизайнера. Дюжины освоенных функций будет вполне достаточно, чтобы создавать вполне эффективные тизеры, которые не очень различаются в голове и на экране. Например, для своей команды я нанял профессионального дизайнера, который за два часа мастер-класса, в общем-то, исчерпывающе раскрыл тему и даже успел всем все показать на практике. Однако вы можете и не заморачиваться настолько — посмотрите видео под названием «Photoshop для таргетированной рекламы» на YouTube, и вы уже будете уметь больше 80 % таргетологов;

- CorelDraw. Актуален в качестве альтернативы Photoshop. Общая логика здесь ровно та же: владеете — прекрасно, нет — научитесь на уровне ламера за пару часов с помощью YouTube или чего там еще и пользуйтесь в свое удовольствие;
- автоматические шаблонные сервисы. Их сильная сторона в том, что для их использования специальных знаний не нужно. Но есть и слабая — за рамки шаблонов (зачастую еще и «глючных») особо не выйдешь. Лично я периодически пользуюсь http://www.freeonlinephotoeditor.com/ (на кириллице поддерживает только один шрифт), знаменитой https://www.canva.com/ и http://editor.0lik.ru/.

P. S. Небольшой таргет-хак. Если приведенного списка покажется вам недостаточно и вы отправитесь на просторы Сети искать свои варианты, обращайте внимание на следующие возможности редактора:

- вариативность шрифтов;
- возможность создания цветных фонов и заливок;
- возможность наклона текста без искажения изображения;
- возможность работы с разными размерами (совсем хорошо, если картинку можно здесь же сжать до размеров тизера, которые вам нужны).

Кнопки на тизерах

Это будет самый краткий подраздел. Общая логика такова:

- используйте призыв к действию либо в тексте объявления, либо с помощью кнопки, дублировать по десять раз не надо (если очень хочется — два раза протестировать можно, я большой разницы не увидел);

- кнопки работают хорошо, когда на посадочной странице пользователя ждет точно такая же кнопка (как минимум с таким же текстом); рекомендую попробовать;
- дорисовывать кнопки, водяные знаки, знаки play в визуальной части тизера я настоятельно не рекомендую, потому что по факту это форма обмана пользователей, они кликают на видео, а редиректятся на сайт — нехорошо; единственное, с чем стоит экспериментировать, — это с изображениями Instagram, которые «залазят» на текст; делается это тоже в Photoshop (рис. 3.16).

Рис. 3.16

Подготовка постов для продвижения

Об этом формате рекламы нужно говорить отдельно. Так как текста здесь в разы больше, чем в любом тизерном формате, писать его нужно особенным образом.

Я сам и моя команда делаем это по формуле ODC. Много раз озвучивал ее публично и упоминал в других своих книгах, но сделаю это еще раз:

- offer (в посте должно быть конкретное предложение вроде «купи две пары обуви и получи годовой запас носков в подарок», а не констатация типа «некоторые клиенты покупают у нас сразу по две пары обуви»);
- deadline (ограничение по времени, количеству, срокам, специальному предложению и т. п.);
- call to action (в формате поста можно позволить себе расширенные призывы к действию вместо безосновательных и набивших оскомину «покупай скорее»).

Важно: у поста должен быть заголовок, который выделен визуально (либо размером текста, либо размещением текста на изображении); хотя сама формула ODC его не включает, я настаиваю — добавляйте.

Понимаю, что формула звучит «книжно» и слишком знакомо, чтобы казаться эффективной, но вы попробуйте. Как это делаю я и какие результаты это дает, прочтите на с. 241 в описании кейса о тренинге Евгения Спирицы.

Обратите особенное внимание на дедлайн. Этой рекомендацией запружены чуть ли не все книги по рекламе, и это не случайность. Мне всегда вспоминается, как мы вели рекламу для Всеукраинской конференции SMM Rocks (более 250 участников). Процесс пошел в первых числах января 2016 года, и для «ранних пташек» у нас было 16 билетов по 1200 гривен, которые продались в первые семь дней после запуска рекламы. Следующий шаг — 20 билетов по 1400 гривен — тоже улетели моментально. А вот когда у нас осталось 90 билетов по 1600 гривен — продажи прекратились полностью, и несколько запусков не происходило вообще ничего, кроме «слива» бюджета. Более того, смена оффера тоже не помогла (тестировался вариант, когда при оплате до какого-то числа пользователь получал подарочный сертификат от книжного магазина kniga.biz.ua на сумму 200 гривен). В итоге ситуация нормализовалась только тогда, когда эти 90 билетов мы разбили на группы по 30 штук и подняли цены.

Мораль? Если нет причины купить прямо сейчас (понятно же, что 90 билетов за неделю не разлетятся), скорее всего, пользователь с сайта уйдет и забудет об этом навсегда. Дайте ему такую причину.

Краткое резюме. Эффективный тизер — это:

- тематически связанное изображение;
- заголовок, который напрямую связан с выбранным сегментом целевой аудитории;
- текст с очевидными клиентскими выгодами;
- CTA (call to action — призыв к действию), если позволяет место. К слову, старайтесь поменьше использовать «жми», «кликай», «купи сейчас» и побольше — развернутых инструкций к действию типа «перейдите на сайт, заполните выпадающую форму — и мы перезвоним вам в течение 33 секунд».

Самое главное

В Интернете вы можете найти 1000 и 1 совет о том, как выбирать изображения и делать эффективные заголовки. Смотрите на них сквозь пальцы. Кто бы что бы ни говорил (в том числе я в этой книге), все решают только тесты.

И еще кое-что... Главная техника, которую я вам советую никогда не выпускать из зоны своего внимания, называется «посмотреть на рекламу глазами клиента». Каждый раз, перед тем как отправить объявление на модерацию, остановитесь на мгновение и скажите себе с точки зрения субличности клиента: «Ну-ка, что за хрень мне пытаются впарить сегодня?» И если объявление действительно «впаривает» — переделывайте.

Я покажу вам два фееричных примера, через которые прошел сам.

Помните эту картинку (рис. 3.17)?

Рис. 3.17

Это реклама бойлеров косвенного нагрева в сети «ВКонтакте», рассчитанная на аудиторию мужчин в возрасте 50+, живущих в Москве и Московской области. Моя логика была такой:

- о бойлерах косвенного нагрева нужно разговаривать с теми, кто хотя бы понимает, что такое вообще этот косвенный нагрев;
- а кто это понимает? Очевидно, люди с профильным образованием или занятостью (сантехники, водопроводчики, люди «ручного труда») или просто домоседы, которые «все в дом, все в дом».

Логично же, правда?

Логично, пока не посмотришь на ситуацию с точки зрения самого клиента. Представьте себе: вы — 50-летний мужик, живущий в Подмосковье и работающий где-нибудь на заводе. Вечером вы приходите домой, разгоняете по углам домашних, садитесь за компьютер и... открываете «ВКонтакте».

Внимание, вопрос: зачем вам «ВКонтакте»?

Правильно: «полайкать» фотки одноклассниц, посмотреть футбол, поржать над подборками приколов за февраль и новыми выпусками Comedy Club... Это ваше зазеркалье, место, куда вы убегаете от этой бесконечной возни с грязными трубами на заводе. И тут... На самом интересном месте вы замечаете рекламу бойлеров косвенного нагрева.

Нужно ли говорить, что случится дальше? Скорее всего, клики которые получит рекламодатель, — это попытки «закрыть» тизер. Они случайны, немасштабируемы и неконвертируемы.

Это сейчас я такой умный. А два года назад мы три недели кряду вели эту кампанию, пока не признали ее провальной и не вернули заказчику деньги.

> **Справедливости ради нужно сказать, что мы нашли сайт, который освещал вопрос отключения горячей воды в Москве и пригороде. Более того, пытались проконтактировать с ними и поставить код ретаргетинга им на сайт (за вознаграждение, разумеется). Но они так и не ответили, хотя гипотеза была отличная. А всего протестировали порядка десяти сегментов аудитории (включая женщин).**

Второй пример выглядит так, как на рис. 3.18.

В оффере здесь образовательная программа от Высшей школы экономики стоимостью чуть больше $11 000, которая конкурирует с MBA. Тизер был подготовлен одной из моих сотрудниц, и я его в работу и даже до профессионального оформления не допустил. Догадаетесь почему?

Когда я задаю этот вопрос на живых мероприятиях, обычно звучит:

- слишком жесткая эмоция;
- слишком стоковая фотография;
- люди на фото не слишком славянской внешности.

Правильный ответ опять же комплекснее. Представьте себя 32-летним предпринимателем, который заработал $11 000 свободных денег и может вложить их в самообразование. Бьюсь об заклад — вы чувствуете себя очень хорошо. И вот, очередным утром сидя дома в туалете перед тем, как отправиться в офис, и лениво листая ленту Facebook, вы натыкаетесь на это:

- во-первых, что за назидательный палец и суровый взгляд? я никому не позволю с собой так обращаться;
- во-вторых, какие еще идеи? Ребята, идей полно — рук не хватает (на правах человека, который каждый день работает с бизнесменами, я вам скажу, что слово «идеи» — очень сомнительный афродизиак);
- в-третьих, «вам нужна». Кто вы такие, чтобы рассказывать, что мне нужно? Кто кому рекламу показывает, а?

Рис. 3.18

Этот тизер в ротации не побывал, и я считаю, что это прекрасно. Гипотезы такого уровня стоит тестировать в самую последнюю очередь и на совсем уж шальные деньги.

Надеюсь, вирус запущен: тестирование и взгляд «от клиента» — вот и весь секрет успешного тизера.

Несколько примеров неудачных объявлений

Чтобы концепция встроилась окончательно (это важно), давайте рассмотрим несколько примеров (рис. 3.19).

Рис. 3.19

Объявление было настроено одной из моих уже бывших сотрудниц для такого продукта, как печать фото и картин на холсте, в самом начале ее трудового пути в краткий миг моего отсутствия. Аудитория — «посетители городских мероприятий и флешмобов». Почему это плохое объявление?

Потому что заголовок не говорит ни о чем. Минус 25 % на печать чего? Брошюр? Принтов на футболках? С изображением аналогичная история — оно никак не указывает пользователю на самого себя. Более того, 3/4 картинки — это вообще стена.

Или еще пример (рис. 3.20).

Продукт тот же. Действующие лица — те же. Аудитория поменялась на посетительниц ночных клубов (логика в том, что, возможно, девушки, недавно побывавшие в ночном клубе, захотят распечатать сделанные фото и сохранить их в истории).

Рис. 3.20

Что с объявлениями не так? Да все! Картинки снова ни о чем. Заголовки даже не намекают мне как тусовщице, что от меня хотят. «Доставка близким по всей России» — контрольный в голову. Абсурд среди нас.

К слову, лучший CTR по этим объявлениям — 0,011 %. То есть кликнули на нем 11 человек из 10 000 увидевших.

Следующий пример — из Facebook (рис. 3.21). Продукт — сервис кол-трекинга (что это такое и зачем нужно конкретно вам, мы еще поговорим). Текст этого тизера неплох, но цена $0,98 как бы намекает, что есть куда расти. Причина неуспеха в том числе в изображении — оно взято с файлостока. Удивляться, в общем-то, нечему.

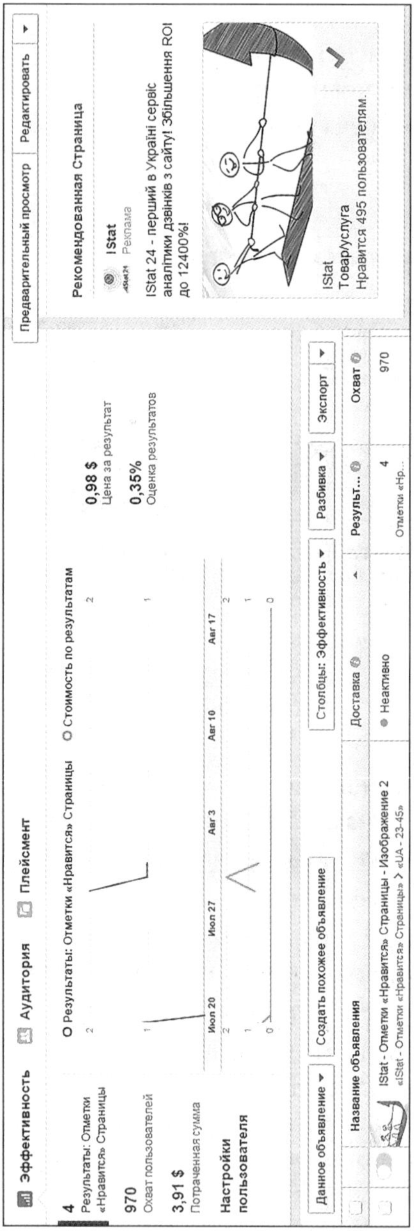
Эффективность
Аудитория
Плейсмент
Предварительный просмотр
Редактировать
4
Результаты: Отметки «Нравится» Страницы
970
Охват пользователей
3,91 $
Потраченная сумма
Настройки пользователя
Результаты: Отметки «Нравится» Страницы
Стоимость по результатам
0,98 $
Цена за результат
0,35%
Оценка результатов
Июл 20
Июл 27
Авг 3
Авг 10
Авг 17
Рекомендованная Страница
IStat
Реклама
IStat 24 - перший в Україні сервіс аналітики дзвінків з сайту! Збільшення ROI до 12400%!
IStat
Товар/услуга
Нравится 495 пользователям.
Данное объявление
Создать похожее объявление
Столбцы: Эффективность
Разбивка
Экспорт
Название объявления
Доставка
Результ...
Охват
IStat - Отметки «Нравится» Страницы - Изображение 2
«IStat - Отметки «Нравится» Страницы» > «UA - 23-45»
Неактивно
4
Отметки «Нр...
970

Рис. 3.21

Изображение на рис. 3.22 прокомментирую словами самого заказчика (продукт — офисные перегородки). «Директор злится? Это к кому обращение? К директору? Скорее всего, нет. Прочитал сотрудник — и что? Прочитал директор — и что? Это из разряда "в углу лежит кирпич, покупай перегородки". Директор злится — его кинула любовница, разорвали договор аренды, пчела укусила. Все подходит. Причем здесь перегородки?»

Что ж, очень справедливо.

Несколько примеров удачных объявлений

Прежде всего давайте поговорим про антитезисы провальным тизерам.

Снова картины и фото на холсте (рис. 3.23). Аудитория — любители экстремальных прыжков. Одна из самых эффективных во всей кампании. Как видите, ничего военного: конкретные тексты, самоочевидные изображения.

Рис. 3.22

Рис. 3.23

Сервис кол-трекинга (рис. 3.24). Самое странное, что здесь тоже картинка взята с файлостоков. Но цена с $0,98 упала

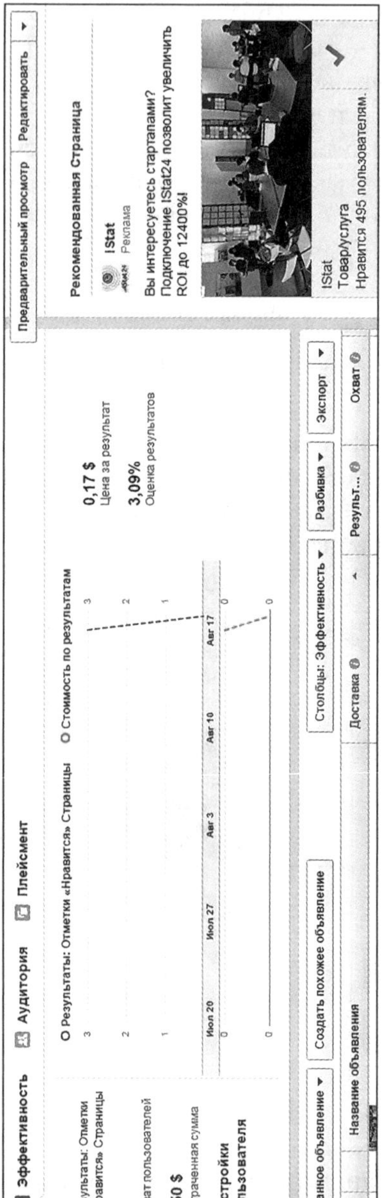
Эффективность
Аудитория
Плейсмент
Предварительный просмотр
Редактировать
3
Результаты: Отметки «Нравится» Страницы
97
Охват пользователей
0,50 $
Потраченная сумма
Настройки пользователя
Результаты: Отметки «Нравится» Страницы
Стоимость по результатам
Июл 20
Июл 27
Авг 3
Авг 10
Авг 17
0,17 $
Цена за результат
3,09%
Оценка результатов
Рекомендованная Страница
IStat
Реклама
Вы интересуетесь стартапами? Подключение IStat24 позволит увеличить ROI до 12400%!
IStat
Товар/услуга
Нравится 495 пользователям.
Данное объявление
Создать похожее объявление
Столбцы: Эффективность
Разбивка
Экспорт
Название объявления
Доставка
Результ...
Охват

Рис. 3.24

до $0,17. Есть за что бороться, правда? Кстати, сегмент целевой аудитории здесь тоже другой — пользователи, интересующиеся стартапами. Скорее всего, это тоже добавило свои пять копеек (в смысле убавило чуть больше 50 центов от стоимости клика).

О рекламе на рис. 3.25 я еще расскажу подробнее. Пока просто изучите и подумайте, почему она сработала на уровне кликов и как ее можно было сделать сильно эффективнее. Правильный ответ — в главе о тестировании рекламных объявлений.

Рис. 3.25

Ну и давайте напоследок (рис. 3.26)...

Эту рекламу я настраивал для своего тренинга по таргетингу в Минске, который организовывала компания «Тренинг Клуб». И если для себя самого я делаю так, как советую, — какие гарантии вам еще нужны? Уже потом, после первых тестов, я увидел, что мое лицо с несуществующими цитатами (в смысле я никогда и нигде их не говорил) работает лучше всего. Пришлось срочно придумывать еще пяток звучных выражений и масштабировать результаты тестов. В самой рекламе, как видите, ничего секретного — все, как описано в рекомендациях. Остается только внедрить.

Рис. 3.26

Глава 4
Тестирование в таргетированной рекламе. Философский камень успеха

Ходят слухи, что Дэвид Огилви собирал коллекцию элементов рекламных объявлений, увеличивающих отклик на рекламу. Что греха таить — такие коллекции есть у всех значимых специалистов в отрасли (потому что наиболее эффективные объявления можно и нужно масштабировать, использовать в других каналах или в другое время). Таргетологи в этом смысле не исключение. Например, одно время в сети «ВКонтакте» была очень популярна фотография рыжеволосой девушки — ее использовали повально в тизерах для самых разных товаров и услуг (начиная от корма для собак и заканчивая опционами), говорят, она отлично кликалась. Тренды сменяют тренды, девушек заменяют бородатые мужчины, но одно остается неизменным со времен Огилви: невозможно заранее спрогнозировать эффективность рекламного объявления. Ни в каком канале, включая социальные сети. Даже если у вас семь пядей во лбу, а вся голова представляет собой одну сплошную «шишку» опыта. Поэтому лучшее, что можно сделать, занимаясь настройкой и ведением таргетированной рекламы, — все тестировать. Причем тестировать правильно, так как «рыжая девушка» во всех нишах сразу — это полнейшая глупость, которая никогда не окупится. Впрочем, давайте по порядку.

Что нужно знать о тестировании

Тестировать можно только один элемент в единицу времени (только изображение, только заголовок, только описание, только аудиторию...). Если вы тестируете сразу два или более элемента, то вы занимаетесь не делом, а извращенной формой самообмана. Иными словами: запуская несколько объявлений сразу, вы должны скрупулезно добиваться того, чтобы они были абсолютно одинаковыми, за исключением того элемента, который тестируется (и на уровне сегмента ЦА, и в отношении ставки оплат, и по времени запуска, и по лимитам бюджета, и т. п. — все совершенно одинаково).

Отлично проведенное тестирование — это не только и не столько высокие CTR и даже рентабельная конверсия в целевые действия, сколько понимание, почему именно это объявление оказалось провальным, а вот это — работоспособным. Подумайте об этом.

В социальных сетях вообще и в таргетированной рекламе в частности на эффективность влияет целый ряд факторов, и влияет значимо, потому что в масштабах тизера удельный вес даже 25 символов очень велик. Поэтому тестировать придется много. Но давайте для начала я расскажу вам историю.

В средневековой христианской Европе было довольно популярно такое «развлечение», как ритуал умерщвления плоти, особенно среди членов монашеских орденов (надо сказать, что далеко не только в Европе, практически все мистические религиозные традиции практиковали что-нибудь «этакое» — не умерщвление плоти, так столпничество или бдение; есть мнение, что даже Будда пришел к своему «срединному пути» после одной из форм длительного самобичевания). Оно заключалось в том, что человек сам наносил себе раны. Подразумевалось, что при этом молящийся приближается к Христу («Хочешь быть свят, как я, — страдай, как я»). И знаете, многие приближались. Их начинали посещать видения с участием персон, которым они молились (Христа, Девы Марии, апостолов и т. д.). Это были переживания такой интенсивности, что, даже будучи записанными в дневники, они вызывали у читателей впечатление реальных. По крайней мере таких, в которые всем сердцем верили авторы этих дневников (если вам нужны конкретные доказательства, попробуйте почитать Игнатия Лойолу).

А потом наступила эпоха Просвещения. Медицина настолько шагнула вперед, что наступила на биологически активные вещества под названием «гормоны». И обнаружилось, что, если каждый день на завтрак, обед и ужин бить себя плетью по незатянувшимся ранам, гипофиз начинает вырабатывать гормоны, которые обладают не только обезболивающим, но и галлюциногенным действием (даже состояние влюбленности провоцирует аховую выработку эндорфинов и окситоцинов, чего уж говорить об умерщвлении плоти).

К чему я это все? Любое чудо — это всегда ошибка в причинно-следственных связях. А качественная (доказательная) аналитика, в том числе маркетинговая, — это согласованный учет максимального количества значимых критериев. То есть, как только мы выпускаем из зоны внимания какой-нибудь «гипофиз», лучший вывод, который нам доступен, звучит как «чудо». А плохо это потому, что из чуда невозможно сделать выводы. Чудо невозможно повторить.

Мораль: если вы не понимаете, что происходит в вашем маркетинге (или таргетинге), почему это происходит и как сделать его эффективнее, увеличивайте количество факторов, которые учитываете при аналитике.

И вот с этого места мы обсудим...

...Все 27 факторов, которые влияют на эффективность таргетированной рекламы

На самом деле вы можете написать в подзаголовке любое число и будете правы. Факторов так много, что учесть все — значит понять тайну жизни. Поэтому мы обсудим только то, что реально значимо для целей бизнеса и поддается какой-никакой оценке. А сделаем это вот как.

Есть в маркетинге технология под названием customer journey map — это когда сторона бизнеса прописывает «точки контакта» со своими потребителями на всех этапах от состояний «знать не знаю» до состояния «преданный фанат». Я же предлагаю технологию advertiser journey map — изучение пути рекламодателя с целью обнаружить, как сделать этот самый путь эффективнее.

Давайте поразмышляем... Первое, что делает рекламодатель, когда готовит таргетированную рекламную кампанию, — это выбирает, что он будет продавать (оффер), кому (целевая аудитория) и где (в какой социальной сети). Ошибка, допущенная на этом — стратегическом — уровне, никакими красивостями в тизере уже не ретушируется. Поэтому, если ваша рекламная кампания не так хороша, как хотелось бы (как раньше, как у конкурентов), в первую очередь обратите внимание на...

1. Принципиально значимые факторы (уровень 3М):

   1) оффер;

   2) целевая аудитория;

   3) рекламный канал.

   Второй шаг advertiser journey — это работа в рекламном кабинете. Специалист садится и работает руками в рекламном кабинете выбранной соцсети. А значит, здесь в игру вступают...

2. Факторы рекламного кабинета:

   4) сегменты ЦА;

   5) формат (цель);

   6) плейсменты;

   7) модели/ставки оплат;

   8) страница, от имени которой размещается реклама;

   9) модерация и т. д.

Третий пул факторов — это содержание коммуникации между рекламодателем и целевой аудиторией. Что вы говорите в своем запуске и как это делаете. Именно на этом уровне реклама попадает в поле зрения пользователей и начинается встречный customer journey. Поэтому нам нужно учитывать...

3. Факторы тизерной части объявления:

    10) изображение (-я);

    11) текст (заголовок, описание, текст на изображении);

    12) social proof (лайки, комментарии, репосты рекламных тизеров).

Если все пошло по плану и реклама пользователя заинтересовала — он кликает и куда-то переходит (сайт, лендинг, интернет-магазин, сообщество, блог). Даже когда мы говорим об охватности постов или просмотрах видео, конечная «цель за целью» — это некие действия, которых мы ждем от целевой аудитории. Охватность ради охватности не нужна никому. Поэтому анализируем...

4. Факторы посадочной страницы:

    13) мобильная адаптивность;

    14) верстка;

    15) юзабилити;

    16) первый экран;

    17) изображения, тексты, гарантии на посадочной;

    18) место размещения/цвет кнопок;

    19) контент сообщества (если посадочной выступает страница, группа или мероприятие) и т. д.

Когда предварительные ласки окончены и мы убедили клиента совершить макроконверсию — купить, на происходящее начинают влиять...

5. Факторы процесса:

   20) скорость обслуживания после заполнения формы на сайте;

   21) корректность и точность телефонных разговоров;

   22) доставка;

   23) постпродажное обслуживание;

   Казалось бы, после этого пункта добавить уже нечего. Но мы-то живем в реальном мире, где разницу между причинностью и корреляцией даже специалисты не всегда понимают. Поэтому финальный соль мажор в нашей программе — это...

6. Факторы реального мира:

   24) сезонность;

   25) день недели и время дня;

   26) погода;

   27) «черные лебеди» (события, которые невозможно предсказать на основании ретроспективных данных).

Неплохо, да? А ведь я вовсе не преувеличиваю. Тушка собаки по имени «эффективность» зарыта где-то в этом списке. И если в вашей рекламной кампании что-то пошло не так — это не чудо и не случайность, это нерелевантность в одном из перечисленных пунктов.

Именно поэтому каждый элемент нужно сначала продумывать с точки зрения здравого смысла, а затем тестировать. Более того, тестировать скрупулезно и без сроков давности. Иногда просто перестановка слова оказывает самое неожиданное влияние. Взгляните на один из таких примеров (рис. 4.1).

Помните, я говорил про важность ответа на вопрос «почему»? В данном случае потому, что первое слово — «скидка». Мелочь? Зато какая (порядка 20 %)!

Рис. 4.1

То же самое касается, например, дня недели. Часто заказчики еще до старта любой активности просят выключать рекламную кампанию на выходные (у них накоплены данные о том, что в выходные покупают хуже). Весной 2016 года по одной из кампаний, которую мы вели, в один день резко упала охватность рекламных объявлений (на 30 %). Причиной оказалось резкое потепление — наша ЦА по этому проекту массово бросила все и уехала на шашлыки. Ну а боевые действия на территории Украины — фееричный пример «черного лебедя». На момент написания книги 90 % украинских рекламодателей ставят «Луганск», «Донецк» и «Крым» в исключения по географии показов.

Я принес вам ветер, так превратите его в бурю

Разговоры про advertiser journey — это не теоретизирование и не пускание пыли в глаза. Это абсолютно практичный инструмент для забивания таргетинговых гвоздей, и вот как я рекомендую им пользоваться.

1. Если ваша рекламная кампания оказалась неэффективной (дороже точки окупаемости, дороже, чем предыдущие запуски, хуже, чем у обслуживавших вас специалистов, и т. п., когда вам есть с чем сравнивать) — ответ на вопрос «почему?» находится где-то на этой карте пути рекламодателя. Без вариантов.

2. Чтобы обнаружить и улучшить тот элемент, который дает наибольшую дельту роста, нужно последовательно (от наиболее важного к наименее, от первой группы критериев к шестой) тестировать каждый из этих элементов. Еще раз повторю, что 70 % успеха практически каждой рекламной кампании находится на уровне 3М. Самый быстрый эффект дают вопросы «Как улучшить мой продукт?», «Как настроиться на самый горячий сегмент целевой аудитории?», «Какой рекламный канал подходит для коммуникаций с ЦА больше всего?».

3. Приоритетность в оценке эффективности должна двигаться от макроконверсий к микроконверсиям (то есть сначала обращаем внимание на продажи или их отсутствие, затем на заявки, входящие звонки, лиды, офлайн-события и только в последнюю очередь на стоимость кликов, CTR и т. д.). Принимать решения на основании одного только CTR (как, например, в случае со скидками и колясками страницей выше) — несусветная глупость.

Ну и финальная щепотка реализма в этот борщ критериев... Если честно, последовательно протестировать все перечисленные факторы невозможно. Это потребует слишком большого количества денег, времени и усилий. Но мы и не к этому стремимся — нам всего-то нужен инструментарий, который позволит свести количество чудес исключительно к глюкам и даст вариативность в оценке причин. Поэтому следующим шагом мы поговорим о реалистичных моделях тестирования, которых достаточно, чтобы продавать и продавать рентабельно. Я покажу вам две.

Последовательное тестирование рекламных объявлений (модель 1)

1. После того как вы разбили целевую аудиторию на сегменты, а сегменты собрали парсерами или настроились стандартным рекламным кабинетом — выберите один из сегментов, который будете тестировать первым. Важно, чтобы он был наиболее жизнеспособным с точки зрения логики. Иными словами, начинайте не с самого оригинального, а с того, что может принести деньги быстрее всего (как вы помните, обычно это гипотезы, подтвержденные эмпирическими данными — офлайн-деятельностью или продажами в других каналах).

2. Сделайте 3–10 тизеров с одинаковым текстом, но с разными изображениями. Одновременно запустите эти объявления в работу, выбрав абсолютно одинаковые настройки (один и тот же сегмент аудитории, одинаковый способ оплаты, одинаковые ставки, одинаковый лимит бюджета, одинаковую длительность откруток и т. п.). Если по ходу откруток вы меняете ставку по одному объявлению — меняйте ее во всех объявлениях гипотезы, иначе чистота тестов пойдет под откос.

3. После получения первых статистически значимых данных найдите объявление с лучшими данными по конверсии на посадочной (или другому целевому действию). Очень важно отсматривать не только CTR, но именно макроконверсии — то, ради чего реклама вообще настраивается. Выберите одно объявление, результаты которого ближе всего к желательным.

4. Сделайте 3–10 тизеров на основании выбранного объявления (с наиболее конверсионным изображением). Только на этот раз во всех этих тизерах должно быть

одинаковое изображение, но разные заголовки (или другой элемент, который тестируется). Остальные элементы, как и на предыдущем шаге, должны оставаться неизменными.

5. Снова выберите наиболее конверсионный тизер и настройте на его основании новую группу объявлений, в которой будет тестироваться новый фактор (например, надписи на изображениях), и т. п.
6. После отработки одного сегмента целевой аудитории берите следующий сегмент и повторяйте процедуру с учетом уже полученных данных (то есть используя в структуре своих тестов наиболее работоспособные концепции из прошлых запусков, именно концепции).
7. Те гипотезы, которые вызывают сомнение (гипотезы бредовых реальностей), отправляйте на тестирование в последнюю очередь и с объемами не по 5–10 тестовых тизеров, а по 2–3, чтобы получить усредненную картину и на ее основании сделать выводы.
8. Если после отработки 2–3 сегментов целевой аудитории конверсий все еще нет или их явно недостаточно, скорее всего, проблема находится несколькими ступенями выше. То есть нужно тестировать (по убывающей) оффер, элементы посадочной, форматы рекламы...

Понимаю, что без практического применения это может звучать как абракадабра на древнеалбанском языке. Поэтому я добавил в книгу пример такой рекламной кампании — читайте кейс на с. 302.

Синхронные сплит-тестирования (модель 2)

Второй метод более хаотичен, но позволяет экономить время, если вы «в теме».

1. Выберите сегмент целевой аудитории, по которому будете работать в первую очередь.

2. Настройте 5–10 самых разных объявлений конкретно под эту гипотезу. Изображения, заголовки, описания, ставки — все можете перемешивать так, как сочтете нужным (главное, чтоб это было релевантно).

3. Получите статистически значимые результаты и сделайте выводы о том, какие объявления сработали лучше, а какие не сработали совсем. Критерии, на которые важно обратить внимание, мы уже обсуждали: в первую очередь это конверсии в целевые действия, во вторую — микроконверсии и ее производные (цена клика, интенсивность показов и т. п.).

4. Выберите наиболее работоспособное объявление и запустите по нему сплит-тесты. То есть, используя это конкретное объявление в качестве исходного, сделайте тестирование отдельно 2–3 изображений, 2–3 заголовков, 2–3 описаний, 2–3 возрастных сегментов целевой аудитории (при этом остальные элементы исходного объявления оставляя нетронутыми). Вы ведь не знаете, какой конкретно элемент тизера обеспечил нужный результат? Вот мы его и ищем. В итоге у вас получится еще плюс 8–10 объявлений.

5. Когда наиболее значимый элемент найден, примите решение, стоит ли продолжать тестирование в рамках этого конкретного сегмента или пора переходить к следующему.

Опять-таки, чтобы облегчить вам задачу, кейс, проведенный по этой модели тестирования, я тоже поместил в книгу — обязательно прочтите его на с. 283.

Техника безопасности во время тестирования. Как не «слить» бюджет

Новичкам от таргетинга часто кажется логичной мысль, что, если запустить 50 объявлений, из которых сработает три, 94 % денег будет потрачено зря. Это не так. По факту чем вариативнее ваши тесты, тем выше вероятность наткнуться на «идеальное» объявление. С другой стороны, во время тестирования нужно соблюдать своеобразную технику безопасности, которая защитит ваши деньги. Я расскажу вам как.

1. Когда вы планируете структуру тестов, смотрите на объем сегментов целевой аудитории и количество денег, которое у вас есть. Регулярно сталкиваюсь с таким сценарием: работа идет по «узкой» гипотезе в сети «ВКонтакте» (допустим, 3000 человек, собранных парсером, тематика неважна). И настройщик запускает по этой аудитории сразу пять тизеров, при этом снижая рекомендованную ставку вдвое.

   А теперь внимание: если на объеме 3000 человек срезать половину охвата, сколько людей останется в показах? полторы тысячи человек. Отминусуйте тех, кто спит, едет, не долистал до рекламы и т. п. Учтите, что минимум показов на одного человека в сети «ВКонтакте» — 100. И на выходе получаем ситуацию, где пять примерно одинаковых тизеров начинают одновременно ротироваться на 700 человек. Как думаете, через какое время CTR начнет падать? Правильный ответ, скорее всего, заключается в диапазоне десятков минут. Подумайте об этом. Это не тесты — это белиберда.

2. Обращайте внимание на динамические данные. Если группа объявлений крутилась на аудиторию объемом 10 000 человек со средним дневным охватом 2000 человек, делать следующий запуск на этот же сегмент аудитории бессмысленно. Аудитория уже устала. Нужно либо радикально менять тизеры/оффер, либо просто дать ей отдохнуть.

3. Когда мы ищем условно «идеальное» объявление, нас не интересуют конкретные картинки, тексты, «фишечные» слова и т. п. (потому что все это выгорит) — нас интересуют тенденции. Когда мы вели рекламную кампанию для семинара Станислава Грофа в Киеве, мы тестировали три главные визуальные концепции

в тизерах — лицо самого Грофа, обложки его книг и абстрактные картинки. Несмотря на то что это человек, имя которого в энциклопедиях по психологии стоит третьим после Фрейда и Юнга, с 55 годами научной практики, 24 книгами, пятью мировыми наградами, входящий в топ-100 наиболее влиятельных людей планеты, самыми успешными тизерами оказались все-таки эзотерические картинки с надписями типа «Холотропное сознание» (лицо Грофа сработало только в ретаргетинговых запусках). Невероятно, но факт — метод оказался популярнее своего создателя. Когда мы это поняли, лошадку абстрактных изображений оседлали уже вплотную. Прочтите кейс у меня на сайте shcherbakovs.com — узнаете, чем все закончилось и какой ROI был у рекламной кампании в итоге.

Если полностью кейс читать лень, держите тизер, который оказался самым эффективным и принес нам порядка 30 % всех оплаченных заказов. А настраивал я его уже во второй половине рекламной кампании, через пару недель после старта, когда стало ясно, что работают все-таки абстракции (рис. 4.2).

То же самое с текстами, заголовками и далее по списку. Для масштабирования важны тенденции. Важно в первую очередь, что вы говорите, и только во вторую — как. Рекламная кампания о работающем лекарстве от рака может быть написана трижды косноязычно, но, вне всяких сомнений, даст результат (потому что оффер — в основе всего).

4. Обращайте внимание на общий объем получаемого трафика (или других целевых действий) по тестируемым объявлениям. На 100 рублей в сети «ВКонтакте» и на $5 в Facebook часто не удается добиться даже 100 переходов на сайт. А значит, ни о каких выводах не может быть и речи. Чтобы проводить рациональный анализ, данных

должно быть много, чтобы по возможности минимизировать влияние случая. Об этом поговорим подробнее в разделе «Статическая значимость тестов» далее.

Рис. 4.2

5. Помните, что тестируемый сегмент целевой аудитории — исчерпаемый ресурс. Каждый раз, когда вы делаете перезапуск на одну и ту же аудиторию, внимание и память этой аудитории не обновляются до состояния tabula rasa. А значит, каждый следующий запуск, при прочих равных, менее эффективен, чем каждый предыдущий. Если у вас начали падать CTR, возможно, причина в слишком высокой плотности рекламного присутствия.

Предварительные тестирования. Как это происходит в жизни

Когда я только начинал писать эту книгу (в 2015 году), мы с командой работали следующим образом: тесты длились один месяц (30 дней) и, как правило, включали в себя отработку 3–7 сегментов целевой аудитории, 3–5 форматов рекламы и 30–50 вариантов тизеров.

На сегодняшний день я все так же ничего не прогнозирую и не обещаю клиентам до тех пор, пока не проведены тесты, но срок их проведения сократился до десяти дней. Самое главное, что мы пытаемся понять за эти десять дней, — продается ли оффер вообще в конкретной социальной сети и если да — с каким порядком цифр. Все. Перебирание тизеров — следующий этап, который вообще не имеет смысла, если оффер проблемный.

Давайте покажу на конкретном примере. Предположим, вы хотите, чтобы я провел для вас тестирование такого продукта, как оформление техпаспортов БТИ (не будем искать легких путей). Сегменты целевой аудитории, которые кажутся вам подходящими, — люди, которые находятся в состоянии смены статуса владельцев недвижимости (недавно переехали, скоро переедут и т. п.), нотариусы (у вас есть база нотариусов по всей стране) и риелторы.

Как будем вести тесты, если рекламный канал — Facebook?

Думаю, логично сделать примерно следующим образом.

- Настройка формата lead ads для жильцов районов, которые недавно застраивались (настроиться можно геолокациями и отфильтровать по «живущим в этой местности»).

- На аудиторию, которая с высокой степенью вероятности меняет права собственности или имеет к этому отношение, — запуск форматом «Продвижение поста» (настраиваться по интересам «недвижимость», «ремонт», «вторичное жилье» и т. п.).

- Для нотариусов (раз уж они собраны в базу и их можно загрузить в рекламный кабинет) запустить сразу два формата: «Клики на сайт» (так как они бывали на сайте раньше) и «Продвижение поста» — чтобы дать им больше релевантной информации.
- Риелторы — самая сложная гипотеза. Их мало, времени у них мало, и они «холодные». Поэтому попробуем запуститься на них с помощью формата «Продвижение видео» (тем более что, по счастливой случайности, у вас подготовлен ролик как раз для риелторов).

Вот и все. Берем эти четыре шага и, не пытаясь выдумать велосипед, готовим максимально очевидные тизеры: «Застройщик уже выдал вам техпаспорт? Проверьте метраж», «Клиенту нужно срочно продать квартиру, но нет техпаспорта? Мы сделаем его за 4 часа и 1200 рублей» и т. п. Плюс добиваемся того, чтобы сегменты аудитории были различны по объемам — от 10 000–30 000 человек до 100 000–150 000.

Если просто выполнить это по запланированному сценарию, через десять дней у вас будет конкретный ответ, продаются техпаспорта от БТИ в Facebook или нет. Если да — значит, начинайте «закапываться», тестировать элементы тизеров, нащупывать тенденции. Если нет — уходите из канала и думайте: проблема в самом канале (допустим, в «Одноклассниках» продается отлично) или в оффере.

Обобщим сказанное. Для тестирования оффера нам нужны:

- один продукт;
- один канал (социальная сеть);
- десять дней (чтобы рекламная ротация покрыла и будни, и выходные);
- три сегмента целевой аудитории (наиболее вероятные);
- три формата рекламы (например, «Конверсии», «Продвижение поста» и «Клики»);

- 2–3 варианта запусков в рамках каждого формата (например, когда тестируется формат продвижения постов, важно написать хотя бы два варианта текста — об одном и том же, но разными словами; касается всех форматов, которые вы отрабатываете в рамках тестов);
- общее количество запусков — в районе десяти;
- от $200 рекламного бюджета на тестовую кампанию в рамках одного канала (это цифра, которую я на практике вывел эмпирически, — с меньшим бюджетом любые полученные данные будут грешить статистической недостоверностью; а значит, при попытке масштабироваться велика вероятность отклонения цифр результата в разы; нам не нужны тесты, на основании которых невозможно делать выводы и планировать, ведь так? Для западных рынков сумму стоит как минимум удваивать).

Ну и чтобы совсем добить вас полезностью, в качестве абсолютного эксклюзива я покажу вам документ под названием «Тайминг тестовой кампании», который использую в качестве шаблона для проведения десятидневных тестов у себя в компании (см. с. 212–217).

Три с половиной сервиса, которые помогают в проведении тестов

Положа руку на роутер, я не очень люблю автоматизационные сервисы и мало ими пользуюсь. Поэтому прокомментирую только самое-самое.

1. «Антислив Таргет» («ВКонтакте»: vk.com/antisliv_rf, сайт: антислив.рф). Сервис собирает статистику автоматически и через неделю (или сколько там вам нужно) дает однозначный ответ, когда вам лучше «крутить» рекламу. Плюс умеет делать «умную ротацию». Как следствие — ключевые показатели эффективности растут, а затраты на рекламу падают.

Тайминг тестовой кампании

Задача	Ответственный	Отметки о выполнении	Комментарии
День 1 и 2 (XX_XX_XX)			
Ознакомиться с «Общими положениями»; подписать документ	Заказчик		
Заполнить бриф	Заказчик		
Решить в порядке диалога, какие конкретно форматы рекламы будут запускать в тестирование и сколько конкретно тизеров будет отработано (вписать эти форматы в графу «Комментарии» справа)	Заказчик/ специалист/ С. Щербаков (по необходимости)		
Предоставить доступ к бренд-буку и/или гайд-лайну и/или описать максимально конкретно особенности корпоративного стиля, которые нужно учитывать в работе (по адресу sa@shcherbakovs.com или ссылкой)	Заказчик		
Решить, кто и в каком объеме занимается дизайном проекта (все детали вписать в графу «Комментарии» справа). P. S. Подробнее о дизайне, его вариациях и стоимости читайте в брифе	Заказчик/ специалист		
Предоставить доступ к визуальным материалам, которые можно использовать при работе над проектом (фото, инфографика, комиксы и т. п.), по адресам, указанным выше	Заказчик		

Задача	**Ответственный**	**Отметки о выполнении**	**Комментарии**
Предоставить доступ к видеоматериалам, которые можно использовать при работе над проектом (ролики, проморолики, фрагменты выступлений и т. п.), по адресам, указанным выше. P. S. Для рекламных целей ролик должен быть не длиннее одной минуты	Заказчик		
Предоставить доступы к «Яндекс.Метрике» (по адресу _____@yandex.ru) и/или Google Analytics (_____@gmail.com)	Заказчик		
Предоставить доступ к рекламному кабинету той социальной сети, в которой будет идти работа: • для Facebook и Instagram: _______ @mail.ru; • для «ВКонтакте»: https://vk.com/shcherbak0ff; • для MyTarget — логин и пароль. *Уровень доступа: администратор*	Заказчик/ специалист		
Предоставить доступ к принадлежащим вам сообществам в социальных сетях (группам, страницам, пабликам, мероприятиям). Данные — те же, что и в графе выше. *Уровень доступа: администратор*	Заказчик/ специалист		
Прикрепить к рекламному аккаунту платежный инструмент, на котором есть деньги и который нормально функционирует (для Facebook — это Visa, MasterCard или PayPal). Под нормальным функционированием подразумевается:	Заказчик/ специалист		

Продолжение ⇨

Продолжение

Задача	**Ответственный**	**Отметки о выполнении**	**Комментарии**
• что карта не заблокирована на уровне ранее запущенных кампаний в Facebook; • что на карте открыта возможность онлайн-платежей. Зачислите рекламный бюджет на счет кабинета (для «ВКонтакте» и MyTarget)			
Установить в «Яндекс.Метрике» и/или Google Analytics цели. *Важно:* если не знаете, что это, как это делается, или у вас нет таких специалистов, мы можем взять реализацию на себя. Установка целей для одной системы в среднем обходится в дополнительные $N (конечная стоимость зависит от конкретной CMS, на которой сделан ваш сайт)	Заказчик/специалист		
Установить на сайт, лендинг, в блог и т. п. пиксели и/или коды ретаргетинга из всех социальных сетей, в которых будет вестись кампания. Проверить корректность их работы	Заказчик/специалист		
Проверить работоспособность абсолютно всех форм на посадочной странице (кнопок заказа, callback-форм, выпадающих списков, автоматических писем и т. д.). Исправить то, работоспособность чего вызывает сомнения	Заказчик/специалист		

Задача	Ответственный	Отметки о выполнении	Комментарии
Внести предоплату в размере 100 %. *Важно:* фактическая реализация рекламной кампании начинается только после поступления оплаты стоимости работ и полной реализации списка выше	Заказчик		
День 3 (XX_XX_XX)			
Подготовка тизерной части кампании. Специалист готовит *все* запуски, которые были согласованы в предыдущий день. *Важно:* если подготовка тизеров требует участия нашего дизайнера, это может занять 1–2 дополнительных дня. *Важно:* если это возможно, специалист выполняет эту работу в вашем офисе — с вашими маркетологами, продавцами, отделом производства, вами лично...	Специалист		
Согласование тизерной части кампании с вами или вашими специалистами. *Важно:* как мы договорились в общих положениях, 20 % тизеров мы готовим на свой страх и риск без согласования с вами (мы оставляем за собой право не показывать их вам вплоть до сдачи отчета)	Заказчик/ специалист		
День 4 (XX_XX_XX)			
Согласование тизерной части кампании с С. Щербаковым	Специалист/ заказчик по желанию		

Продолжение ⇯

Продолжение

Задача	**Ответственный**	**Отметки о выполнении**	**Комментарии**
Запуск рекламной кампании. *Важно (для специалиста):* в комментариях вставьте ссылки на запущенные кампании в кабинете (после каждого нового запуска в день, когда он осуществляется, в комментариях вставляйте ссылки на эти запуски). *Важно:* все аудитории, форматы и тизеры загружаются в кабинет (готовятся к запуску) одновременно — в один день. Специалистом для них выставляется различное время запуска таким образом, чтобы покрыть отрезок семь дней (включая выходные) и набрать максимум статистических данных, не превышая максимальной величины рекламного бюджета	Специалист		
День 5 (XX_XX_XX)			
Ожидание и набор данных. *Важно:* на этом этапе мы НИЧЕГО не делаем в рекламном кабинете, не вносим никаких корректив и т. п. Нужны примерно сутки рекламной ротации, чтобы делать первые выводы по оптимизации			
День 6 (XX_XX_XX)			
Краткий анализ и коррекция запущенных рекламных объявлений. *Важно:* специалист оставляет краткие тезисные комментарии о происходящем в графе «Комментарии» этого документа	Специалист		

Задача	Ответственный	Отметки о выполнении	Комментарии
День 7 (XX_XX_XX)			
Ожидание и набор данных			
День 8 (XX_XX_XX)			
Анализ и коррекция запущенных рекламных объявлений. *Важно:* специалист оставляет краткие тезисные комментарии о происходящем в графе «Комментарии» этого документа	Специалист		
День 9 (XX_XX_XX)			
Ожидание и набор данных			
День 10 (XX_XX_XX)			
Остановка рекламной кампании. Отключение всех запущенных ранее объявлений	Специалист		
Начало подготовки отчета о проделанной работе	Специалист		
День 11 (XX_XX_XX)			
Предоставление отчета заказчику (с выводами и рекомендациями)	Специалист		
Обсуждение отчета в трехстороннем порядке (по желанию заказчика)	Заказчик/специалист/С. Щербаков		
Принятие решения о дальнейшем сотрудничестве			

2. Kairos («ВКонтакте»: https://vk.com/publickairos). Умеет и сегментацию делать, и расширенную статистику показывать. Но главное — умеет манипулировать ставками оплат без вашего участия (то есть лишает вас необходимости жить в рекламном кабинете). Попробовать можно.

3. Popsters для «ВКонтакте» (https://popsters.ru/), BuzzSumo для Facebook (http://buzzsumo.com/). Позволяют находить наиболее востребованный контент в нише. В рекламе это может быть полезно для отслеживания тех самых трендов, о которых я всю дорогу толкую. Находите самый вовлекающий пост конкурентов — делаете предположение, почему он работает, — используете в своем запуске.

   Важно: не надо брать в работу все, что плохо лежит. Если бородатый мужик с обнаженным торсом хорошо кликается в теме газированных напитков, нет никаких логичных оснований использовать его для рекламы хипстерских носков (хотя бы потому, что клики не эквивалентны конверсиям).

3,5. Аналитические способности мозга. Настоятельно рекомендую вам книги по статистике, аналитике и социологии (например, «Голая статистика» Чарльза Уилана; «Здравый смысл врет» Дункана Уоттса, «Веб-аналитика на практике» Авинаша Кошика, «Бизнес-статистика» Эндрю Сигела, «Антихрупкость» Нассима Талеба — отличные экзепляры).

Иерархия тестирований

Просто двигайтесь по этому шаблону — и с вероятностью 90 % вы либо добьетесь эффективности, либо обнаружите, в чем заключается реальная проблема рекламной кампании.

1. Тестирование оффера. Десять дней (чтобы это психологически проще воспринималось, можно 7–14 дней). Как тестировать — вы уже знаете.

2. Тестирование тизеров и их элементов (в соотнесении с сегментами целевой аудитории):

   - изображение;
   - заголовки;
   - описания;
   - изображения с описаниями;
   - форматы изображений.

   Моя логика проста, как междометия младенца: пока вы не получаете кликов, вы вообще никакой статистической информации не получаете. Добейтесь реакции от пользователей, а потом уже углубляйтесь во все остальное.

   Разумеется, тизеры показываются живым людям, а значит, они должны быть релевантны тому сегменту целевой аудитории, которому они адресованы. Здесь же тестируем сегменты целевой аудитории (более широко, нежели на первом шаге).

3. Тестирование настроек рекламного кабинета:

   - цели;
   - ставки оплат;
   - дни недели.

4. Посадочная страница.

   Ее можно начинать тестировать и раньше, если поведенческая аналитика намекает, что конверсиями здесь не пахнет. Если хотите углубиться — попробуйте прочитать You shoud test that Криса Говарда (на русский не переводилась). Кроме того, еще раз говорю вслух, что в качестве посадочной страницы может выступать сообщество, а значит, внутри него тоже стоит тестировать обложку, название и первые 5–10 постов.

5. Факторы внешнего мира.

   Их тестировать не надо, да и как вы себе это представляете? Просто помните, что они могут иметь значение, и когда сталкиваетесь с очередным «необъяснимо, но факт» в результатах своих кампаний, увеличивайте количество факторов, которые учитываете во время анализа.

   Резюмируем: тестирование, если разобраться по существу, — это просто жонглирование значимыми элементами до момента получения желаемого результата. Мы перебираем их в полуслепом режиме. Так вот, чтобы это имело смысл, важно, чтобы *наиболее успешное объявление всегда находилось в ротации*. Пока вы ищете, как бы еще «пробить потолок индифферентности», пусть объявление с лучшим CTR крутится до состояния статистической значимости (см. фрагмент ниже), пусть объявление, с которого состоялась продажа, потихоньку, но увеличивает охваты. В общем, не давайте своему рекламному кабинету простаивать. Разумеется, после того, как вам удастся найти более работоспособный вариант, перемещайте его в перманентную ротацию. Ну и так далее.

Реальные примеры логики тестирований (как это происходит в жизни) настоятельно рекомендую вам изучать по кейсам, которые мелькают на рынке, — у меня самого на сайте вывешено несколько десятков экземпляров.

Статистическая значимость тестов

Есть такой элементарный логический закон: увеличение количества целевых действий обратно пропорционально уменьшению коэффициента отклонения от средней величины. Перевожу на русский язык: если вы подбросите монетку один раз, вероятность того, что выпадет решка, довольно высока — один к двум (50 %). Если вы подбросите монетку два раза, вероятность того, что оба раза выпадет решка, уже будет один к четырем (25 %). Если три раза — один к девяти (11,1 %). Если четыре — один к 16 (6,25 %)

и т. д. То есть чем больше раз вы подбрасываете монетку, тем меньше вероятность перекоса в какую угодно сторону. На десяти монетках, подброшенных в воздух, еще можно наткнуться на счастливые десять решек из десяти (такая вероятность равна 1 к 100), но вот на 10 000 такая вероятность практически ничтожна (1 к 100 000 000, или 0,0000001 %), и, скорее всего, с каждым новым броском результат будет приближаться к логичному 50 на 50. (Надеюсь, основную мысль вы уловили[1].)

К чему я это... В Сети время от времени мелькают принтскрины от «крутых» специалистов, которые хвастаются CTR кликов «ВКонтакте» где-нибудь на уровне 0,120 % или, допустим, вообще 5,300 % (что, безусловно, должно впечатлять), только вот на объемах 1–2 клика или, скажем, 100–500 показов (что, безусловно, должно вызывать недоумение) (рис. 4.3).

Дата ▾	Потрачено	CTR (?)	Переходы	Показы	Охват (?)	Вступления (?)
11 февраля	0.05 руб.	66.667 %	2	3	3	1
10 февраля	1.53 руб.	4.286 %	15	350	291	7

Рис. 4.3

Как вам нравится CTR в размере 66,667 %? (Скриншот совершенно реальный, я его не нарисовал, а любезно позаимствовал у коллег.) Лично я впечатлен. Но посмотрите чуть внимательнее — показов три, а переходов два. Бьюсь об заклад — стоит автору принтскрина всего лишь обновить страницу — и через пару минут цифра показов взлетит до 3000 человек (при 400 охвата), а переходов так и останется два. Вуаля — и наш CTR падает до ноль целых фиг десятых.

Опять же перевожу на русский язык... Предположим, вы дали мне 100 рублей на рекламу. Я добросовестно напарсил (собрал)

[1] На самом деле даже такой подсчет не является до конца справедливым. Прочтите главу «Мысленный (численный) эксперимент, демонстрирующий, откуда происходит кривая нормального распределения» книги «Черный лебедь» Нассима Талеба — там все необходимые детали.

аудиторию 40 000 человек и настроил на нее показ рекламы по цене два рубля за 1000 показов (чего хватит, чтобы показать рекламу даже 50 000 человек). И в 12 часов дня ее запустил (примерно в это время техподдержка «ВКонтакте» начинает модерировать объявления и пропускать их в работу). Через пару минут обновляю страницу и вижу, что на 324 показа (которые только-только начали откручиваться) у меня два клика, что равно CTR 0,617. «Вау!» — думаю я, делаю принтскрин и начинаю всем хвастаться.

Но позвольте... Общий объем аудитории — 40 000 человек; 324 — это менее 1 %. Можно ли это считать рабочим, средним CTR по рекламному объявлению? Конечно, нет! Потому что — что? Потому что чем меньше пользователей от общей величины охвачено, тем выше вероятность погрешности.

Среднюю величину (и реально «чистый» показатель) CTR дает только тот CTR, который учитывает результаты одной полноценной открутки на значимый объем целевой аудитории (то есть когда мы будем знать реакцию на 40 000 показанных объявлений, в нашем примере это утрировано, но от истины недалеко, подробные пояснения — уже через страницу). Больше 40 000 — это уже некорректная информация (потому что по второму кругу CTR прогнозируемо начинает падать — реклама надоедает). Примерно (примерно!) то же самое касается частотности показов в Facebook.

В реальной полевой работе охват никогда не бывает 100 %, потому что какие-то пользователи именно в эти дни не заходили в соцсеть, до каких-то мы величину ставок недотянули, да и банально оптимизационные алгоритмы Facebook не позволят... Поэтому адекватный показатель, на который можно опираться при оценке среднего CTR, — около 70 % охвата.

Дальше... Предположим, вы открываете свою «Яндекс.Метрику» или Google Analytics и видите, что средняя конверсия по всем источникам трафика — 3 % (что очень даже немало). Значит, для получения одной конверсии сколько вам нужно посетителей на сайте? Правильно — 33.

Но если вы работаете в режиме 100 рублей на один тизер в сети «ВКонтакте» и $1 на продвижение поста в Facebook, какое количество трафика фактически приходит на сайт? Скорее всего, 5–10 человек с одного запуска.

Приходит десять, а для получения одной конверсии надо как минимум 33. Мораль: любые выводы, которые вы сделаете, руководствуясь этими данными, будут ложными. Потому что, если первые десять пользователей заявок не оставили, не факт, что следующие десять будут вести себя так же. И наоборот: если на десять зашедших вы получили три конверсии — это прекрасная динамика, но масштабироваться она, скорее всего, будет с другим порядком цифр (чем больше данных вы будете получать, тем больше они будут «расплываться» — вспоминайте пример с монеткой).

Если не углубляться в теорию (с ней прекрасно помогут разобраться книги и учебники, которые я перечислил выше) и просто руководствоваться здравым смыслом, для нас с вами это значит, что *принимать решения об эффективности или неэффективности конкретных объявлений можно исключительно на основании объемов трафика в 2–3 раза (а лучше — больше) превышающих количество, минимально необходимое для совершения одной конверсии*. Если конверсия на сайт 1 % — минимум 100 человек, в идеале 200–300; если 5 % — 20 человек, в идеале 40–60; если 0,05 % — 200 человек, в идеале 400–600 и т. д.

И вот еще что, раз уж ввязались, давайте дойдем до конца. Генеральная совокупность — это выборка людей (в нашем случае пользователей), с которой вы работаете. Чтобы результаты (целевые действия — например, добавление товара в «Корзину» на сайте) характеризовали всю генеральную совокупность, нам нужно учитывать такой параметр, как предел погрешности. То есть ответ на вопрос, насколько можно быть уверенными, что полученные результаты отображают мнение всей выборки (например, чтобы на 95 % быть уверенными, что результаты удастся повторить при масштабировании, с генеральной совокупности 100 000 человек нужно получить 383 конверсии) (рис. 4.4).

Генеральная совокупность	Предел погрешности 10%	5%	1%
100	50	80	99
500	81	218	476
1000	88	278	906
10 000	96	370	4900
100 000	96	383	8763
1 000 000+	97	384	9513

Рис. 4.4

Дальнейшее погружение требует уже обсуждения степени доверительности самой выборки, и, пожалуй, мы не будем это затрагивать в рамках книги о таргетинге.

Подведем промежуточные итоги. Чтобы делать выводы как профессионалы:

- принимайте решения относительно работоспособности целевого сегмента аудитории с поправкой на то, что сравнительно «чистые» данные — только в первом круге охватов; начиная со второго эффективность начинает падать (хотя бывают исключения, а абсолютная «чистота» недостижима в принципе);
- любые выводы, которые базируются на цифрах, должны подчиняться требованиям статистической достоверности — чтобы не считать вручную, используйте калькуляторы статистической значимости, например http://tools.driveback.ru/significance.html или https://www.perrymarshall.com/marketing/tools/ (в «Яндекс.Метрике» и Google Analytics они встроены по умолчанию);
- анализируя эффективность объявлений, добивайтесь по каждому из них такого количества трафика, которое

необходимо для совершения как минимум одной конверсии на посадочной странице (а лучше — в 2–3 раза больше).

Ну что, появилась ясность? Давайте в нее теперь добавим еще и нашего любимого реализма.

Если в нашем несовершенном мире при средней конверсии в Рунете 1 % каждое объявление дотягивать до статистической достоверности, у вас на тестирование будет уходить от $1000–1500 для одного канала и более. Поэтому давайте руководствоваться научным подходом, но не заигрываться.

Выключайте объявления:

- когда они вообще не дают кликов — у вас отмоталось уже 1, 3, 17 долларов, а по кликам все еще ноль;
- когда клики есть, но у них аховое поведение на посадочной (предположим, коэффициент отказа в «Яндекс.Метрике» — 83 %); очевидно, что в такой ситуации вы теряете 83 % трафика, а значит, его нужно в пять раз больше;
- когда цена за клик превышает порог рентабельности (вы ведь знаете, сколько должна стоить конверсия, чтобы таргетированная реклама оставалась для вас рентабельной? Если нет — посчитайте).

С другой стороны, если до статистической значимости количество конверсий вы еще недотянули, но динамика очевидно выигрышная (допустим, при средней конверсии лендинга 0,7 % на 20 кликах вы получили пять заявок) — перевкладывать деньги стоит именно сюда.

Какой бюджет нужен для тестирования и как быстро он будет расходоваться

Из предыдущего раздела вы уже знаете, что чем больше денег вкладывается в кампанию вообще и в каждое конкретное объявление в частности, тем точнее будут результаты тестов (а значит, тем выше вероятность, что вы сможете повторить результаты после их окончания).

Двести долларов рекламного бюджета из расчета на один рекламный канал (одну социальную сеть) — это минимум. Один из моих любимых клиентов просил тратить $100 в день, чтобы максимально быстро набрать достоверные данные. В итоге кампания окупилась более чем в десять раз. Самый крупный тестовый бюджет, который проходил через лично мои руки, — $500 в день. Но там был тихий ужас с аналитикой на стороне заказчика, в итоге долго это не продлилось.

Прикиньте сами: возьмите за основу план тестовой рекламной кампании для техпаспортов БТИ и сделайте по ней расчет. Получится ли у вас менее чем за $200 собрать какие-нибудь данные? Очень сомневаюсь. То же самое с «ВКонтакте», «Одноклассниками», Instagram и т. д.

А если волею судеб вас еще и в LinkedIn занесет, то там минимальный рекламный бюджет должен начинаться с $1500 просто потому, что клик стоит в районе $2 за штуку.

Вывод: чем больше денег вы тратите, тем лучше для вас (при условии, что тесты проводятся специалистом, потому что у каждой ниши есть свой потолок).

«Выгорание» тизеров, или Как правильно вести таргетированную рекламу после тестов

В профессиональной среде термин «выгорание» означает, что аудитории надоели рекламные объявления, которые вы ей показываете, а значит, пора что-то менять — либо аудиторию, либо объявления.

Как я уже говорил, CTR начинает падать примерно со второго круга показов, и это нормально. Падающий CTR можно и нужно поддерживать постепенным увеличением ставок (которые, в свою очередь, увеличивают охват), если, конечно, во время настройки вы лазили в стоимость ставок руками. Но, как правило, после нескольких кругов на максимальных охватах сегмент аудитории «выгорает» как таковой.

Для тестов это нормально. А вот для ведения рекламной кампании нужно что-то придумывать. Что?

- Собирать новую аудиторию. Пробовать новые парсинговые схемы. Увеличивать lookalike-аудиторию с 1 до 2–5 %. Использовать другой сегмент целевой аудитории (но максимально похожий, как, например, «посетители городских мероприятий» и просто «активные люди города»).
- Модифицировать тизеры. Помните, мы говорили о тенденциях? Если вы уловили, что конкретно дает вам конверсии, вам не составит труда поменять одно эмоциональное лицо на другое или одну картинку с водопадом на другую.
- Использовать работоспособные элементы объявлений из других гипотез. Вы ведь не по одному объявлению тестируете, верно? Так почему бы не попробовать то, что сработало в других сегментах, в сегменте, только что «выгоревшем»?
- Просто подождать. Дайте аудитории остыть от ваших рекламных атак. Срок даже пара-тройка недель — очень неплохая перезагрузка для рабочего сегмента целевой аудитории. Социальные сети ведь среда динамичная. Пользователь видит десятки тизеров в день, поэтому за 2–3 недели ваш оффер в его памяти хочешь не хочешь, а затирается. Правда, фокус с «просто подождать» тоже рано или поздно «выгорает».

Мысль, к которой мне хотелось бы вас привести, крайне проста: тестирование таргетированной рекламы и ее ведение — это не более чем вдумчивое перебирание наиболее вероятных вариантов плюс здравый смысл. Любые результаты объяснимы, если вы понимаете механизм и учитываете максимум возможных факторов. А если вы понимаете, откуда взялся тот фактический результат, который у вас есть, вы неизбежно начинаете понимать, как дотянуть его до желаемого.

Здравый смысл врет. Проверьте!

Напоследок сыграем в игру. Я буду показывать вам по два объявления, которые запускались в одной и той же рекламной кампании. Не всегда это были синхронные тесты, которые работали в одно время (иногда просто из одного проекта). Ваша задача — угадать, какой тизер в итоге принес конверсии, а какой — нет. Отмечайте свои ответы на бумажке или в смартфоне, а в конце главы я покажу правильные ответы с цифрами (цифры я знаю достоверно — все эти кампании велись либо мной, либо моей командой).

Готовы? Поехали!

1. Оффер — семинар Мишеля Одена в Киеве (Мишель Оден — всемирно известный акушер-гинеколог из Франции, который создал и популяризировал водные роды). Разница между эффективностью тизеров: один принес 30 % всех оплаченных заявок, а второй — ничего (рис. 4.5).

2. Оффер — семинар Дмитрия Потапенко в Минске (Дмитрий Потапенко — известный российский бизнесмен, экономист, общественный деятель). Разница между эффективностью тизеров: шесть к одному (рис. 4.6).

3. Оффер — конференция SMM Rocks — одна из самых крупных (если не самая) ежегодных конференций по теме SMM в Украине. Слева на тизере — Станислав Матюшенко, главный организатор ивента. Справа на тизере — Марк Цукерберг. Разница между эффективностью объявлений: одно из них принесло около 35 % всех оплаченных заявок, второе — показывало одну из самых низких цен клика, но не принесло ни одной конверсии (рис. 4.7).

4. В оффере — ежегодная конференция I-BBQ-Marketin (проходит под Киевом на открытом воздухе; безлимитно раздаются полезный контент, пиво и вино). Разница между эффективностью тизеров — одна заявка (да, скорее всего, это фактор везения и погрешности, но интересно же, правда?) (рис. 4.8).

Психология обучение. Высшая школа психологии. Киев
Реклама ·
Нравится Страница
Только до 9 марта получи скидку на семинар популяризатора естественных и водных родов.
Мишель Оден в Киеве!
Мишель Оден – легендарный акушер-гинеколог, 26-27 марта расскажет все о родах. Автор 12 книг и 50 статей. Узнайте больше о водных и естественных родах, чтобы не навредить ребенку и себе! Скидка до 30%
ISHCHENKO.PRO
Зарегистрируйтесь
А
Психология обучение. Высшая школа психологии. Киев
Реклама ·
Нравится Страница
Только до 9 марта получи скидку на семинар популяризатора естественных и водных родов.
Вы хотите узнать больше о водных родах?
Мишель Оден в Киеве!
Мишель Оден – легендарный акушер-гинеколог, 26-27 марта расскажет все о родах. Автор 12 книг и 50 статей. Узнайте больше о водных и естественных родах, чтобы не навредить ребенку и себе! Скидка до 30%
ISHCHENKO.PRO
Зарегистрируйтесь
Б

Рис. 4.5

ТК "Тренинг Клуб"
Реклама
Нравится Страница
Откровенный мастер-класс Дмитрия Потапенко о том, как выжить в кризис. 24 мая, Минск.
На постсоветском пространстве среднего класса нет и не будет. Вы ненужны государству, поэтому будете уничтожаться.
Дмитрий Потапенко
Работать на падающем рынке реально!
Дмитрий Потапенко - управляющий партнер "MDG", владелец 12 розничных и 8 ресторанных сетей. Ведет бизнес в 4 странах. Если кто-то и знает, как побеждать в кризис - это он. 1 195 000 р.
TRENINGCLUB.BY
Забронировать
А
ТК "Тренинг Клуб"
Реклама
Нравится Страница
Откровенный мастер-класс Дмитрия Потапенко о том, как выжить в кризис. 24 мая, Минск.
Скажите: "криииизис"!
Работать на падающем рынке реально!
Дмитрий Потапенко - управляющий партнер "MDG", владелец 12 розничных и 8 ресторанных сетей. Ведет бизнес в 4 странах. Если кто-то и знает, как побеждать в кризис - это он. 1 195 000 р.
TRENINGCLUB.BY
Забронировать
Б

Рис. 4.6

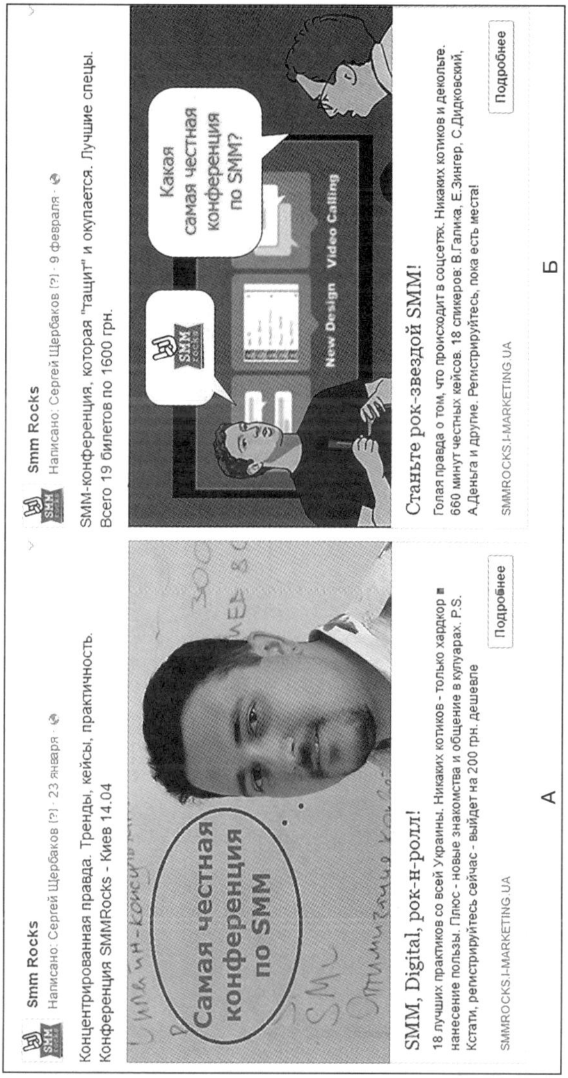
Smm Rocks
Написано: Сергей Щербаков [?] · 23 января ·
Концентрированная правда. Тренды, кейсы, практичность.
Конференция SMMRocks - Киев 14.04
Самая честная конференция по SMM
SMM, Digital, рок-н-ролл!
18 лучших практиков со всей Украины. Никаких котиков - только хардкор и нанесение пользы. Плюс - новые знакомства и общение в кулуарах. P.S. Кстати, регистрируйтесь сейчас - выйдет на 200 грн. дешевле
SMMROCKS.I-MARKETING.UA
Подробнее
А
Smm Rocks
Написано: Сергей Щербаков [?] · 9 февраля ·
SMM-конференция, которая "тащит" и окупается. Лучшие спецы.
Всего 19 билетов по 1600 грн.
Какая самая честная конференция по SMM?
New Design
Video Calling
Станьте рок-звездой SMM!
Голая правда о том, что происходит в соцсетях. Никаких котиков и декольте. 660 минут честных кейсов. 18 спикеров: В.Галика, Е.Зингер, С.Дидковский, А.Деньга и другие. Регистрируйтесь, пока есть места!
SMMROCKS.I-MARKETING.UA
Подробнее
Б

Рис. 4.7

I-marketing.ua
Реклама ·
Нравится Страница
Барбекю-конференция для владельцев и менеджеров. 22 июля, загородный комплекс "Два бобра"
Кто строит бизнес, тот ест
Всего 17 мест по 1450 грн
Из Киева и в Киев - трансфер от метро Житомирская. Спикеры из Promo.ua, 1С-Битрикс, Ольшанский и партнеры, Mark&Sales, Metro, WebPromoExperts, eSputnik. Купание, нетворкинг, пиво и вино безлимитно.
BBQ.I-MARKETING.UA
Зарегистрируйтесь
А
I-marketing.ua
Реклама ·
Нравится Страница
Барбекю-конференция для владельцев и менеджеров. 22 июля, загородный комплекс "Два бобра"
I-MARKETING
BBQ
22 июля
ИНТЕРНЕТ МАРКЕТИНГОВАЯ КОНФЕРЕНЦИЯ – ПИКНИК
I-Marketing.ua
Всего 17 мест по 1450 грн
Из Киева и в Киев - трансфер от метро Житомирская. Спикеры из Promo.ua, 1С-Битрикс, Ольшанский и партнеры, Mark&Sales, Metro, WebPromoExperts, eSputnik. Купание, нетворкинг, пиво и вино безлимитно.
BBQ.I-MARKETING.UA
Зарегистрируйтесь
Б

Рис. 4.8

5. В оффере — услуга разработки уникальных скриптов разговоров по телефону от компании salers.ru. Разница между эффективностью объявлений — полный ноль против чуть более чем 400 заявок (рис. 4.9).

6. В оффере — «МегаБамба», она же большая распродажа от «Сети Агентств Горящих Путевок» (один из двух наиболее крупных туристических ретейлеров на рынке Украины). Задачей были не лиды, а оставленные комментарии на посадочной странице (когда в ветке комментирования собиралось десять и более желающих, спеццена открывалась для бронирования). Разница в эффективности тизеров — ноль комментариев против семи (рис. 4.10)

7. В оффере — услуга ввода в эксплуатацию жилых помещений. Довольно дорогостоящая процедура, которая не покупается и не продается с наскока. Работали по коттеджным городкам. Разница в результатах между тизерами составила девять заявок против нуля (рис. 4.11). На какой из них поставите?

8. В оффере — Сумской государственный университет. В качестве целевого действия нам были нужны подписки на сообщество для абитуриентов СумГУ в сети «ВКонтакте». Аудитория — одна и та же. Количество потраченных денег — одно и то же (100 рублей). Разница в эффективности тизеров — восемь вступивших против никого (рис. 4.12).

9. В оффере — компания, которая занимается доставкой замороженных ягод и фруктов в одном из регионов Украины (упоминать все еще не могу). Задачей стояло получать подписчиков в сообщество в сети «ВКонтакте» (кстати, реклама с уводом трафика напрямую на интернет-магазин окупалась куда феерично). И тем не менее разница в эффективности тизеров — ноль против нуля, против 26 вступивших (рис. 4.13). Как думаете, какое объявление победило?

Salers.ru Системный рост ваших продаж
Реклама
472 скрипта в 42 отраслях. Каждый из них был уникален. И Ваш будет не похож на эти 472.
"Я не хочу звонить!"
Фишки скриптов продаж
Ваш тоже уже тошнит от заезженых скриптов? Когда даже непрофессионал слышит, что с той стороны "читают по бумажке". Мы делаем их под ВАШ бизнес. Именно поэтому они увеличивают конверсию от 37% и выше.
SALERS.RU
А
Salers.ru Системный рост ваших продаж
Реклама
Скрипты продаж под вас, позволяющие обойти почти любого секретаря. Средний рост продаж 37%
CALLS
Холодные продажи - легко!
NA-TRUBKE.RU
Б

Рис. 4.9

Сеть Агентств Горящих Путевок
Написано: Tasha Shantal'naya [?] · 11 ноября в 13:32 ·
Не можете жить без моря? Небывалое предложение от Сети АГП!
Станьте одним из 10 счастливых обладателей путевки в Иорданию по спеццене!
Осталось 4 места! Успейте подать заявку до 13 ноября – напишите «Я хочу» в комментариях по ссылке! Такого больше не будет!
ИОРДАНИЯ
8 дней / $299
Грандиозная распродажа туров МЕГАБАМБА
8 дней в Иордании (Акаба) за 7819 грн. Подайте заявку!
HOTTOUR.COM.UA
Подробнее
А
Сеть Агентств Горящих Путевок
Написано: Tasha Shantal'naya [?] · 10 ноября в 11:56 ·
Мечтаешь о захватывающем приключении? Небывалое предложение от Сети АГП!
Станьте участником компании из 10 путешественников (или соберите свою!) и получите путевку в Иорданию по улетной спеццене! Только с 9 по 13 ноября!
ИОРДАНИЯ
8 дней / $299
Грандиозная распродажа туров МЕГАБАМБА
8 незабываемых дней в Иордании (Акаба) за 7819 грн. Забронируйте место!
HOTTOUR.COM.UA
Подробнее
Б

Рис. 4.10

Lex Status Group
Реклама (демонстрация)
Нравится Страница
Недавно построили коттедж в Киевской области?
У Вас частный дом?
Хотите побыстрее заселиться? Оформляйте документы для ввода дома в эксплуатацию без лишних затрат и усилий! Оставляйте заявку на сайте и наш менеджер свяжется с Вами в течение часа!
Подать заявку
А
Lex Status Group
Реклама (демонстрация)
Нравится Страница
Вам нужно получить разрешение на эксплуатацию дома?
Lex status
Строите дом под Киевом?
Оформляйте документы на дом без очередей в компании "Lexstatus"! Оставьте заявку и наш менеджер проконсультирует Вас в течение дня!
Подать заявку
Б

Рис. 4.11

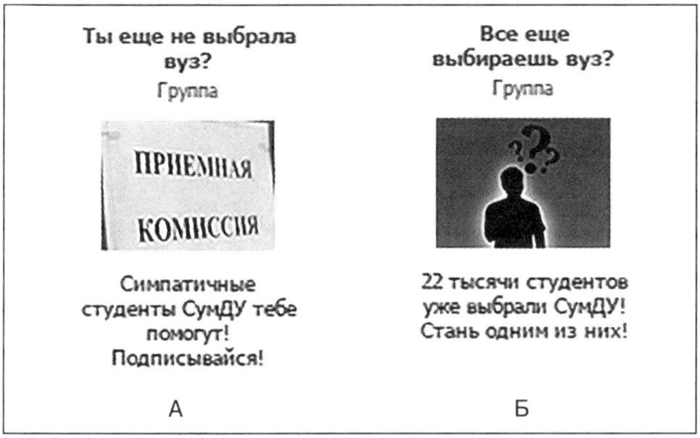

Рис. 4.12

Рис. 4.13

10. В оффере — программа по кундалини-йоге в Карпатах. Участникам предлагалось не только принять участие, но и получить сертификацию, которая дает право преподавать. Разница в эффективности тизеров с точки зрения конверсии 14 к 1 (рис. 4.14).

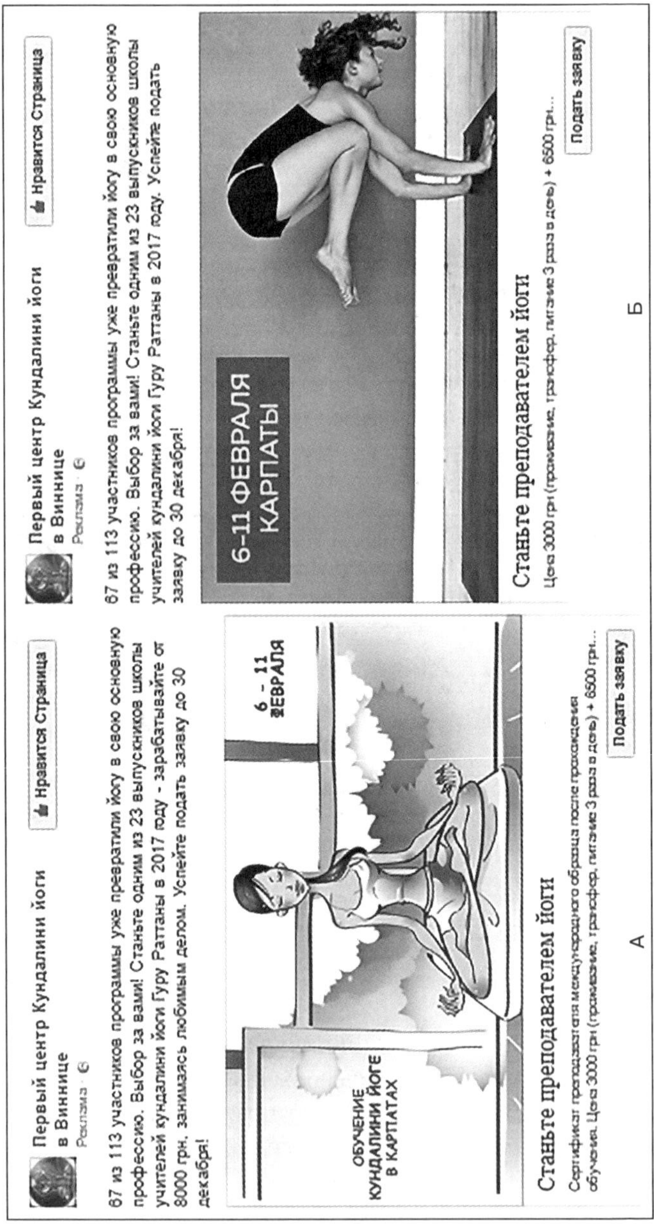
Первый центр Кундалини йоги в Виннице
Реклама
Нравится Страница
67 из 113 участников программы уже превратили йогу в свою основную профессию. Выбор за вами! Станьте одним из 23 выпускников школы учителей кундалини йоги Гуру Раттаны в 2017 году - зарабатывайте от 8000 грн, занимаясь любимым делом. Успейте подать заявку до 30 декабря!
ОБУЧЕНИЕ КУНДАЛИНИ ЙОГЕ В КАРПАТАХ
6 – 11 ФЕВРАЛЯ
Станьте преподавателем йоги
Сертификат преподавателя международного образца после прохождения обучения. Цена 3000 грн (проживание, трансфер, питание 3 раза в день) + 6500 грн...
Подать заявку
А
Первый центр Кундалини йоги в Виннице
Реклама
Нравится Страница
67 из 113 участников программы уже превратили йогу в свою основную профессию. Выбор за вами! Станьте одним из 23 выпускников школы учителей кундалини йоги Гуру Раттаны в 2017 году. Успейте подать заявку до 30 декабря!
6–11 ФЕВРАЛЯ КАРПАТЫ
Станьте преподавателем йоги
Цена 3000 грн (проживание, трансфер, питание 3 раза в день) + 6500 грн...
Подать заявку
Б

Рис. 4.14

Правильные ответы

Ну что, проверим, насколько гениально вы предсказываете будущее?

1Б. Это была гипотеза на уровне фола. Тизер с мамой, только что родившей в воде, до сих пор кажется мне куда более логичным. Но рынок сделал свой выбор. Подчеркиваю — речь идет не о кликах, речь идет об оплаченных заявках.

2А. Я прямо вижу, как, угадав правильный ответ в предыдущем вопросе, вы скривились, прочитав нынешний. Да, здесь лицо спикера оказалось более действенным, нежели комикс про кризис.

3А. Ага, я тоже ставил на Цукерберга. Но, несмотря на сомнительный эстетизм тизера с изображением Станислава Матюшенко (фон затерт в Photoshop-online, а текст нанесен с помощью Paint и Word), он оказался самым конверсионным в кампании. Кстати, через полторы недели откруток его подретушировали, дизайнер оформил красивее. И что вы думаете? В цифре конверсий ничего не поменялось.

4А. Разница на уровне погрешности, поэтому обойдемся без комментариев.

5А. Это не просто хороший тизер, это один из самых эффективных тизеров, который я видел в своей практике. О нем у нас еще в финале книги будет кейс с подробностями и механиками. Но читайте по порядку.

6А. Знаете, почему он эффективнее? Потому что в нем есть конкретный призыв к действию: успейте подать заявку до 13 ноября — напишите «я хочу». Это гораздо понятнее, чем «станьте участником компании из десяти путешественников».

7А. Не сыграла ставочка с семейными ценностями, да? Можно спорить почему, возможно, дело в том, что кампания велась в феврале, а на фото с лицами уже весна. Возможно, дело в формулировках по тексту. Но факт таков, каков есть, и против него не попрешь.

8Б. Сложно сказать почему. Может быть, девочки в 16 лет не хотят, чтобы «симпатичные» студенты им помогали? Сомнительно. Нужно тестировать дальше.

9А. Дайте угадаю: вы выбрали Б, потому что на нем изображен блендер? А сработал вариант А. Как мне кажется, потому, что в нем есть эффект узнавания, мол «ага, и у меня на кухне точно так же». В дальнейших тестах эта мысль подтвердилась (причем не только в обсуждаемом проекте).

10А. Может быть, дело в цифре потенциального заработка (8000 гривен), а может быть, просто в картинке (вы как думаете?). Но факт остается фактом.

Бонус. Тестирование постов

Помните, я рассказывал вам о модели ODC (плюс заголовок) в написании рекламных постов в социальных сетях? А еще я говорил, что текстовые концепции (как и визуальные) нужно тестировать. Наверняка, если вы еще ни разу этого не делали, у вас «болит» вопрос «как». Давайте я покажу.

В оффере — семинар Евгения Спирицы в Минске. Евгений Спирица (российский Пол Экман) — крупнейший специалист в СНГ по верификации лжи. Создатель Международного центра детекции лжи и профайлинга (ICDS). Офицер, имеющий две боевые награды за участие в специальных мероприятиях, и еще много-много всякого разного.

Сейчас я покажу вам, как написать три разных текста для одного и того же продукта по одной и той же модели. Это тоже совершенно реальная рекламная кампания, которая прошла лично через мои руки. Тексты были в ротации, и по ним есть вполне конкретные результаты.

Вариант 1. «Боевая модель переговоров» — авторский тренинг Евгения Спирицы

Минск, 13–14 августа.

Стоимость при оплате до 1 августа — 295 BYN.

За два дня вы научитесь:

- *работать с глубинной структурой человеческой психики;*
- *точно определять, кто находится перед вами;*
- *понимать, какими моделями человек мыслит, а значит — предсказывать его поведение;*
- *дезадаптировать и разрушать убеждения оппонента;*
- *встраивать собеседнику состояние беспомощности и договариваться на ваших условиях.*

Это тренинг для серьезных людей, которые ответственно относятся к знаниям и применяют их только по необходимости. Для менеджеров, переговорщиков, юристов, адвокатов, психологов, психотерапевтов и тех, кто хочет лучше понимать людей.

Евгений Спирица — руководитель Международной академии исследования лжи. С 1993 года занимается прогнозированием поведения человека в ситуациях захвата заложников и верификации лжи. Офицер, имеющий две боевые награды за участие в спецмероприятиях.

Кликайте и регистрируйтесь по самой низкой цене.

Вариант 2. «Как стать непобедимым переговорщиком? Тренинг от человека, которого невозможно обмануть»

Хотите выигрывать во всех переговорах? «Прожимать» любого собеседника, предсказывать его поведение и психологически «укладывать на лопатки», когда вам нужно?

Этому можно научиться!

13–14 августа Евгений Спирица (руководитель Международной академии исследования лжи, верификатор, человек, которого невозможно обмануть) привозит в Минск авторский тренинг «Боевая модель переговоров».

Главная цель тренинга — научить участников понимать:

- *кто перед тобой;*
- *как он мыслит;*
- *каким будет его следующий ход;*
- *как разрушить его стратегию.*

Все на конкретных примерах.

Вот что говорит сам Евгений Спирица: «Я буду очень неэкологичен. Возможно, в процессе тренинга вам покажется, что я демонстрирую вещи, которые вы не можете применить, так как это неприемлемо для вас. Имейте в виду — именно с этого места вам нужно начинать работать, это ваше слабое место».

Приходите, только если вы готовы деликатно обращаться с полученными знаниями.

13–14 августа, Минск, ул. Мележа, 1–514.

Важно! До 1 августа — цена 295 BYN. После — 350 BYN.

Бронируйте дату в ежедневнике, кликайте и регистрируйтесь по лучшей цене.

Вариант 3. «52 успешные сделки в год с затратами 6,73 BYN на одну сделку»

Сколько встреч/переговоров вы проводите в год? Сто? Двести?

Предположим, одну в неделю. То есть 52 встречи в год.

А сколько из переговоров вы выигрываете?

Половину? Три четверти? Все?

13–14 августа в Минске Евгений Спирица (специалист № 1 в СНГ по теме верификации лжи и профайлинга, офицер с двумя боевыми наградами, владелец 36 бизнес-проектов) проведет тренинг «Боевая модель переговоров».

Вы научитесь:

- *моментально определять, кто находится перед вами;*
- *понимать, как человек мыслит, и предсказывать его поведение;*
- *дезадаптировать собеседника, когда вам это нужно;*
- *делать это красиво и «экологично».*

Человек, которого невозможно обмануть, поможет вам стать тем человеком, которого невозможно победить в переговорах!

P. S. А теперь представьте, что 52 из 52 сделок закрыты на ваших условиях.

350 BYN (цена тренинга) : 52 = 6,73 BYN.

Одна успешная сделка стоит всего 6,73 BYN!

Регистрируйтесь на сайте — осталось всего пять дней и считаное количество мест.

Научитесь понимать людей как никогда раньше. И получать от них все что угодно.

Самое результативное ODC, или Какая палка выстрелила в этом году

Ну что, вы уже знаете, какой из трех вариантов принес заявки? А предполагаете?

В рамках всей рекламной кампании было получено десять заявок. Девять из них — по первому посту (вариант 1). Еще одна — по поледнему (вариант 3 — о цене выигранных переговоров). Более того, пост, который оказался самым работоспособным во время ведения кампании, был просто скопирован и отправлен в ротацию в сети «ВКонтакте» на точно такую же аудиторию. В итоге он тоже привел десять дополнительных человек (правда, с одной заявки). Это к вопросу о масштабировании, но... не будем бежать впереди паровоза — у нас есть еще несколько важных тем.

Глава 5
Модерация. Санитары таргетинговых джунглей

Не все йогурты одинаково полезны, и не все тизеры модерация социальных сетей пропустит в работу. Это нормально. Так и должно быть. Только вот перманентная войнушка с модерацией в сети «ВКонтакте» иногда отнимает до 20–40 % времени ведения кампании. С Facebook и «Одноклассниками» немного проще. Но, тем не менее, к чему стремиться, а чего избегать — лучше разобраться без плясок на граблях. Пройдемся по порядку.

Facebook, Instagram

Основное отличие модерации в Facebook от модерации на «наших» площадках в том, что она автоматическая. То есть окончательное решение о допуске рекламы в ротацию осуществляет не человек, а специально обученный алгоритм. Всех критериев, которые он учитывает, мы не знаем — только официальную часть. Прочесть ее можно и нужно вот здесь: https://www.facebook.com/policies/ads. Еще немного информации есть здесь: https://www.facebook.com/help/223106797811279/. Обычно модерация длится 15–30 минут после запуска (изредка бывают исключения, когда она тянется несколько часов).

Автоматизм Facebook — благословение и проклятие одновременно. Благословение потому, что вести душещипательную переписку с модераторами не приходится — сервис либо пропустил объявления, либо нет. И точка. А проклятие — потому что, как и любой сервис, он тоже иногда сбоит.

Давайте рассмотрим пару примеров.

Это реклама кол-трекингового сервиса (рис. 5.1). Присмотритесь внимательнее... Как поживает ваше либидо? Причина, по которой эта реклама не попала в ротацию, — слишком высокий коэффициент голого тела в изображении (алгоритм Facebook не отличает кисти рук от женского декольте).

Еще один интересный пример из моей же практики (рис. 5.2).

Причина бана в данном случае — аббревиатура ЛСД в тексте тизера (после того как я ее убрал, объявление прошло модерацию без проблем). И хотя я не промотировал наркотические вещества, а рассказывал о человеке, который с их помощью лечил психические расстройства, причем в масштабах всего мира, — есть все основания думать, что названия наркотических веществ, оружия, нецензурная лексика и т. д. включены в черный список алгоритма Facebook на всех языках интерфейсов.

Ну и давайте мой любимый пример (рис. 5.3).

Попытайтесь угадать причину бана в данном случае. Фаллические символы? «Черная пятница» в тексте? Смайлы? «Секретное слово»?

Правильный ответ — использование слова «маршмеллоу». Я не знаю, почему Facebook считает его сексуальным, но факт остается фактом. Знаете, каким образом мы это поняли? Специалист, который настраивал рекламу, просто убирал по одному предложению из текста и пытался запустить ее снова. Когда нашел проблемное предложение — начал убирать слова по одному... Выводы сделайте сами.

Кое-что о поддержке в целом... Так как Facebook — структура заокеанская, общаться с ним напрямую — тот еще челлендж. Если у вас до знакомства с этой книгой возникала такая необходимость, то вы уже знаете, что все их стандартные формы для обратной связи — это горохом об стену. Никто не отвечает. Сколько ждать — непонятно.

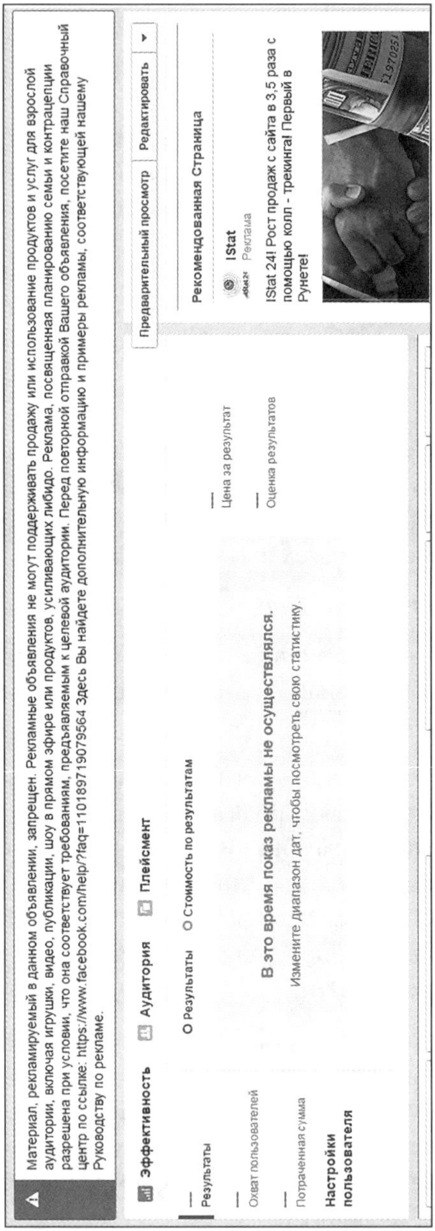
Материал, рекламируемый в данном объявлении, запрещен. Рекламные объявления не могут поддерживать продажу или использование продуктов и услуг для взрослой аудитории, включая игрушки, видео, публикации, шоу в прямом эфире или продуктов, усиливающих либидо. Реклама, посвященная планированию семьи и контрацепции разрешена при условии, что она соответствует требованиям, предъявляемым к целевой аудитории. Перед повторной отправкой Вашего объявления, посетите наш Справочный центр по ссылке: https://www.facebook.com/help/?faq=110189719079564 Здесь Вы найдете дополнительную информацию и примеры рекламы, соответствующей нашему Руководству по рекламе.
Эффективность
Аудитория
Плейсмент
Предварительный просмотр
Редактировать
Результаты
Охват пользователей
Потраченная сумма
Настройки пользователя
Результаты
Стоимость по результатам
В это время показ рекламы не осуществлялся.
Измените диапазон дат, чтобы посмотреть свою статистику.
Цена за результат
Оценка результатов
Рекомендованная Страница
IStat
Реклама
IStat 24! Рост продаж с сайта в 3,5 раза с помощью колл - трекинга! Первый в Рунете!

Рис. 5.1

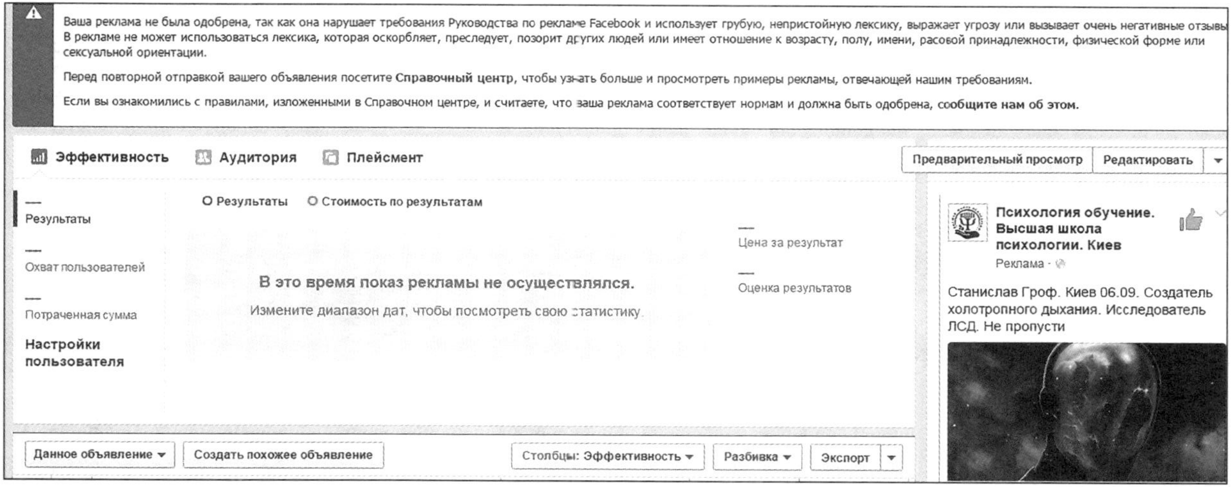
Ваша реклама не была одобрена, так как она нарушает требования Руководства по рекламе Facebook и использует грубую, непристойную лексику, выражает угрозу или вызывает очень негативные отзывы
В рекламе не может использоваться лексика, которая оскорбляет, преследует, позорит других людей или имеет отношение к возрасту, полу, имени, расовой принадлежности, физической форме или сексуальной ориентации.
Перед повторной отправкой вашего объявления посетите Справочный центр, чтобы узнать больше и просмотреть примеры рекламы, отвечающей нашим требованиям.
Если вы ознакомились с правилами, изложенными в Справочном центре, и считаете, что ваша реклама соответствует нормам и должна быть одобрена, сообщите нам об этом.
Эффективность
Аудитория
Плейсмент
Предварительный просмотр
Редактировать
Результаты
Стоимость по результатам
Результаты
Охват пользователей
Потраченная сумма
Настройки пользователя
В это время показ рекламы не осуществлялся.
Измените диапазон дат, чтобы посмотреть свою статистику.
Цена за результат
Оценка результатов
Психология обучение. Высшая школа психологии. Киев
Реклама
Станислав Гроф. Киев 06.09. Создатель холотропного дыхания. Исследователь ЛСД. Не пропусти
Данное объявление
Создать похожее объявление
Столбцы: Эффективность
Разбивка
Экспорт

Рис. 5.2

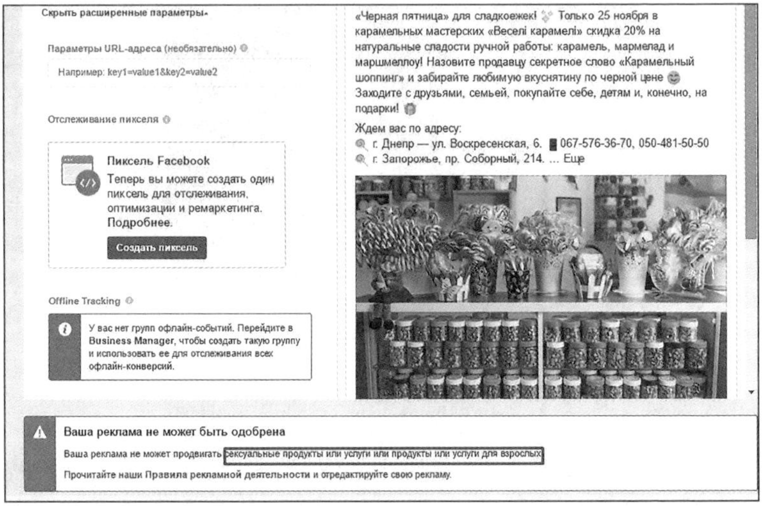

Рис. 5.3

Так вот, я знаю, как с этим бороться. Мне Facebook отвечает на все вопросы, даже на те, на которые не должен (например, как запретить приглашать себя в группы). Делается это по ссылке: https://www.facebook.com/business/resources/.

Найдите кнопку под названием «эл.почта», нажмите ее и наслаждайтесь (важный нюанс: если Facebook не считает вас активным рекламодателем, этой кнопки по ссылке может не быть; в таком случае придется начинать со статуса обычного рекламодателя).

Общаться с поддержкой нужно на английском и скриншоты делать в английском интерфейсе Facebook. Писать — как можно проще, потому что отвечает не американский офис, а аутсорсинговая компания, которая находится где-то на Дальнем Востоке. Если вам уже отвечали хотя бы один раз, не используйте стандартную форму — просто заходите в свой e-mail, открывайте последнее письмо вашей переписки, нажимайте «Ответить» и излагайте. Кстати, в первый раз они могут позвонить в Viber — будьте готовы пообщаться на английском с живым человеком.

В любых экстренных ситуациях с рекламой на Facebook настоятельно рекомендую вам писать именно сюда. Если где-то и ответят — только здесь.

«ВКонтакте»

Все, что вам нужно знать о правилах размещения рекламы, находится вот по этой ссылке: https://vk.com/ads?act=office_help&terms=1.

Этот текст нужно прочитать. Даже необходимо. Еще лучше — выучить и периодически перечитывать, потому что иначе придется воевать с ветряными мельницами просто по незнанию (серьезно, считайте это внешней главой книги).

Перечислять весь список пожеланий и запретов модерации в сети «ВКонтакте» я не буду, все есть в официальных правилах. Остановлюсь только на самом главном, о чем эти правила не говорят.

- Объявления модерируются в среднем с 12:00 до 17:00 по МСК. Иногда можно наткнуться на ночные сеансы модерации (чем они вызываются, не знаю, но если вы настраивали объявление поздно вечером и оно неожиданно пошло в работу в полпервого ночи — его лучше отключить до утра; для этого после настройки объявления нажмите «запустить», а затем сразу же «остановить» — таким образом, объявление пойдет на модерацию, но после проверки будет стоять на паузе).
- Модерация в сети «ВКонтакте» не сервисная, а «живая». То есть с той стороны экрана сидят живые люди со всеми своими «человеческими глюками». Для вас это значит, что, если тизер не прошел, можно подождать 3–4 часа, изменить в нем какую-нибудь запятую (для повторной модерации в объявление должны быть внесены хоть какие-нибудь изменения) и снова отправить на проверку.

Во второй раз может повезти больше просто потому, что модератор другой.

- Один из самых нелепых запретов «ВКонтакте» — это запрет на использование в рекламе лиц людей, которые не дали на это свое официальное разрешение. Опять-таки по большому счету это игра в русскую рулетку. Я видел случаи, когда настройщикам каким-то невероятным способом удавалось пропихнуть в ротацию изображение Медведева (о менее вопиющих случаях просто молчу). Как? Да просто повезло, кто-то банально проморгал. Есть слушок, что для пользователей России и Беларуси использование третьих лиц в рекламе допустимо, а для пользователей Украины — нет, но официальный пресс-центр «ВКонтакте» эту информацию опроверг.

  Как бороться с запретом на лица? Когда-то были популярны сервисы, которые позволяют делать из фотографии поп-арт-картинку (типа http://skillsup.ru/blog/soft-news/onlajn-generator-pop-art-izobrazhenij.html), но на сегодняшний день такой финт вовсе не гарантирует вам допуск к ротации. Как повезет. Другой вариант для обхода запрета — использование лиц с файлостоков, их пропускают чаще. Третий — использовать лица в профиль, их статистически чаще допускают в работу.

Модерация в сети «ВКонтакте» настолько непрогнозируема, что, даже если вы сильно подготовились и запаслись документами, позволяющими вам делать тизеры с изображениями медийных лиц, ни разу не факт, что у вас получится. Как-то я настраивал рекламу для семинара Аллана Пиза в Киеве, и у меня были все необходимые разрешения. Только вот запуск кампании у нас начался 2 января, а юридический отдел «ВКонтакте» до десятых чисел отдыхал. Потом сложности с приемом документации с их стороны, потом несколькодневное рассмотрение, в итоге — кампания в сети «ВКонтакте» так и не была запущена в связи с потерей актуальности. Мораль: если вы продвигаете конкретно людей (артистов, тренеров, еще кого-нибудь), начинайте готовиться как можно раньше.

- Наряду с тем, что под запрет часто попадает то, что вроде как не должно, бывают и обратные ситуации. Например, время от времени проталкиваются объявления с использованием аббревиатур, на которые вы не представили официальную документацию (рис. 5.4). Поэтому, если резюмировать, в случае особой надобности никто не мешает вам пытаться.
- Если вы ведете трафик на внешний ресурс — лендинг или сайт и на этом внешнем ресурсе собираете с пользователей какие-нибудь данные, вам понадобится разместить на сайте соглашение об обработке персональных данных. Где его взять и как разместить, чтобы не мешало? На первый вопрос — просто «загуглить» (перепроверьте, для какой страны оно сделано), на второй — прикрепить как поп-ап или сделать отдельной кнопкой (все равно по факту только модераторы это и читают — пользователям в подавляющем большинстве все равно).

  Почти то же самое касается ситуации, когда вы что-то продаете с сайта. Вам понадобится разместить свою коммерческую информацию (номер регистрации, номер счета и т. п.). Сделать это можно где-нибудь в подвале сайта или просто на отдельной странице.

Перечислять можно довольно долго и по каждому пункту, но, надеюсь, главное вы уже уловили: модерация в сети «ВКонтакте» — это подвид русского авось. Если она играет против вас, вы можете либо переделывать объявление до состояния соответствия (модерация всегда оставляет пометки с пояснениями, почему объявление не прошло), либо попытаться убедить своего модератора в его неправоте. Для этого пишите в поддержку. Только пишите аргументированно, со ссылкой на действующее законодательство, с примерами, и тогда, возможно, «этот мир прогнется под вас». В любом случае в конце каждого сообщения задавайте модераторам вопрос: «Что мне нужно сделать для того, чтобы объявление прошло?»

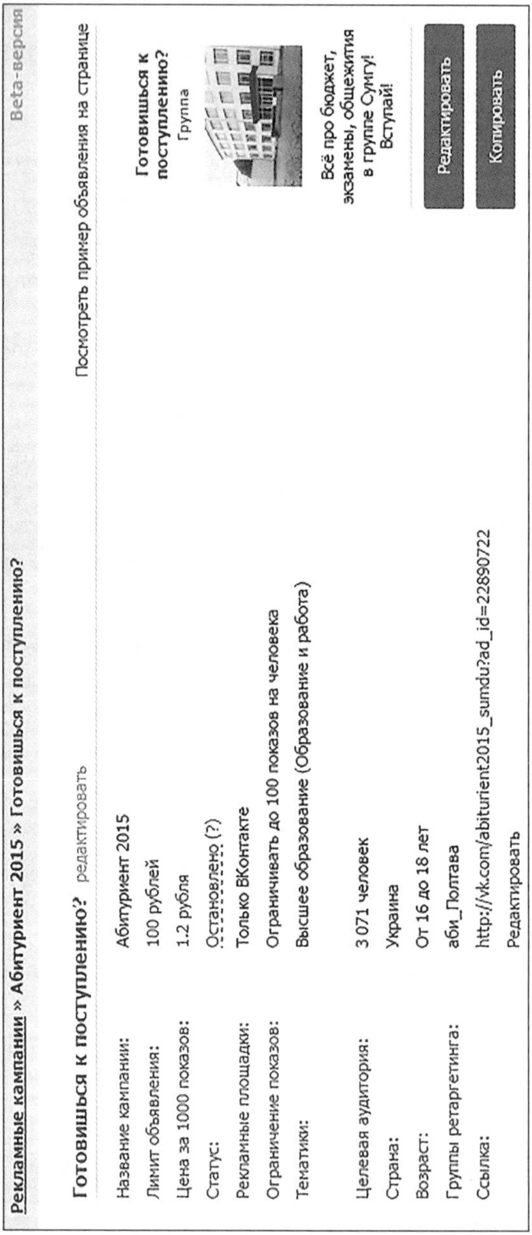
Рекламные кампании » Абитуриент 2015 » Готовишься к поступлению?
Beta-версия
Готовишься к поступлению? редактировать
Посмотреть пример объявления на странице
Название кампании: Абитуриент 2015
Лимит объявления: 100 рублей
Цена за 1000 показов: 1.2 рубля
Статус: Остановлено (?)
Рекламные площадки: Только ВКонтакте
Ограничение показов: Ограничивать до 100 показов на человека
Тематики: Высшее образование (Образование и работа)
Целевая аудитория: 3 071 человек
Страна: Украина
Возраст: От 16 до 18 лет
Группы ретаргетинга: аби_Полтава
Ссылка: http://vk.com/abiturient2015_sumdu?ad_id=22890722
Редактировать
Готовишься к поступлению?
Группа
Всё про бюджет, экзамены, общежития в группе СумГУ! Вступай!
Редактировать
Копировать

Рис. 5.4

Помните — каждый запрет модерации можно обойти, если напрячься, подумать и грамотно выжидать. Только вот не каждый проект того стоит. За редирект рекламного трафика на страницы несоответствующего содержания модерация имеет полное право оштрафовать вас на сумму до 100 000 рублей, и с такими вещами лучше не шутить. Если же здравый смысл, коммерческая необходимость и общественная мораль позволяют вам хитрить, почему бы и нет?

Расскажу о своем опыте. Однажды, когда я занимался рекламой интернет-магазина детских товаров, у меня возникла необходимость протестировать обращение по именам к молодым мамам. С помощью «Церебро» собрать базы оказалось элементарно, а вот обойти запрет «ВКонтакте» на обращение по имени...

В общем, подумал я, подумал, и взгляните, что получилось (рис. 5.5). Все эти объявления прошли модерацию и попали в открутки.

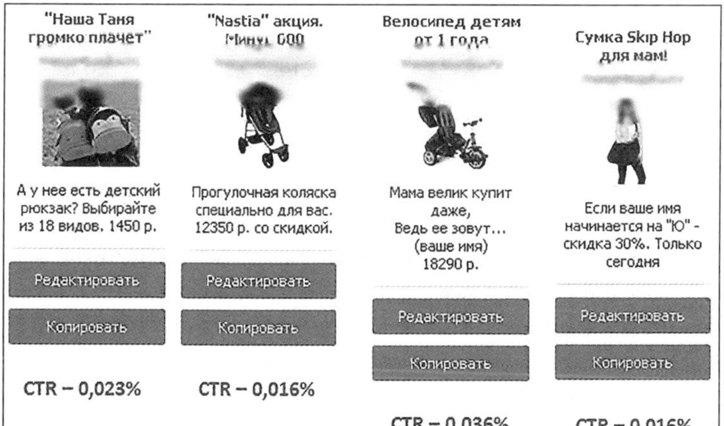

Рис. 5.5

Догадались, на девушек с какими именами откручивался каждый их этих тизеров?

Проверьте:

1) Таня;
2) Настя;
3) Наташа;
4) Юля.

Сказать, что это тестирование принесло мне больший CTR, чем в среднем по кампании, я не могу. Сказать, что обеспечило продажи, — тоже. Тест с использованием имен я решил свернуть, но, возможно, мой пример вдохновит вас на создание новой схемы обхода незначительных запретов, которые окажутся финансово успешными.

«Одноклассники»

Честно говоря, если вы совладали с «ВКонтакте», то остальные соцсети — это семечки. «Одноклассники», хотя и принадлежат той же группе компаний, что и «ВКонтакте», гораздо менее требовательны к рекламным объявлениям. Тем не менее свои правила здесь тоже есть: https://target.my.com/adv/help/rules/.

Как и в случае с «ВКонтакте», читать обязательно, чтобы потом не делать удивленные глаза. Правда, я вас пойму, если во время прочтения вы будете смотреть на правила с ехидной ухмылкой и налетом скепсиса. Например, в пункте 1.5 Требований к рекламным объявлениям читаем: «Текст объявления не может быть продолжением заголовка». Не знаю, что конкретно имели в виду разработчики этих правил, но ни мне, ни моим коллегам, слава богу, пока не попадалась такая причина в перечне отказов для ротации. Да и как вы себе это представляете?

В «Одноклассниках» к пользователям можно обращаться на «ты», можно использовать изображения третьих лиц (и конкретно в «Одноклассниках» это истинное благо, потому что фотографии из конкурентных тематических сообществ очень неплохо срабатывают как «социальное доказательство», как живой отзыв об удачной покупке).

Единственная проблема модерации «Одноклассников» — она очень долгая. Ни в отношении «ВКонтакте», ни в отношении Facebook я не помню случаев, когда допуск к ротации длился больше одного дня. В случае же с «Одноклассниками» в моем опыте модерация затягивалась до шести дней, включая выходные. Письмо в поддержку с недоуменным вопросом дало ситуации толчок, поэтому если у вас случится такая же беда — не стесняйтесь. Модераторы общаются.

Общие рекомендации относительно модерации рекламных объявлений в социальных сетях

- Не пытайтесь обмануть систему. Если у вас получится, это может стать более горьким опытом, нежели если не получится (баны аккаунтов, блокировки карт, штрафы — зачем вам все это?).
- Прочитайте и запомните правила социальных сетей, которые касаются размещения рекламы. Это тот редкий случай, когда руководства от площадок действительно имеет смысл читать.
- Если стена оказалась бетонной — поберегите лоб. Вместо того чтобы доказывать модератору (или того хуже — алгоритму) его неправоту, чаще бывает легче переформулировать выражение в тексте или подобрать другое изображение. Не теряйте времени — своего и своих заказчиков.

Глава 6
Трехступенчатая аналитика таргетированной рекламы

Представьте, что вы заблудились в лесу. И вы вроде как вполне выносливы, чтобы выйти из него самостоятельно, без внешней помощи. Только вот карты у вас нет, о специфике роста мха вы ничего не знаете — вы просто keep calm and carry out (в смысле просто продолжаете идти). Звучит разумно? Честно говоря, не очень.

Если вам не на что ориентироваться, если вы не понимаете, выходите вы из лесу или, наоборот, углубляетесь в него, лучше вообще сидеть в том месте, где потерялись, и не двигаться (это и есть первое правило заблудившегося).

С таргетированной рекламой, да и с рекламой вообще, точно такая же история. Если вы крутите тизеры, но не понимаете, идут ли с них продажи, какой в этом вообще смысл? Или если вы ведете на сайт трафик из семи каналов и в целом это окупается, а вот откуда конкретно — непонятно, не кажется ли вам, что часть денег (скорее всего, большая) «сливается» вхолостую? Чуть выше я упоминал о своих заказчиках из Китая, у которых была «беда с аналитикой», вот они как раз так и работали: деньги на входе, деньги на выходе, а посередине «китайская комната»[1].

В общем, аналитика — это ваши дорожные знаки. Их нужно уметь замечать и корректно интерпретировать, чтобы в конечном счете ориентироваться во время движения.

---

[1] Имею в виду известный эксперимент Джона Серла.

90/60/90 эффективной аналитики

Перечитайте еще раз раздел о факторах, которые влияют на эффективность таргетированной рекламы. Понятно, что они логичны. Но где именно их отслеживать, на какие цифры или события обращать внимание?

Подумаем вместе.

1. Путь потенциального покупателя (или история отношений с целевой аудиторией) начинается с клика по тизеру или взаимодействия с ним. Если тизеры откручиваются «в никуда», анализировать просто нечего (кроме масштабов провала). Поэтому первым делом мы будем обращать внимание на аналитику исходящего трафика — то, что происходит в рекламном кабинете на уровне «выхода» трафика за пределы социальной сети или на другие страницы.

2. После того как пользователь кликает по тизеру, он перемещается либо в сообщество, либо на внешний сайт (лендинг, блог), за исключением охватных форматов рекламы. На этом этапе данные из рекламного кабинета социальной сети перестают играть какую-либо роль — они свое дело уже сделали. Поэтому нам стоит перефокусироваться на аналитику входящего трафика, то есть данные с той площадки, которая выступала посадочной.

3. Зачем мы пытаемся перенаправлять пользователей из социальных сетей на другие площадки и посадочные страницы? Разумеется, чтобы получать от них целевые действия (заявки, заполненные формы, запросы на ответный звонок и т. д.). Верно? Здесь возможны всего два типа событий: пользователь выполнил нужное действие или пользователь его не выполнил (о микроконверсиях мы поговорим чуть позже). Таким образом, в качестве финального шага мы проводим аналитику конверсий в целевые действия (получаем ли мы то, ради чего рекламу начали настраивать).

4. Есть еще один, четвертый, шаг качественной аналитики. Это анализ тех самых «факторов окружающей среды» (рыночные тренды, конкурентная обстановка, возможности для масштабирования, макро- и микроциклы внутри календарного года, сезона, дней недели и т. д.). На этом этапе мы учитываем дополнительные факторы, которые влияют на рекламу извне и которые при этом не поддаются контролю со стороны настройщика.

Сделаем промежуточный вывод: аналитика — это не размахивание своим CTR перед носом заказчика, а процедура, задача которой — помогать нам принимать финансово эффективные решения (если вы отслеживаете фактор, который никак не влияет на принимаемые вами решения, переставайте тратить время впустую).

Прежде чем проводить анализ, вымойте и укомплектуйте свою лабораторию

Для того чтобы аналитика опиралась на факты, а не на предположения по технике «широких мазков», вам потребуется выполнить краткий чек-лист. Это совершенно обязательно. Сам список выглядит вот так.

- Установите себе на сайт или лендинг сервис аналитики (имеется в виду Google Analytics или «Яндекс.Метрика»; можно и то и другое). Это абсолютный must have.
- Установите в своем аналитическом сервисе цели. Цели — это те желательные действия, которые вы хотели бы получать от посетителей своего сайта (покупка, заполнение формы, посещение конкретной страницы, количество времени, проведенного на сайте, и т. д.).

  Чем подробнее поставлены цели, тем больше данных вы получаете. А чем больше данных, тем эффективнее решения, принимаемые на их основании. Например, для типичного интернет-магазина недостаточно поставить цель уровня «покупка» (попадание на страницу благодарности). Нужно добавить как минимум «клик по кнопке "Корзина"», «клик по кнопке "Оплатить"», «факт заполнения форм оплаты», «завершение оплаты и попадание на страницу благодарности за покупку». Такая глубина поведенческой аналитики позволяет гораздо быстрее находить проблемы «в процессе». Если, допустим, с оффером все хорошо, а вот форма заполнения заказа «глючит» в мобильной версии сайта, то, установив себе только цель «покупка», вы очень долго будете докапываться до истины.

Как поставить цели в Google Analytics или «Яндекс.Метрике», вам подскажет любой веб-мастер или программист (специфика процесса зависит от используемой CMS).

- Если вы ведете таргетированную рекламу на внешние ресурсы (сайты, лендинги, блоги, интернет-магазины) — обязательно размечайте свои объявления UTM-метками. Лучше потратить 2–3 минуты на их генерацию и разметку, чем потом кусать локти, не понимая, откуда деньги вынимать, а куда вкладывать.
- Установите call-tracking. Здесь нужно остановиться немного подробнее. Сервисы call-tracking позволяют отслеживать источники звонков с сайта вплоть до конкретного рекламного объявления; а затем проводить их анализ и принимать обоснованные решения о перераспределении бюджета.

Допустим (как это часто бывает в Интернете), вы «запилили» лендинг и «льете» на него трафик, откуда можно и откуда нельзя. И если трафик корректно размечен UTM-метками, через какое-то время, накопив статистически значимый объем данных, вы почти неизбежно начинаете понимать, что делать со своей кампанией, чтобы получать максимум конверсий при ограниченном бюджете. Причем понимать на уровне конкретных рекламных объявлений и рекламных концепций.

Но если в шапке вашего сайта находится номер телефона, по которому можно просто взять и позвонить, никуда не кликая... вуаля — и ваша аналитика накрылась медным тазом. Потому что как вы поймете, с какого объявления Facebook вам звонят и покупают, а с какого — нет?

Здесь-то и нужны сервисы call-tracking. Как правило, они выкупают для вас пул номеров, который распределяется под нужное количество рекламных источников и тем самым делает единственный указанный на сайте телефон многоканальным. То есть пользователь дозванивается на одну базу, а вы потом в отчете видите, какой звонок был по реферальной ссылке от Ивана Кузьмича, а какой — из «ВКонтакте».

С этими данными мы можем анализировать эффективность источников звонков с сайта, а потом вкладывать деньги в разы эффективнее и с в разы большей отдачей (мы ведь ради этого в аналитику и ввязывались, так?). Используйте обязательно.

Почему вопросам аналитики посвящено так много места в этой книге? Потому что, если ее не будет, я как исполнитель не смогу аргументированно отчитаться вам о ROI. И чем меньше у вас внедрено из перечисленных выше четырех пунктов, тем меньше я вообще смогу прокомментировать, а вы — понять. В конечном счете деньги потеряют сразу три стороны:

- вы (потому что не сможете их эффективно перераспределить);
- ваши клиенты (потому что чем менее рациональны ваши траты как бизнесмена, тем выше конечная стоимость для покупателя);
- я (потому что не смогу доказать конвертируемость именно своего трафика, а значит — и смысл продолжать работу).

Не дайте себе такой возможности. Установите все перечисленные компоненты и только после этого начинайте готовить рекламную кампанию.

Если вы читали мой «Партизанский SMM», финальная часть этой главы может показаться вам знакомой. Нижеследующий фрагмент можно пропустить. Если же хочется «обновить прошивку» или просто посмаковать новые детали (они есть) — милости прошу в кроличью нору.

Аналитика исходящего трафика

Давайте конкретно: на что здесь смотреть и какие решения принимать на основании увиденного.

CTR (коэффициент кликабельности объявления). Для исходящей аналитики имеет принципиальное значение. На величину CTR радикально влияет два фактора: сегмент целевой аудитории (насколько точно он выбран) и релевантность показываемых тизеров (насколько они релевантны аудитории) (рис. 6.1).

Следовательно, если ваше объявление кликается плохо (CTR ниже, чем в предыдущих запусках; ниже, чем вы можете позволить себе с точки зрения окупаемости; ниже, чем у конкурентов, если вдруг у вас есть такая информация...), значит, вариантов тоже всего два: вы показываете то, но не тем или показываете тем, но не то.

А значит, чтобы увеличить CTR, нужно:

- поменять сегмент аудитории, с которым вы работаете;
- поменять тизеры, которые на него откручиваются.

Цена клика или другого целевого действия (например, показа видео). Цена клика является косвенным индикатором ровно того же самого, индикатором чего выступает CTR, — соответствия аудитории и тизера. Но здесь есть и третий фактор — ставка оплат (рис. 6.2).

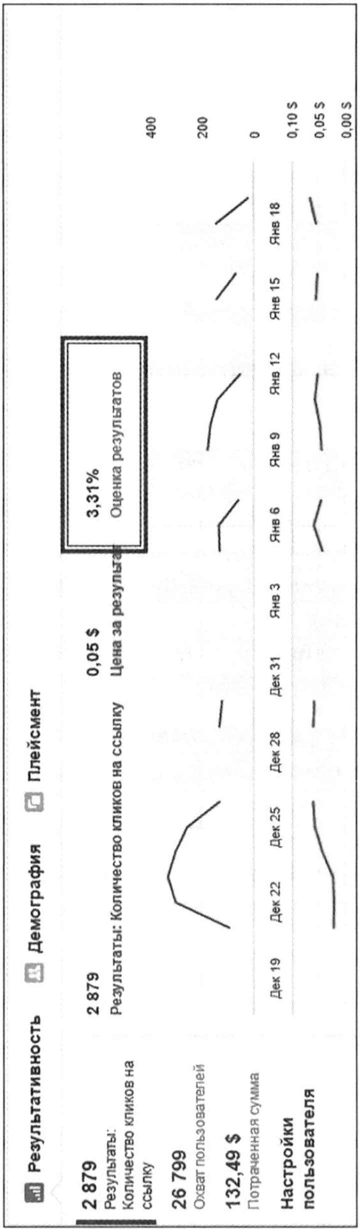
Результативность
Демография
Плейсмент
2 879
Результаты: Количество кликов на ссылку
26 799
Охват пользователей
132,49 $
Потраченная сумма
Настройки пользователя
2 879
Результаты: Количество кликов на ссылку
0,05 $
3,31%
Оценка результатов
400
200
0
0,10 $
0,05 $
0,00 $
Дек 19
Дек 22
Дек 25
Дек 28
Дек 31
Янв 3
Янв 6
Янв 9
Янв 12
Янв 15
Янв 18

Рис. 6.1

Название	Статус	CPM (?)	Лимит (?)	Потрачено	CTR (?)	Переходы	Показы
Замороженные овощи	II	0.61 руб.	100 руб.	99.40 руб.	0.019 %	29	153 475
Замороженные фрукты	II	0.61 руб.	100 руб.	99.58 руб.	0.014 %	21	149 193
Замороженные овощи	II	0.61 руб.	100 руб.	99.46 руб.	0.022 %	33	153 355
Замороженные ягоды	II	1.01 руб.	150 руб.	149.20 руб.	0.038 %	48	124 717
Замороженные ягоды	II	1.01 руб.	150 руб.	149.34 руб.	0.034 %	42	125 110
Замороженные ягоды	II	1.01 руб.	150 руб.	149.08 руб.	0.027 %	34	124 841
Всего				746.06 руб.	0.025 %	207	830 691

Рис. 6.2

Согласитесь, 12 рублей за 1000 показов и 2 рубля за те же 1000 показов — вовсе не одно и то же. При одинаковом CTR 0,1 % и затратах на объявление (предположим, 100 рублей) ставка 12 рублей даст нам восемь кликов, а ставка 2 рубля — 50 кликов. Разница, как говорится, налицо.

Поэтому, если вас не устраивает стоимость целевого действия в кабинете, вариантов всего три:

- поменять сегмент аудитории, с которым вы работаете;
- поменять тизеры, которые на него откручиваются;
- поменять ставку оплат (поменять — не значит исключительно снизить; как вы помните, увеличение ставки оплат провоцирует увеличение охвата; а новые люди в охватах могут кликать куда активнее тех, кто видит рекламу по ...дцатому кругу).

Охват и коэффициент охвата. Этот показатель нужен нам для оценки статистической значимости полученных данных и для управления процессом «выгорания» (рис. 6.3).

Как вы помните, 100%-ный охват невозможен, а «выгорание» начинается по достижении отметки примерно 70 %. Какие решения стоит принимать на основании такого рода информации:

- поменять сегмент аудитории, с которым вы работаете;
- поменять тизеры, которые на него откручиваются;
- поднять ставку оплат (если перед этим вы опускали ее руками и наблюдаете в отчетности кабинета, что цифра охватов растет только за счет пользователей, уже видевших рекламу);
- подождать (особенно касается узких рыночных ниш; если аудитории стала надоедать ваша реклама, иногда лучше затаиться на 3–4 недели, визуально ребрендировать тизеры и попытаться снова, чем банально упираться и не замечать очевидного; что делать с «выгоревшим» рынком, я подробно рассказываю в главе 4).

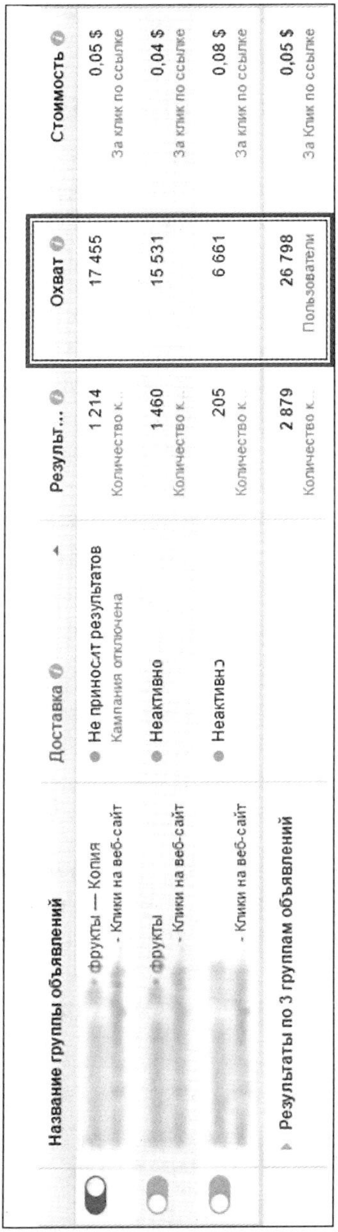

Название группы объявлений	Доставка	Результ...	Охват	Стоимость
Фрукты — Копия - Клики на веб-сайт	Не приносит результатов Кампания отключена	1 214 Количество к...	17 455	0,05 $ За клик по ссылке
Фрукты - Клики на веб-сайт	Неактивно	1 460 Количество к...	15 531	0,04 $ За клик по ссылке
- Клики на веб-сайт	Неактивно	205 Количество к...	6 661	0,08 $ За клик по ссылке
Результаты по 3 группам объявлений		2 879 Количество к...	26 798 Пользователи	0,05 $ За Клик по ссылке

Рис. 6.3

Разумеется, две последние рекомендации работают только до определенной степени и тоже имеют «срок жизни».

Промежуточные данные, касающиеся формата рекламы

Здесь нет и не может быть конкретной рекомендации хотя бы потому, что соцсети предлагают слишком много рекламных форматов. Поэтому покажу на примере.

Если перед вами стоит задача «получать просмотры видео», помимо уже перечисленных критериев, вам нужны данные о длительности просмотра. И если, допустим, 74 % пользователей прекращают просмотр ролика после первых десяти секунд, стоит принимать решение либо о полной замене рекламного видеоролика, либо о замене этих десяти секунд (иначе каков смысл такой рекламы). Эти данные есть в рекламных кабинетах всех социальных сетей, которые мы обсуждаем в рамках книги. Кстати, применительно к Facebook не забудьте в разделе меню «Аудитории» собрать отдельно сегмент посмотревших ваше видео и настроить на них дополнительный рекламный запуск.

Другой пример из практики. На самой первой «Битве таргетологов» я запустил в работу два поста: один на русском языке плюс изображение; второй — на украинском плюс видео. Посмотрите на цифры и скажите, какой из них эффективнее: тот, что на рис. 6.4, или тот, который на рис. 6.5.

«Тоже мне, задачка, — скажете вы, — разница в стоимости вовлечения — в девять раз. Конечно, второй эффективнее». Но если мы посмотрим данные по количеству кликов (не вовлечения, а именно кликов по ссылке в посте) (рис. 6.6), то увидим следующее. В первом случае 117 кликов (рис. 6.7). Во втором — четыре клика (рис. 6.8).

Что скажете теперь? Разница в количестве кликов — в 29 раз!

Какие выводы здесь нужно сделать? Во-первых, вывод о том, что для платного продвижения нужно обязательно добавлять в структуру тестов тот формат рекламы, который позволяет

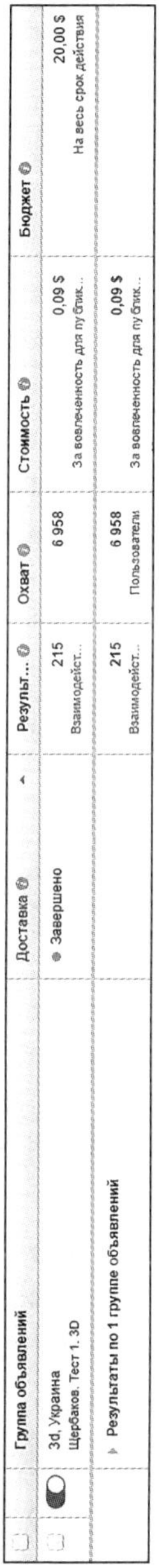

Группа объявлений	Доставка	Результ...	Охват	Стоимость	Бюджет
3d, Украина Щербаков. Тест 1. 3D	Завершено	215 Взаимодейст...	6 958	0,09 $ За вовлеченность для публик...	20,00 $ На весь срок действия
Результаты по 1 группе объявлений		215 Взаимодейст...	6 958 Пользователи	0,09 $ За вовлеченность для публик...	

Рис. 6.4

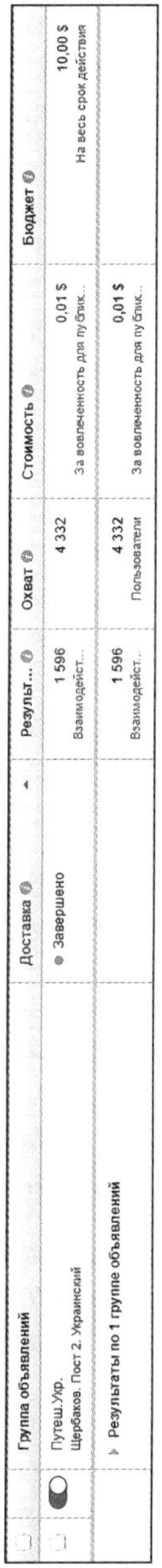

Группа объявлений	Доставка	Результ...	Охват	Стоимость	Бюджет
Путеш.Укр. Щербаков. Пост 2. Украинский	Завершено	1 596 Взаимодейст...	4 332	0,01 $ За вовлеченность для публик...	10,00 $ На весь срок действия
Результаты по 1 группе объявлений		1 596 Взаимодейст...	4 332 Пользователи	0,01 $ За вовлеченность для публик...	

Рис. 6.5

получать целевые действия максимально коротким путем (если это клики на сайт — значит, формат «Клики на сайт»; если просмотры видео — значит, «Просмотры видео»). Обратите внимание, я не говорю, что нужно использовать исключительно наиболее очевидные форматы, я говорю, что они обязательно должны быть в структуре тестов. А во-вторых, поверхностная аналитика может быть не только бесполезной, но и вредной. Думайте, какие промежуточные данные о рекламном запуске вам нужны, чтобы получить наиболее корректную информацию об эффективности своего запуска.

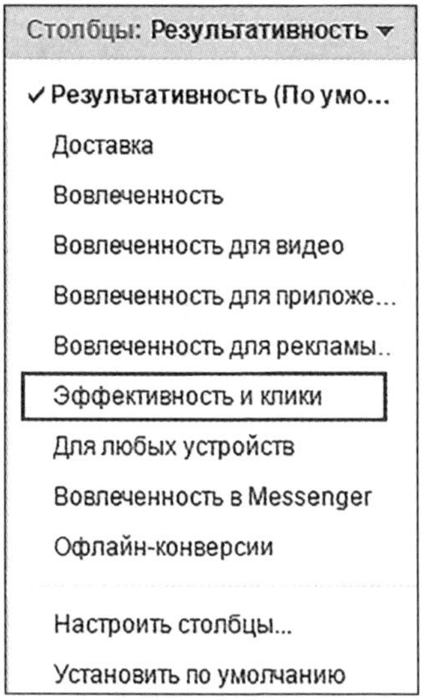

Рис. 6.6

Когда мы говорим о контентных проектах или выводе на рынок новых продуктов, скорее всего, ключевым параметром эффективности (не только на уровне рекламного кабинета) будет охватность. В экзотических случаях — плюс вовлечение (вовлечением считается любое действие по отношению к посту — клик на изображении, клик на кнопке «еще», «читать далее», лайк, коммент...), хотя у вовлечения все же есть CTR. Один из таких примеров я тоже разберу подробно в разделе с кейсами.

Задание для самостоятельной проработки № 9: *подумайте, что нужно отслеживать на уровне исходящего трафика, если цель рекламной кампании — привести людей в конкретные места офлайн?*

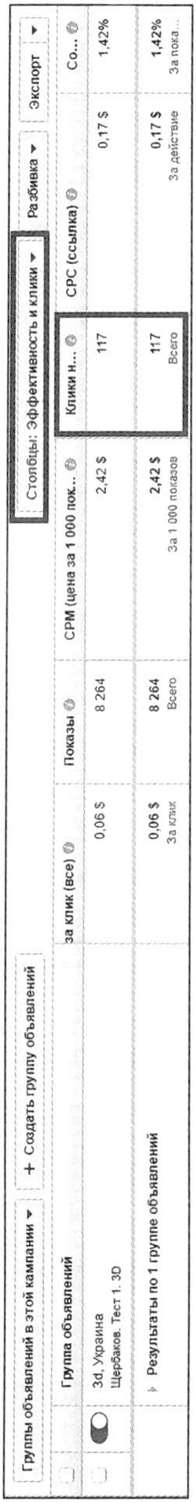

Группы объявлений в этой кампании
+ Создать группу объявлений
Столбцы: Эффективность и клики
Разбивка
Экспорт
Группа объявлений
за клик (все)
Показы
CPM (цена за 1 000 пок...
Клики н...
CPC (ссылка)
Со...
3d, Украина
Щербаков. Тест 1. 3D
0,06 $
8 264
2,42 $
117
0,17 $
1,42%
Результаты по 1 группе объявлений
0,06 $
За клик
8 264
Всего
2,42 $
За 1 000 показов
117
Всего
0,17 $
За действие
1,42%
За пока...

Рис. 6.7

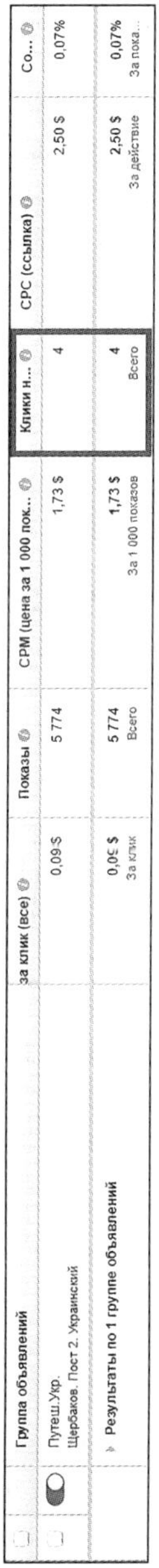

Группа объявлений
за клик (все)
Показы
CPM (цена за 1 000 пок...
Клики н...
CPC (ссылка)
Со...
Путеш.Укр.
Щербаков. Пост 2. Украинский
0,09 $
5 774
1,73 $
4
2,50 $
0,07%
Результаты по 1 группе объявлений
0,09 $
За клик
5 774
Всего
1,73 $
За 1 000 показов
4
Всего
2,50 $
За действие
0,07%
За пока...

Рис. 6.8

Аналитика входящего трафика

Малоопытные таргетологи часто принимают решение о продлении или остановке работы того или иного объявления на основании исходящей аналитики. И это самое печальное, что можно сделать. Ведь далеко не факт, что именно объявление с наиболее высоким CTR принесет максимум продаж (в реальности такой корреляции просто не существует; особенно если учитывать ретаргетинговые аудитории, здесь кликают мало, но если кликают, то покупают чаще).

Итак, на что стоит обращать внимание в структуре входящей аналитики и какие выводы делать?

- Процент отказов (один из ключевых факторов во входящей аналитике, потому что показывает, как много дошедших до сайта пользователей успели хоть как-то с ним проконтактировать) (рис. 6.9). По умолчанию отказом в «Яндекс.Метрике» считается событие, когда пользователь покинул сайт, проведя на нем менее 15 секунд; а вот в Google Analytics отказом считается уход с той же страницы, на которую пользователь «приземлился». Таким образом, «нормальный» процент отказов, при условии, что вы не лазили в настройки руками, для «Яндекс.Метрики» — 15–30 % (если выше — надо начинать переживать и закапываться в поведенческую аналитику) и 85–95 % — для Google Analytics.

  Высокий процент отказов должен помогать вам принимать решения типа:

  - поменять сегмент аудитории, с которым вы работаете;
  - поменять тизеры, которые на него откручиваются;
  - поменять что-то на посадочной странице (добавить мобильную адаптивность, поменять верстку, переоформить «первый экран» и т. д.).

	Визиты ▾	Посетители	Отказы	Глубина просмотра	Время на сайте
Итого и средние	4 844	4 176	12,4 %	3,87	2:40
serg.smm.fb	3 792	3 288	12,7 %	3,43	2:21
mytarget	833	705	10,9 %	5,51	3:35
serg.smm.vk	134	128	10,4 %	5,7	5:34

Рис. 6.9

- Пул данных, касающийся поведения пользователей на сайте (рис. 6.10). Сюда стоит отнести:
  - глубину просмотров;
  - время на сайте;
  - скорость перемещения по «воронке конверсий»;
  - карты (кликов, ссылок, скроллов);
  - вебвизор;
  - и так далее (в зависимости от ваших целей).

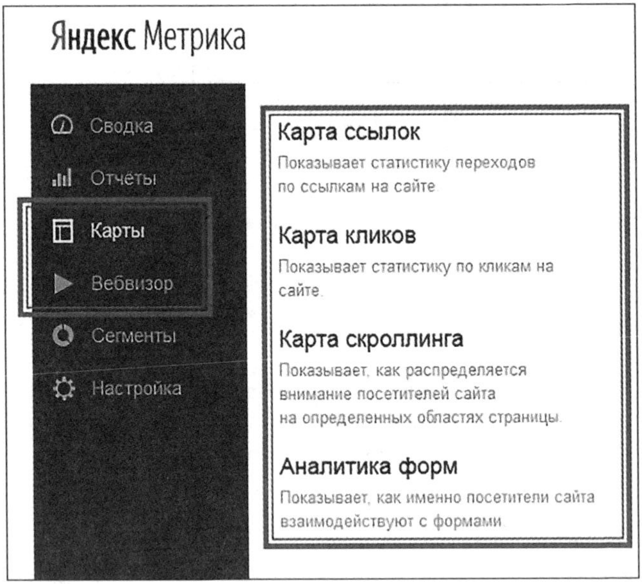

Рис. 6.10

Это промежуточные показатели, которые тем не менее косвенно отвечают на вопрос о релевантности трафика и посадочной. Очень важно понимать: не существует никакой прямой зависимости между временем, проведенным на сайте (а также глубиной просмотров, величиной CTR или любой другой промежуточной величиной), и итоговыми конверсиями. Это не причинно-следственная связь, это корреляция. Да, чем больше времени пользователь проводит на сайте, тем лучше, но во главу угла такие данные ставить нельзя.

Решения, которые можно принимать на уровне этих данных, полностью идентичны рекомендациям относительно процента отказов. Если с поведением на сайте у вас «не клеится», следует думать, что либо вы не тех людей сюда привели (нужно менять сегмент), либо наобещали лишнего (нужно менять тизеры), либо есть проблемы на уровне посадочной страницы (адаптивность, верстка, аргументы, «новизна» изображений, вплоть до возможных проблем с оффером).

P. S. Обратите внимание на количество переходов в своих аналитических системах. Цифра, которую вы видите у себя в рекламном кабинете, и цифра из Google Analytics или «Яндекс.Метрики» могут не совпадать. Если «разлет» данных — менее 20 %, переживать не стоит (причиной может быть, например, скорость срабатывания скрипта на посадочной странице). Если же разница в несколько раз (такое бывает, особенно в связке Facebook — Google Analytics), стоит писать в поддержку, но не гарантирую, что вы получите хоть сколь-нибудь вразумительный ответ. Возможные варианты, которые стоит проверить самому:

- корректность настройки «Яндекс.Метрики» или Google Analytics;
- скорость срабатывания «Яндекс.Метрики» и Google Analytics (если они установлены слишком «глубоко» в структуре сайта, могут не успевать фиксировать события);
- какая система что считает (например, клики, которые отслеживают соцсети, и визиты, которые отслеживают аналитические системы, не совсем одно и то же; кроме того, они по-разному подходят к процессу атрибуцирования кликов и конверсий).

Подчеркну еще раз: входящая аналитика будет обычными танцами с бубном, если у вас не установлены цели или трафик не размечается UTM-метками. Перепроверьте.

Аналитика конверсий в целевые действия

Это наиболее важный, значимый и ответственный этап аналитики (как вы помните из главы о факторах влияния, мы оцениваем эффективность, двигаясь от макроконверсий к микроконверсиям — от целевых действий к кликам). Здесь мы анализируем, насколько вообще достигаются цели, которые стояли перед таргетированной рекламой. И что их достижению помогает, а что — тормозит.

Количество и стоимость достигнутых целей. Сколько единиц товара было продано, сколько лидов (заполненных форм) получено, сколько человек подписались на обновления сообщества, как много входящих звонков вы получили... Легко догадаться, что объявления, которые дают результат в виде достижения целей, должны масштабироваться (в них стоит вкладывать больше денег). И именно это я вам уже третий раз настоятельно советую проверять, прежде чем выключить рекламное объявление: CTR может быть каким угодно низким, но если объявление дает продажи и окупается в итоге — оно должно крутиться.

По поводу стоимости целевого действия — ее нельзя считать по формуле «все, что заработали, минус все, что потратили». Для корректного просчета ROI нужно учитывать:

- стоимость настройщика кампании;
- суммарную стоимость набора подписчиков в ваше сообщество (если рекламная кампания была нацелена и на них тоже);
- суммарную стоимость администратора сообщества (опять же если эту аудиторию отрабатывали отдельно);

- остальные оперативные расходы (офис, электроэнергия, печенюшки и т. п.; разумеется, в пересчете на коэффициенты).

То есть, принимая решения, считайте ROI как добросовестный бизнесмен и умный аналитик — с учетом максимального количества факторов. А когда посчитаете, ответьте себе на вопросы: стоит ли продолжать вкладывать деньги в таргетированную рекламу с внешним настройщиком, с внутренним настройщиком, за исключением каких социальных сетей и т. д.?

Данные о характеристиках аудитории, которая совершает целевые действия. Здесь нам снова понадобятся «Яндекс.Метрика» и Google Analytics. Помните, когда мы рассматривали сегментацию аудиторий, я толковал о приоритете эмпирических данных? Это как раз оно. Раз уж вы видите в своих аналитических системах состоявшиеся конверсии — проанализируйте их (отфильтровав конкретно конверсии) на предмет:

- социально-демографических характеристик;
- предпочтений по устройствам и браузерам;
- устойчивых стереотипов поведения на сайте и т. п. (в зависимости от ситуации).

Полученные данные позволят вам принимать решение уровня «какие именно элементы своих настроек сегментов целевой аудитории стоит оставить в следующих запусках, а какие — поменять». Очень важно не забывать это делать, потому что состоявшиеся конверсии дают нам реальные данные (по сравнению с гипотезами).

Эта часть работы с аналитическими сервисами, как правило, прихрамывает у рекламщиков. Поэтому, если принцип ясен, но «что нажимать» — не очень, посмотрите пару-тройку вебинаров от самих «Яндекс» и Google, это поможет разобраться в деталях лучше, нежели дополнительные скиншоты в книге.

Ассоциированные конверсии (многоканальные последовательности). Это инструмент Google Analytics, позволяющий проследить весь путь в digital-среде, который проходит каждый конкретный пользователь к макроконверсии. Без этого инструмента вы никогда в жизни не догадаетесь, что один из пользователей сначала кликнул по тизеру в сети «ВКонтакте», потом ушел с сайта и через два дня снова на него попал, кликнув по ссылке из e-mail-рассылки ваших партнеров, а окончательно «решился» только после прочтения поста в Facebook... И таких связок могут быть сотни. Отслеживается вот здесь (рис. 6.11).

Позволяет принимать решение уровня: какими еще маркетинговыми или рекламными активностями усилить эффект от вашей таргетированной рекламы?

Наиболее эффективные комбинации аудиторий, тизеров, форматов и т. п. То есть те визуальные и текстовые концепции, сегменты целевой аудитории и прочее в ваших настройках, что помогает получать конверсии в целевые действия. Приведу наглядный пример.

В одной из рекламных кампаний, которую я вел для своего семинара в Беларуси, неплохой результат показал вот такой тизер (рис. 6.12).

Помните, мы уже обсуждали: то, что вы говорите, важнее того, как вы это говорите. Мальчик с яблоком на голове доказал свою эффективность цифрами состоявшихся покупок, поэтому я решил масштабировать тизер (поменяв изображение мальчика на свое собственное). Сначала мы использовали его в визитках, а теперь... Просто еще раз взгляните на обложку книги.

Анализ факторов окружающей среды

Еще одна домашняя работа, которую вам придется выполнять самим. Не существует пока что такого устройства, которое помогает проследить связь между проливными дождями в вашем

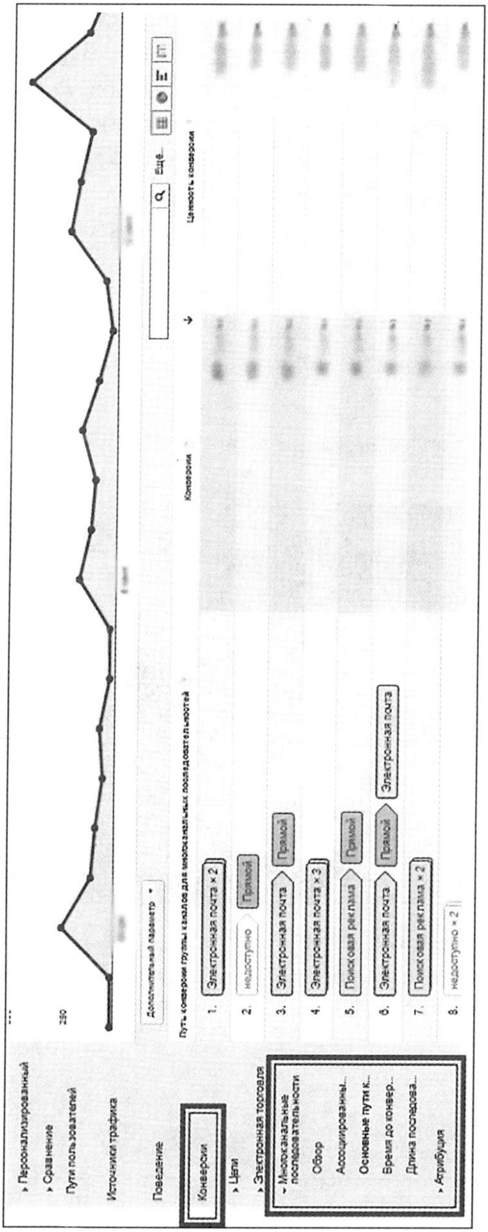
Персонализированный
Сравнение
Пути пользователей
Источники трафика
Поведение
Конверсии
Цели
Электронная торговля
Многоканальные последовательности
Обзор
Ассоциированны...
Основные пути к...
Время до конвер...
Длина последова...
Атрибуция
Дополнительный параметр
Путь конверсии группы каналов для многоканальных последовательностей
Конверсии
Ценность конверсии
Ещё...
1. Электронная почта × 2
2. недоступно Прямой
3. Электронная почта Прямой
4. Электронная почта × 3
5. Поисковая реклама Прямой
6. Электронная почта Прямой Электронная почта
7. Поисковая реклама × 2
8. недоступно × 2

Рис. 6.11

регионе и откликом на таргетированную рекламу (и не думаю, что появится). Помните об умерщвлении плоти и настораживайтесь каждый раз, когда начинаете наблюдать чудеса — скорее всего, для них существует рациональное обоснование (если, конечно, это не самые обычные «глюки»). Ваша задача, как профессионала таргетированной рекламы, — это обоснование найти и добавить в спектр учитываемого, чтобы завтра стать еще немного эффективнее.

Рис. 6.12

Аналитика для принятия решений. Квинтэссенция

Наблюдаемый элемент	***Желательные решения***
Аналитика исходящего трафика	
CTR	• Поменять аудиторию. • Поменять тизеры
Цена клика/целевого действия	• Поменять аудиторию. • Поменять тизеры. • Поменять ставку оплат
Охват и коэффициент охвата	• Поменять аудиторию. • Поменять тизеры. • Поменять ставку оплат. • Подождать
Промежуточные данные, касающиеся формата рекламы	Что еще поменять в своих настройках рекламного кабинета или тизера, чтобы добиться максимального количества целевых действий при их минимальной стоимости
Аналитика входящего трафика	
Процент отказов	• Поменять аудиторию. • Поменять тизеры. • Поменять что-то на посадочной
Пул данных, касающийся поведения пользователей на сайте	• Поменять аудиторию. • Поменять тизеры. • Поменять что-то на посадочной
Аналитика конверсий в целевые действия	
Количество и стоимость достигнутых целей	Стоит ли продолжать вести кампанию таргетированной рекламы, и если да, как и что перед этим изменив
Данные о характеристиках аудитории, которая совершает целевые действия	Каковы характеристики наиболее «конвертируемых» сегментов целевой аудитории; что использовать во время дальнейшей работы
Ассоциированные конверсии (многоканальные последовательности)	Какими еще маркетинговыми или рекламными активностями усилить вашу таргетированную рекламу
Наиболее эффективные комбинации аудиторий, тизеров, форматов и т. п.	Каким образом масштабировать то лучшее, что приносит конверсии

Если посадочной страницей выступает сообщество в социальной сети...

Значит аналитика входящего трафика будет проводиться с использованием тех инструментов, которые есть в статистике сообществ. Такого рода необходимость может возникать в двух случаях:

- когда перед таргетированной рекламой сознательно ставится цель «увеличения количества подписчиков»;
- когда оффер слишком дорог или сложен, чтобы продаваться «в одно касание» (то есть после первого знакомства и первого же перехода по рекламе). В таких случаях рекламодатели создают «прокладку» в виде сообщества, куда собирают аудиторию заинтересованных пользователей, с помощью потоковых коммуникаций (контента, активаций и т. п.) подогревают интерес к продукту, а затем уже пытаются его продать.

Если вы когда-нибудь администрировали сообщество (группу, страницу, мероприятие) хотя бы в одной социальной сети, вы согласитесь со мной, что аналитические возможности внутренней статистики сообществ в подметки не годятся «Яндекс.Метрике» или Google Analytics. Единственная цель, которую здесь получается отслеживать, — это непосредственно подписки (плюс источники этих подписок; хотя для рекламных целей такая информация не особо полезна).

Таким образом, в случае если посадочной страницей выступает сообщество в социальной сети, аналитика входящего трафика сужается до «пула данных, касающегося поведения пользователей в сообществе» (прирост коэффициентов охвата, вовлечения, отписок, микроконверсий и т. п.). Как с ними работать:

- высчитайте интересующий вас необходимый коэффициент до запуска рекламной кампании;
- затем высчитайте его ровно тем же самым методом от момента запуска рекламной кампании до 2–3-дневного срока после ее окончания;

- сравните разницу (обратите внимание, что для корректной оценки коэффициенты должны быть максимально чистыми; например, рекламные охваты зачастую провоцируют рост органического охвата, и если вы этого не учтете, даже провальная реклама может показаться более или менее успешной).

Как считать коэффициенты и какие микроконверсии можно отслеживать в рамках сообществ в социальных сетях — читайте подробнее в моей книге «Партизанский маркетинг в социальных сетях» (только обязательно найдите второе издание).

Масштабирование результатов таргетированной рекламы

Во-первых, давайте я сразу развенчаю главный рыночный миф: масштабирование типа «взял лучшую картинку с лучшим тестом, положил $500 на рекламный счет и сижу, ни фига не делаю» не работает и никогда работать не будет. И если вы глубоко постигли суть процесса «выгорания», у вас не может возникнуть вопрос «почему?».

«Но тогда зачем вообще проводить тесты, если их результаты потом нигде нельзя использовать?» — спросите вы.

Во-первых, использовать-таки можно, просто ограниченное количество времени. А во-вторых, правильное эффективное масштабирование должно выглядеть так.

- Поменяйте рекламный канал. Если тизер № 3 стабильно срабатывает на сегмент аудитории № 2, значит, при условии, что мы поменяем рекламный канал, но настроимся на ту же самую аудиторию (№ 2) и покажем ей такой же тизер (№ 3), результаты будут примерно одинаковыми. А на что у нас похожа таргетированная реклама? В каких каналах ее можно масштабировать:
  - в других социальных сетях (помните пример с постами о семинаре Евгения Спирицы?);

    - тизерных сетях;
    - КМС (контекстно-медийная сеть Google);
    - РСЯ (рекламная сеть «Яндекс»).

- Используя знания о сработавших «визуальных и тестовых концепциях», используйте такие же (или очень похожие) изображения и тексты:
    - в полиграфических рекламных материалах (визитках, меню, каталогах, POS-материалах, флаерах и т. п.);
    - рекламных материалах сферы digital (обложках сообществ, автоподписях писем и т. п.).
- Если вы обнаружили в поведенческих паттернах своей целевой аудитории нечто, чего не понимали раньше (например, что концерты группы «Океан Эльзи» помогают продавать вышиванки в городах концертного тура; кстати, совершенно реальный случай), используйте эту информацию за пределами рекламной кампании таргетированной рекламы. Например, помимо рекламы в соцсетях по нужным городам, подключайте BTL-активности, готовьте «специальные офферы» в офлайновых магазинах и т. д. Иногда главный вывод из тестирования таргетированной рекламы заключается в понимании, что она бесполезна без остальных элементов маркетинг-микса.

Это исчерпывающий список рекомендаций по масштабированию. Но даже они не являются «таргетинговым заветом», спущенным с небес. Если вы пытаетесь получить конверсии в новом рекламном канале и у вас ничего не получается, набрав статистически значимое количество данных, сворачивайте усилия и прекращайте биться головой об стену. Если в вашем случае не работает, не нужно мне верить. Верьте результатам аналитики — они всегда надежнее.

Глава 7
Кейсы таргетированной рекламы. Наглядное «как»

Напоследок перейдем к самому «вкусному» и рассмотрим несколько реальных случаев чародейства в рекламном кабинете. Первый кейс — из сферы B2B. Да, B2B-продукты в соцсетях тоже иногда продаются с помощью таргетинга. Например...

Компания Salers.ru. Как получать лиды по цене 201,6 рубля из Facebook

В оффере — построение отделов продаж от компании Salers.ru. Их специалисты выстроили более 170 отделов продаж для разных компаний, которые показали рост от 30 до 700 %. Их одноименный сайт (salers.ru) — один из наиболее авторитетных и посещаемых ресурсов по корпоративным продажам в Рунете (более 260 статей и 40 000 посетителей в месяц).

Первый запуск (рис. 7.1)

Нужно сказать, что стартовая цена 10,83 рубля за клик — это очень даже неплохо. На сайте следующая картина (рис. 7.2).

Это данные по полученным заявкам с моей меткой (количество достигнутых целей — третья колонка, при условии что название метки мы тоже считаем) (см. рис. 7.2, *сверху*) и данные по скачанным записям скриптов продаж (на лендинге стояло четыре точки входа, под все четыре были настроены разные цели) (см. рис. 7.2, *снизу*).

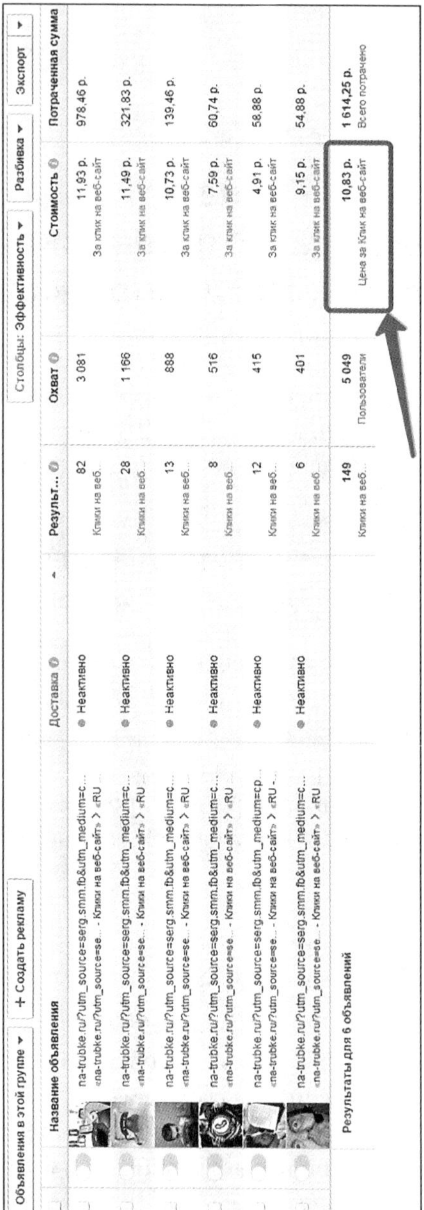

Название объявления	Доставка	Результ...	Охват	Стоимость	Потраченная сумма
na-trubke.ru/?utm_source=serg.smm.fb&utm_medium=c... «na-trubke.ru/?utm_source=se... - Клики на веб-сайт» > «RU ...	Неактивно	82 Клики на веб...	3 081	11,93 р. За клик на веб-сайт	978,46 р.
na-trubke.ru/?utm_source=serg.smm.fb&utm_medium=c... «na-trubke.ru/?utm_source=se... - Клики на веб-сайт» > «RU	Неактивно	28 Клики на веб...	1 166	11,49 р. За клик на веб-сайт	321,83 р.
na-trubke.ru/?utm_source=serg.smm.fb&utm_medium=c... «na-trubke.ru/?utm_source=se... - Клики на веб-сайт» > «RU	Неактивно	13 Клики на веб...	888	10,73 р. За клик на веб-сайт	139,46 р.
na-trubke.ru/?utm_source=serg.smm.fb&utm_medium=c... «na-trubke.ru/?utm_source=se... - Клики на веб-сайт» > «RU	Неактивно	8 Клики на веб...	516	7,59 р. За клик на веб-сайт	60,74 р.
na-trubke.ru/?utm_source=serg.smm.fb&utm_medium=cp... «na-trubke.ru/?utm_source=se... - Клики на веб-сайт» > «RU -...	Неактивно	12 Клики на веб...	415	4,91 р. За клик на веб-сайт	58,88 р.
na-trubke.ru/?utm_source=serg.smm.fb&utm_medium=c... «na-trubke.ru/?utm_source=se... - Клики на веб-сайт» > «RU	Неактивно	6 Клики на веб...	401	9,15 р. За клик на веб-сайт	54,88 р.
Результаты для 6 объявлений		149 Клики на веб...	5 049 Пользователи	10,83 р. Цена за Клик на веб-сайт	1 614,25 р. Всего потрачено

Рис. 7.1

trubka1	1,37 %	2	2	0 %	3
trubka1	2,74 %	6	4	0 %	2,75

Рис. 7.2

В настройках по этой группе объявлений было следующее (рис. 7.3).

СОХРАНЕННАЯ АУДИТОРИЯ: **Salers (на трубку, полнее)**

АУДИТОРИЯ

Место: Россия

Должность: Directeur, Продажи, Предприниматель, Директор по развитию, менеджер, начальник коммерческого отдела, коммерческий директор, Владелец компании, Business development, Зам. генерального директора, Владелец бизнеса., Основатель,владелец, руководитель отдела продаж, Владелец, Руководитель, Руководитель коммерческого отдела, Начальник отдела прямых продаж, Менеджер по развитию бизнеса, начальник коммерческого отдела, Начальник отдела корпоративных продаж, Менеджер по развитию компании, Начальник отдела розничных продаж, Бизнес, Владелец, директор, директор по стратегическому развитию бизнеса, Директор по продажам, Начальник управления маркетинга, Начальник отдела продаж, Начальник Управления Продаж, Зам.директора по развитию, Владелец, Руководитель, отдел продаж, Генеральный директор, Менеджер по развитию, Начальник отдела маркетинга и продаж, Бизнес-тренер, консультант, Gerente General, Владелец магазина, Директор по развитию бизнеса, учредитель, генеральный директор, CEO, Business Manager, Собственность или Директор по маркетингу

Возраст: 25 - 65+

Рис. 7.3

Второй запуск: продолжаем тестировать

Следующая группа объявлений по этому же ресурсу выглядела вот так (рис. 7.4).

Вы обратили внимание, что здесь использованы те же изображения, что и в группе выше? Разница в том, что мы расширили аудиторию и добавили описание ссылки.

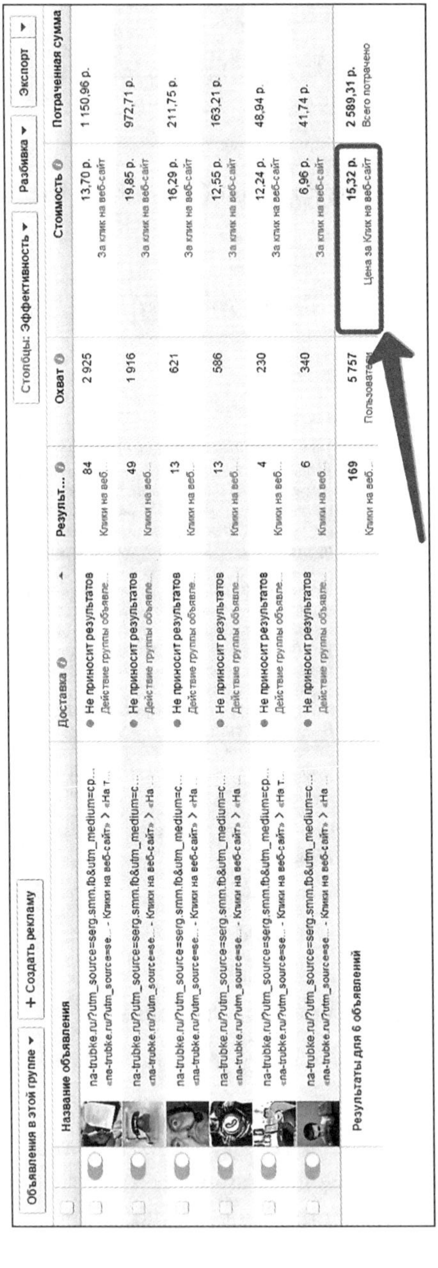
Объявления в этой группе ▾
+ Создать рекламу
Столбцы: Эффективность ▾
Разбивка ▾
Экспорт ▾
Название объявления
Доставка
Результ...
Охват
Стоимость
Потраченная сумма
Не приносит результатов
84
2 925
13,70 р.
1 150,96 р.
49
1 916
19,85 р.
972,71 р.
13
621
16,29 р.
211,75 р.
13
586
12,55 р.
163,21 р.
4
230
12,24 р.
48,94 р.
6
340
6,96 р.
41,74 р.
Результаты для 6 объявлений
169
5 757
15,32 р.
Цена за Клик на веб-сайт
2 589,31 р.
Всего потрачено

Рис. 7.4

А теперь следите за руками: денег на эту группу потрачено в 1,5 раза больше. Стоимость клика тоже выросла в 1,5 раза. Но зато вырос процент конверсии, а стоимость лида упала.

Оставленные заявки (рис. 7.5, *сверху*) и скачанные примеры скриптов (см. рис. 7.5, *снизу*).

trubka-dubl	4,37 %	8	8	0 %	2,25
trubka-dubl	4,92 %	9	9	0 %	2,22

Рис. 7.5

В первом случае конверсия на посадочной странице составила 1,37 %, а во втором — 4,37 %. Какой вариант вам нравится больше: восемь лидов с общей суммой затрат 1614,25 рубля (201,78 рубля за человека) или 17 лидов с общей суммой затрат 2589,31 рубля (152,31 рубля за человека)?

Третий запуск. Продолжаем тестировать

Если вы подумали, что на этом месте эксплуатация одних и тех же изображений и текстов закончилась, увы, это не так. Их мы менять не стали. А вот трафик с третьей группы объявлений решили посадить не на лендинг, а на основной сайт Salers (на страницу, с которой продавались те же скрипты продаж) в надежде на глубину просмотра и имиджевый эффект. Получилась вот такая картина (рис. 7.6).

Обратите внимание, что во всех трех примерах изображение-лидер менялось. Почему — объясню чуть ниже. На этот раз лучшее выглядело вот так (рис. 7.7).

С заказами на сайте получилось негусто. Зато глубина просмотра (девять страниц) и время на сайте (3:50 минуты) порадовали (рис. 7.8).

Между делом отмечу: средний CTR во всех трех кампаниях держался на уровне 2 %.

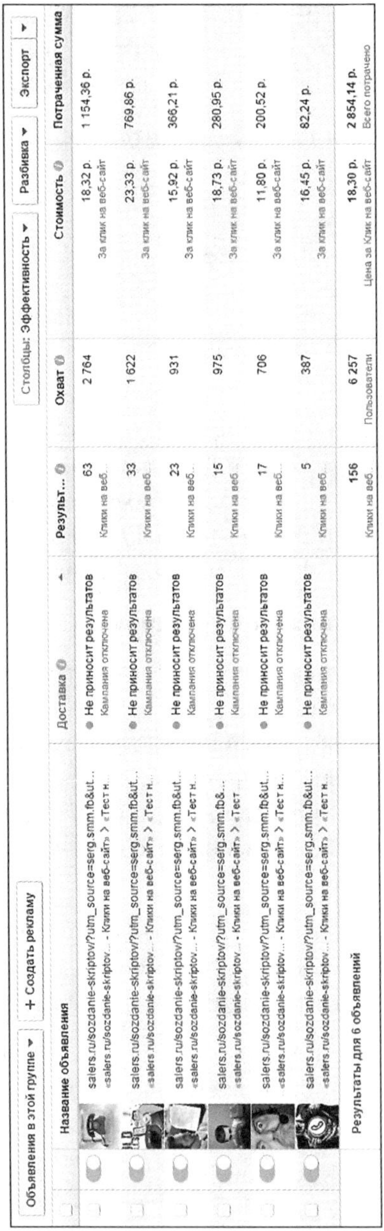
Объявления в этой группе
+ Создать рекламу
Столбцы: Эффективность
Разбивка
Экспорт
Название объявления
Доставка
Результ...
Охват
Стоимость
Потраченная сумма
salers.ru/sozdanie-skriptov/?utm_source=serg.smm.fb&ut...
Не приносит результатов
Кампания отключена
63
Клики на веб...
2 764
18,32 р.
За клик на веб-сайт
1 154,36 р.
33
1 622
23,33 р.
769,86 р.
23
931
15,92 р.
366,21 р.
15
975
18,73 р.
280,95 р.
17
706
11,80 р.
200,52 р.
5
387
16,45 р.
82,24 р.
Результаты для 6 объявлений
156
6 257
Пользователи
18,30 р.
Цена за Клик на веб-сайт
2 854,14 р.
Всего потрачено

Рис. 7.6

Рис. 7.7

Результаты сплит-тестирования площадок

Данных для сравнения лендинга с сайтом нам показалось недостаточно, и мы запустили еще один сплит-тест. При этом я использовал данные не только первых трех кампаний, но и тестирования еще одного лендинга для продукта «аудит продаж» (плюс данные, которые остались в забаненных аккаунтах). Договоримся о понятиях: под сплит-тестированиями в данном случае я подразумеваю тестирование в первую очередь площадок для посадки трафика и только во вторую — тестирование самих объявлений.

Мы настроили две абсолютно одинаковые группы объявлений на абсолютно одинаковые аудитории, но кликнувших по рекламе разводили на разные посадочные страницы (в нашем случае это лендинг и сайт).

Казалось бы, разница результатов должна заключаться только в поведении на сайте. Так и есть — цена клика отличается на 20 % (в digital это вполне нормально) (рис. 7.9, *сверху*).

Изображения в обеих группах объявлений уже новые (добавил только одно из предыдущих тестов, но из числа не самых кликабельных, а самых дешевых — лицо с микрофончиком) (см. рис. 7.9, *снизу*).

Примечательное в этих тестах было то, что в обоих случаях лучшее изображение выглядело так (рис. 7.10).

CTR обеих кампаний — практически ноздря в ноздрю: 3,58 и 3,59 %.

Аудитория — lookalike, собранный на основании анализа посетителей сайта (рис. 7.11).

Идем в «Метрику» и видим на лендинге 40 полученных заявок (с конверсией 1,4 %) (рис. 7.12, *сверху*).

А скачанных скриптов — 165 (с конверсией 4,4 %) (см. рис. 7.12, *в центре*). Неплохо, правда? Особенно если я скажу вам, что потрачено на это было 21 300 рублей.

На сайте ситуация не хуже (см. рис. 7.12, *снизу*). Конверсия ниже, но при этом время, проведенное на сайте, — 8 минут 32 секунды. Повторюсь: перед сайтом стояли и стоят не только конверсионные, но и имиджевые цели.

Что дальше?

Казалось бы, чего еще хотеть? Живи и радуйся, крути себе то, что уже работает, вноси косметические правки и «стриги лиды». Но, по моему скромному мнению, тесты нужно проводить до полного и окончательного просветления.

testsait
0,48 %
2
1
0 %
9
3:50

Рис. 7.8

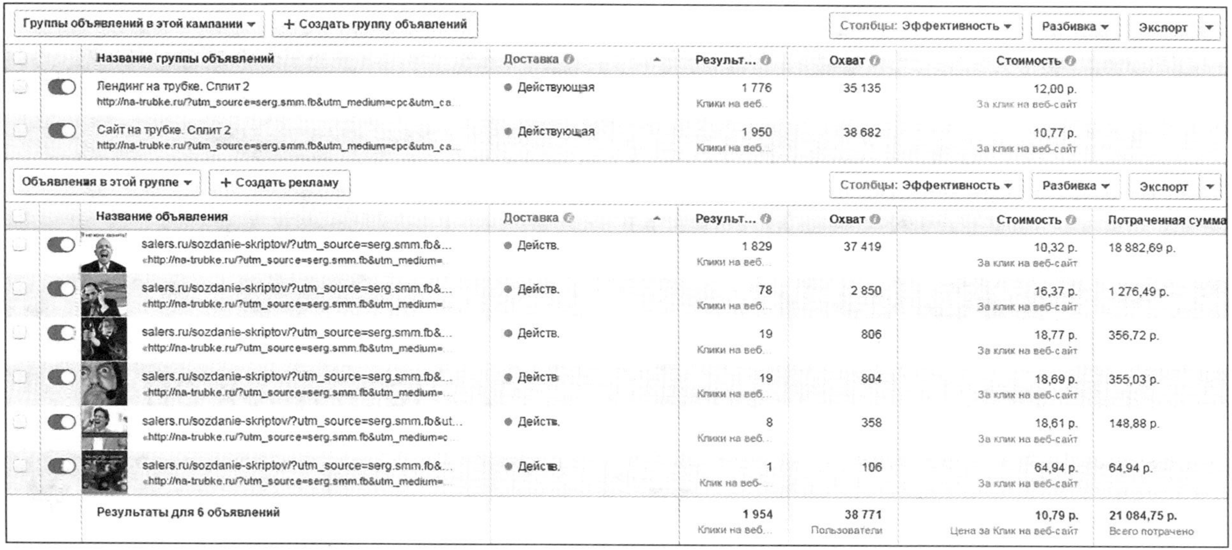
Группы объявлений в этой кампании
+ Создать группу объявлений
Столбцы: Эффективность
Разбивка
Экспорт
Название группы объявлений
Доставка
Результ...
Охват
Стоимость
Лендинг на трубке. Сплит 2
http://na-trubke.ru/?utm_source=serg.smm.fb&utm_medium=cpc&utm_ca...
Действующая
1 776
Клики на веб...
35 135
12,00 р.
За клик на веб-сайт
Сайт на трубке. Сплит 2
http://na-trubke.ru/?utm_source=serg.smm.fb&utm_medium=cpc&utm_ca...
Действующая
1 950
Клики на веб...
38 682
10,77 р.
За клик на веб-сайт
Объявления в этой группе
+ Создать рекламу
Столбцы: Эффективность
Разбивка
Экспорт
Название объявления
Доставка
Результ...
Охват
Стоимость
Потраченная сумма
salers.ru/sozdanie-skriptov/?utm_source=serg.smm.fb&...
«http://na-trubke.ru/?utm_source=serg.smm.fb&utm_medium=
Действ.
1 829
Клики на веб...
37 419
10,32 р.
За клик на веб-сайт
18 882,69 р.
salers.ru/sozdanie-skriptov/?utm_source=serg.smm.fb&...
«http://na-trubke.ru/?utm_source=serg.smm.fb&utm_medium=
Действ.
78
Клики на веб...
2 850
16,37 р.
За клик на веб-сайт
1 276,49 р.
salers.ru/sozdanie-skriptov/?utm_source=serg.smm.fb&...
«http://na-trubke.ru/?utm_source=serg.smm.fb&utm_medium=
Действ.
19
Клики на веб...
806
18,77 р.
За клик на веб-сайт
356,72 р.
salers.ru/sozdanie-skriptov/?utm_source=serg.smm.fb&...
«http://na-trubke.ru/?utm_source=serg.smm.fb&utm_medium=
Действ.
19
Клики на веб...
804
18,69 р.
За клик на веб-сайт
355,03 р.
salers.ru/sozdanie-skriptov/?utm_source=serg.smm.fb&ut...
«http://na-trubke.ru/?utm_source=serg.smm.fb&utm_medium=c
Действ.
8
Клики на веб...
358
18,61 р.
За клик на веб-сайт
148,88 р.
salers.ru/sozdanie-skriptov/?utm_source=serg.smm.fb&...
«http://na-trubke.ru/?utm_source=serg.smm.fb&utm_medium=
Действ.
1
Клик на веб-...
106
64,94 р.
За клик на веб-сайт
64,94 р.
Результаты для 6 объявлений
1 954
Клики на веб...
38 771
Пользователи
10,79 р.
Цена за Клик на веб-сайт
21 084,75 р.
Всего потрачено

Рис. 7.9

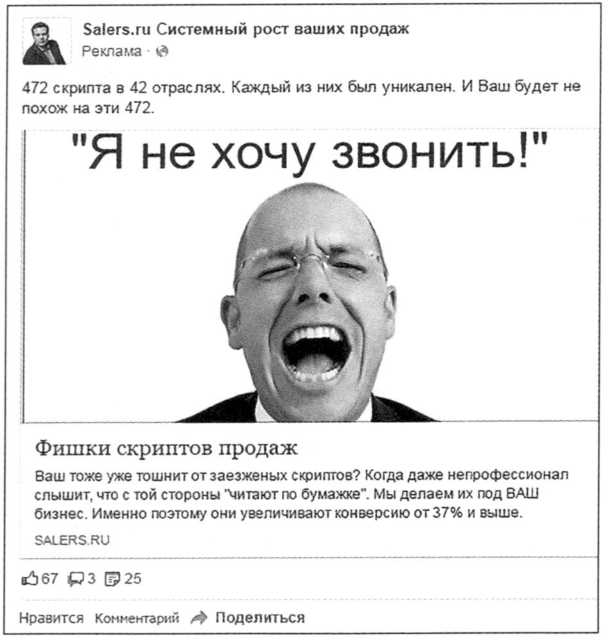

Рис. 7.10

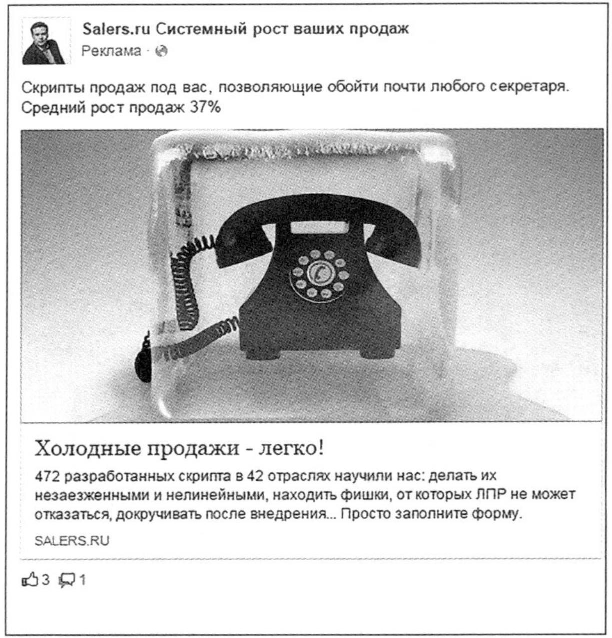

Рис. 7.11

lookalike2sailland2	1,4 %	40	36	0 %	2,33	2:15
lookalike2sailland2	4,4 %	165	113	0,88 %	1,5	3:04
lookalike2sailsait2	0,78 %	29	23	0 %	5,74	8:32

Рис. 7.12

Очередной сплит-тест показал крайне неожиданные результаты (рис. 7.13).

Удивительно, но при абсолютно одинаковых тизерах, которые были показаны абсолютно одинаковой аудитории, разница в цене — в три с небольшим раза.

Средний CTR по обеим кампаниям — 5,37 %. Среднюю цену вы видите сами.

Но давайте заглянем внутрь. Для нового сплита дизайнер специально нарисовал четыре тематических изображения Прошки (Прошка — корпоративный персонаж Salers) (рис. 7.14). Основной задачей этой группы объявлений было выяснить, насколько лучше они будут работать (если будут).

Все познается в сравнении (или в тестировании), поэтому к этим четырем изображениям Прошки я добавил еще два изображения, которые показали лучшие результаты в рамках предыдущих активностей. И что бы вы думали?

Лидером хит-парада снова стал эмоциональный мужик (рис. 7.15).

Текст на тизере я не могу показать из соображений коммерческой секретности, но дело было именно в нем, потому что аудитория показов все та же — lookalike. Цена клика по этому объявлению на сайт доходила до 3,66 рубля, а CTR — до 10,09 %.

Честно говоря, CTR в 10 % для настолько конкурентной ниши, как продажи, я наблюдал в первый и последний раз (если у вас есть более впечатляющие примеры, пожалуйста, напишите мне: sa@shcherbakovs.com).

По целевому поведению на сайте картина такая (рис. 7.16).

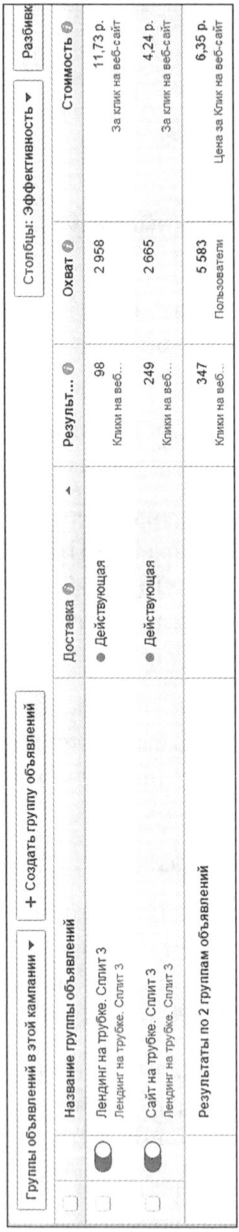

Группы объявлений в этой кампании ▾ | + Создать группу объявлений | Столбцы: Эффективность ▾ | Разбивк

Название группы объявлений	Доставка	Результ...	Охват	Стоимость
Лендинг на трубке. Сплит 3 Лендинг на трубке. Сплит 3	● Действующая	98 Клики на веб...	2 958	11,73 р. За клик на веб-сайт
Сайт на трубке. Сплит 3 Лендинг на трубке. Сплит 3	● Действующая	249 Клики на веб...	2 665	4,24 р. За клик на веб-сайт
Результаты по 2 группам объявлений		347 Клики на веб...	5 583 Пользователи	6,35 р. Цена за Клик на веб-сайт

Рис. 7.13

Рис. 7.14

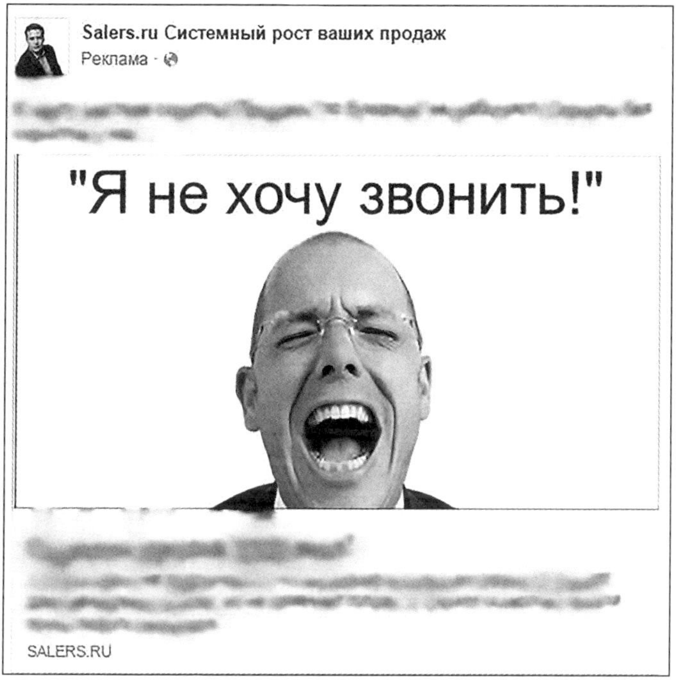

Рис. 7.15

Картинки с Прошками, которые, казалось бы, для сайта должны были сработать максимально хорошо, заняли аутсайдерские места.

Но интереснее другое. Распределение актуальности изображений в отношении лендинга получилось вот таким (рис. 7.17).

Одно из двух самых популярных изображений здесь то, которое я показывал выше (с Прошкой). Второе вот это (рис. 7.18).

А что происходило на посадочных страницах?

Картина на сайте (рис. 7.19, *сверху*).

То есть шесть заявок с конверсией 0,28 % (не очень). На лендинге вот такая картина (см. рис. 7.19, *снизу*). Это количество скачанных скриптов. Чистых заявок с этого трафика не было вообще.

na_trubke_split_3	0,28 %	6	5	0 %	2,6	2:36

Рис. 7.16

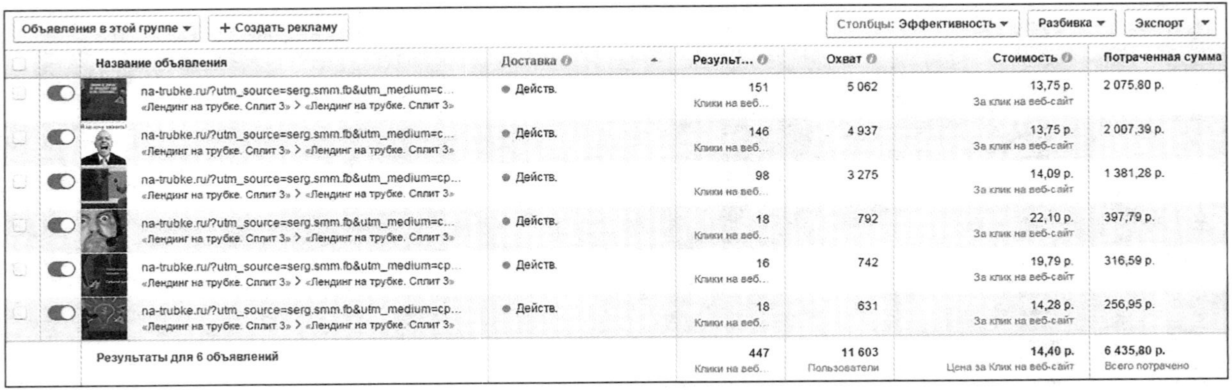

Объявления в этой группе ▾ | + Создать рекламу | Столбцы: Эффективность ▾ | Разбивка ▾ | Экспорт ▾

Название объявления	Доставка	Результ...	Охват	Стоимость	Потраченная сумма
na-trubke.ru/?utm_source=serg.smm.fb&utm_medium=c... «Лендинг на трубке. Сплит 3» > «Лендинг на трубке. Сплит 3»	Действ.	151 Клики на веб...	5 062	13,75 р. За клик на веб-сайт	2 075,80 р.
na-trubke.ru/?utm_source=serg.smm.fb&utm_medium=c... «Лендинг на трубке. Сплит 3» > «Лендинг на трубке. Сплит 3»	Действ.	146 Клики на веб...	4 937	13,75 р. За клик на веб-сайт	2 007,39 р.
na-trubke.ru/?utm_source=serg.smm.fb&utm_medium=cp... «Лендинг на трубке. Сплит 3» > «Лендинг на трубке. Сплит 3»	Действ.	98 Клики на веб...	3 275	14,09 р. За клик на веб-сайт	1 381,28 р.
na-trubke.ru/?utm_source=serg.smm.fb&utm_medium=c... «Лендинг на трубке. Сплит 3» > «Лендинг на трубке. Сплит 3»	Действ.	18 Клики на веб...	792	22,10 р. За клик на веб-сайт	397,79 р.
na-trubke.ru/?utm_source=serg.smm.fb&utm_medium=cp... «Лендинг на трубке. Сплит 3» > «Лендинг на трубке. Сплит 3»	Действ.	16 Клики на веб...	742	19,79 р. За клик на веб-сайт	316,59 р.
na-trubke.ru/?utm_source=serg.smm.fb&utm_medium=cp... «Лендинг на трубке. Сплит 3» > «Лендинг на трубке. Сплит 3»	Действ.	18 Клики на веб...	631	14,28 р. За клик на веб-сайт	256,95 р.
Результаты для 6 объявлений		447 Клики на веб...	11 603 Пользователи	14,40 р. Цена за Клик на веб-сайт	6 435,80 р. Всего потрачено

Рис. 7.17

Однако обратите внимание на время, проведенное на сайте (это самая большая цифра за всю кампанию с настройкой на лендинг).

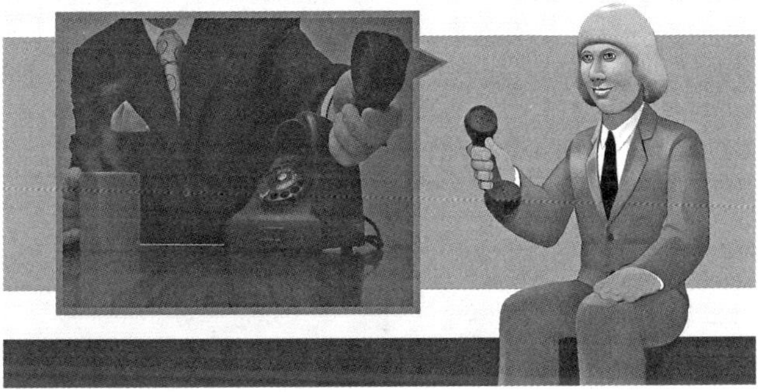

Рис. 7.18

na_trubke_split_3	0,28 %	6	5	0 %	2,6	2:36
na_trubke_split_3	2,88 %	21	15	0 %	1,2	6:33

Рис. 7.19

Промежуточные итоги кампании

Потрачено — 63 504,38 рубля.

Всего получено переходов (из рекламного кабинета) — 6065.

Средняя цена перехода в тестовой кампании (только по теме скриптов) — 10,47 рубля.

Всего получено переходов (согласно данным «Метрики») — 9368 (4138 — на лендинг и 5230 — на сайт). Если у вас возникает вопрос «почему?», промотайте кейс назад, посмотрите на репосты рекламных тизеров — это виральный эффект от рекламы, как видите, он дал +50 % трафика.

Средняя цена перехода в тестовой кампании (с учетом виральных данных) — 6,77 рубля.

Достигнуто целей «заявка» на лендинге — 55 (рис. 7.20).

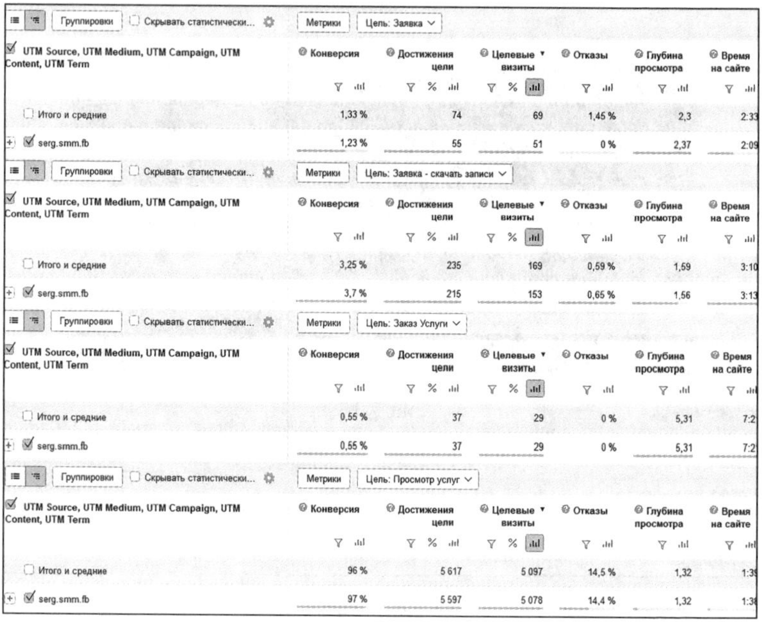

Группировки · Скрывать статистически... · Метрики · Цель: Заявка

UTM Source, UTM Medium, UTM Campaign, UTM Content, UTM Term	Конверсия	Достижения цели	Целевые визиты	Отказы	Глубина просмотра	Время на сайте
Итого и средние	1,33 %	74	69	1,45 %	2,3	2:33
serg.smm.fb	1,23 %	55	51	0 %	2,37	2:09

Группировки · Скрывать статистически... · Метрики · Цель: Заявка - скачать записи

UTM Source, UTM Medium, UTM Campaign, UTM Content, UTM Term	Конверсия	Достижения цели	Целевые визиты	Отказы	Глубина просмотра	Время на сайте
Итого и средние	3,25 %	235	169	0,59 %	1,59	3:10
serg.smm.fb	3,7 %	215	153	0,65 %	1,56	3:13

Группировки · Скрывать статистически... · Метрики · Цель: Заказ Услуги

UTM Source, UTM Medium, UTM Campaign, UTM Content, UTM Term	Конверсия	Достижения цели	Целевые визиты	Отказы	Глубина просмотра	Время на сайте
Итого и средние	0,55 %	37	29	0 %	5,31	7:2
serg.smm.fb	0,55 %	37	29	0 %	5,31	7:2

Группировки · Скрывать статистически... · Метрики · Цель: Просмотр услуг

UTM Source, UTM Medium, UTM Campaign, UTM Content, UTM Term	Конверсия	Достижения цели	Целевые визиты	Отказы	Глубина просмотра	Время на сайте
Итого и средние	96 %	5 617	5 097	14,5 %	1,32	1:3
serg.smm.fb	97 %	5 597	5 078	14,4 %	1,32	1:3

Рис. 7.20

Достигнуто целей «скачать записи» — 215. Плюс здесь же, на лендинге, еще один человек достиг цели «заказать консультацию» и еще семь достигли цели «заказать консультацию эксперта».

Итого суммарно — 278 лидов с лендинга.

По сайту: 37 человек достигли цели «заказ услуги». Такую цель, как «просмотр услуг», достигло вообще 97 % трафика. Но просмотр — это не лид. Поэтому мы не будем обращать на них внимание. Наша цель — потенциальный клиент, оставивший свои данные.

Суммируем общее количество полученных лидов: 278 + 37. Получаем 315.

С учетом общей суммы потраченных денег у нас получается цена лида — 201,6 рубля. И пусть сегодня ночью это число не даст вам уснуть.

Как отреагировал заказчик на эти цифры

После запуска третьего сплита я уехал в Минск проводить тренинг по таргетированной рекламе. На второй день обнаружил следующее сообщение от Виталия Катранжи, основателя Salers (рис. 7.21).

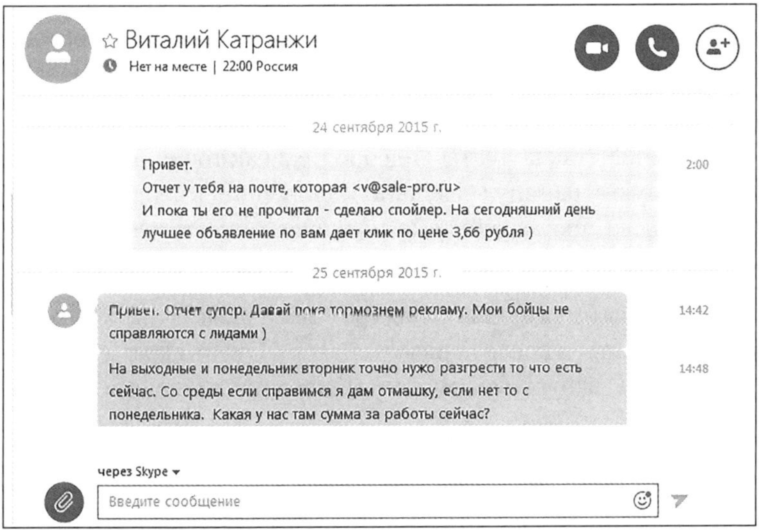

Рис. 7.21

Для справки: в компании на тот момент работало 35 человек. И да, они не справились со шквалом заказов.

В чем секрет успеха

Во-первых, ретаргетинговая база сайта salers.ru и lookalike по ней.

Во-вторых, у Salers действительно крутой оффер и очень впечатляющий бэкграунд (количество выполненных проектов, очень крупные клиенты, средний рост продаж 37 %). Словом, полное соответствие концепции 3М (market — message — media), о которой я постоянно твержу.

В-третьих, постоянное тестирование. Помните, что каждый новый оффер требует новой порции тестов. Иначе вы заведомо «сливаете» часть денег впустую.

Что осталось за кадром

Синхронно с тестами таргетинга в Facebook были запущены такие же тесты в сети «ВКонтакте». Но они показали себя очень слабенько. Лиды приходили, но несопоставимо пассивнее, поэтому мы сосредоточились только на Facebook и не прогадали.

Проводились также тесты видеоролика как точки перехода на посадочную страницу (результаты получились неоднозначными — дешево, просматриваемо, но плохо конвертируемо; вывод: нужно работать над самим видеороликом).

У этого кейса была вторая серия (разумеется, заказчик не захотел останавливаться после первых успехов). Очень вкратце выглядела она так: запуски форматом «Генерация лидов» (рис. 7.22).

Лучшее объявление — уже знакомый вам мужик. Он принес 64 заявки по цене 269,65 рубля за штуку (рис. 7.23).

Интересно, что второй по эффективности тизер содержит самую что ни на есть файлостоковую картинку.

Таких запусков было сделано три, то есть в работу ушли две группы объявлений формата lead ads и одна — «Клики на сайт». Суммарно мы:

- потратили всего — 87 482,11 рубля;
- получили лидов — 184 («Генерация лидов») + 20 («Клики на сайт»);
- средняя стоимость одного лида — 428,83 рубля.

Название объявления	Доставка	Результаты	Охват	Стоимость	Потраченная сумма
Test4 «Salers_2016» > «Salers_2016»	Не приносит результатов Группа объявлений отключ...	64 Лиды (Форма)	16 019	269,65 р. За лид (Форма)	17 257,61 р.
Test2 «Salers_2016» > «Salers_2016»	Не приносит результатов Группа объявлений отклю...	49 Лиды (Форма)	15 570	267,62 р. За лид (Форма)	13 113,19 р.
Test1 «Salers_2016» > «Salers_2016»	Не приносит результатов Группа объявлений отклю...	5 Лиды (Форма)	4 188	461,76 р. За лид (Форма)	2 308,78 р.
Test5 «Salers_2016» > «Salers_2016»	Не приносит результатов Группа объявлений отклю...	2 Лиды (Форма)	2 507	1 048,02 р. За лид (Форма)	2 096,03 р.
Test3 «Salers_2016» > «Salers_2016»	Не приносит результатов Группа объявлений отключ...	1 Лид (Форма)	1 519	1 239,17 р. За лид (Форма)	1 239,17 р.
Результаты для 5 объявлений		121 Лиды (Форма)	26 393 Пользователи	297,64 р. За Лид (Форма)	36 014,78 р. Всего потрачено

Рис. 7.22

Рис. 7.23

А потом началось драконовское понижение охватов, и мы были вынуждены приостановить кампанию (рис. 7.24).

К слову, рекламная кампания проводилась в те незапамятные времена, когда у Facebook еще не было «нового пикселя» с умным отслеживанием конверсий на сайте. Сейчас этот кейс мог бы быть еще красивее. Впрочем, теперь мяч на вашей стороне поля — внедряйте и присылайте отчеты со своими результатами. Я с удовольствием прочту и, если это будет «горячо», опубликую в блоге.

Лиды на повторе для сервиса CarUp (сервис попутчиков). «ВКонтакте»

Если бы моей задачей было продемонстрировать, с какими пафосными брендами сотрудничает мое агентство, или опубликовать

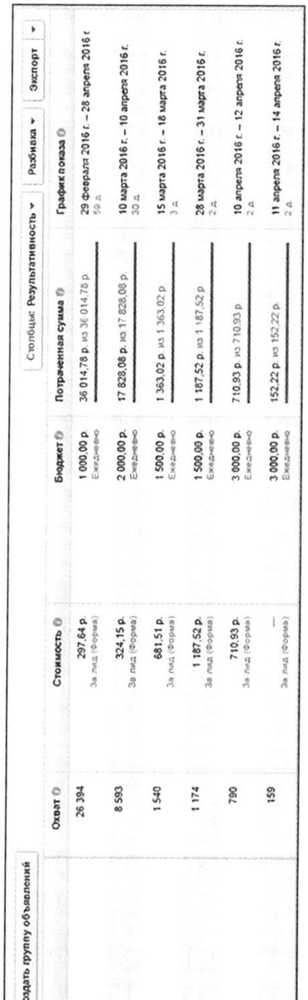
Группы объявлений в этой кампании
+ Создать группу объявлений
Столбцы: Результативность
Разбивка
Экспорт
Название группы объявлений
Охват
Стоимость
Бюджет
Потраченная сумма
График показа
Salers_2016
26 394
297,64 р.
1 000,00 р.
36 014,78 р. из 36 014,78 р.
29 февраля 2016 г. – 28 апреля 2016 г.
Salers_2016_посетители сайта
8 593
324,15 р.
2 000,00 р.
17 828,08 р. из 17 828,08 р.
10 марта 2016 г. – 10 апреля 2016 г.
Salers 2016_test 3
1 540
681,51 р.
1 500,00 р.
1 363,02 р. из 1 363,02 р.
15 марта 2016 г. – 18 марта 2016 г.
Москва - 24-60, владельцы бизнеса
1 174
1 187,52 р.
1 500,00 р.
1 187,52 р. из 1 187,52 р.
28 марта 2016 г. – 31 марта 2016 г.
Salers_2016 — Копия
790
710,93 р.
3 000,00 р.
710,93 р. из 710,93 р.
10 апреля 2016 г. – 12 апреля 2016 г.
Москва_Мужчины 30-50_
159
3 000,00 р.
152,22 р. из 152,22 р.
11 апреля 2016 г. – 14 апреля 2016 г.

Рис. 7.24

только самые удачные кейсы — этот материал вы бы не увидели вообще. Здесь есть вопросы и к продукту (на сегодняшний день его уже не существует), и к статистической достоверности данных, и к давности происходящего. Но моя цель — помочь вам проникнуть в суть таргетинга и *научиться* (в том числе на моих граблях). Давайте же этим и займемся.

CarUp — это стартап из Херсона, собственники которого обратились ко мне в конце лета 2015 года с промежуточной задачей — провести тесты и конечной задачей — получить 1000 зарегистрированных событий.

Суть проекта в двух словах: «сервис попутчиков». Отличие от аналогов типа Bla-bla-car в том, что подразумевались не разовые поездки, а регулярные (типа поездок на работу каждое утро) и не междугородные, а локальные.

Особенностью, с которой приходилось считаться на протяжении всего проекта, стало то, что вся активность была завязана только на Херсон. То есть, прежде чем начинать экспансию в другие города и веси, сервис тестировался на родине.

Ну а теперь давайте «посмотрим слайды...»

Этап 0. Разработка гипотез

Путь длиной в тысячу тизеров начинается с первой гипотезы. Поэтому о гипотезах и поговорим в первую очередь.

Изначально их было шесть, и сразу, как только заказчик все перепроверил и утвердил, мы начали. По факту в процессе работы было оттестировано не 6, а 12 сегментов аудитории с учетом их комбинаций. Но если напрячься, все эти аудитории можно свести к следующим:

- студенты из всех четырех вузов Херсона;
- активная аудитория сообществ типа «Подслушано. Херсон», «Афиши города» и т. д.;

- жители Херсона, проявлявшие активность в соцсетях на протяжении последних 1–2 месяцев;
- широкая аудитория всех жителей Херсона (на момент реализации кейса — 240 000 человек). Дробилась отдельно на мальчиков и на девочек.

Ну а теперь пойдем по порядку и с подробностями.

Этап 1. Тестирование изображений

1. Студенты из всех четырех вузов (рис. 7.25). Аудитория: 7745 человек.

   Обратите внимание, что в тизерах использованы изображения этих самых вузов. Плюс три изображения с «общестуденческим» контекстом. А тексты везде одинаковые.

   Это тип тестирований, который я называю последовательным. Помните, мы обсуждали это в главе о моделях тестирования?

Рис. 7.25

Результаты, полученные по тизерам:

- всего по гипотезе потрачено 425,22 рубля;
- общее количество переходов — 250;
- стоимость одного перехода — 1,70 рубля;
- показатели по объявлениям: 1) 0,016 (две регистрации); 2) 0,042 (четыре регистрации); 3) 0,014; 4) 0,023; 5) 0,005; 6) 0,009; 7) 0,012;
- количество регистраций на сайте — 6.

2. Активная аудитория группы «Подслушано. Херсон» — 9396 человек.

   В изображениях тизеров тестируются фотографии мест, которые хорошо знакомы местным жителям — мосты, памятники, арки, знаки на въезде в город... Это автоматически отсекает нецелевую аудиторию.

   Результаты:

   - всего по гипотезе потрачено 312,41 рубля;
   - общее количество переходов — 138;
   - стоимость одного перехода — 2,25 рубля;
   - показатели по объявлениям: 1) 0,016; 2) 0,024; 3) 0,019; 4) 0,019;
   - количество регистраций на сайте — 0.

3. Активные жители Херсона (в основном студенты) — 12 899 человек (рис. 7.26).

   Реклама для студентов продолжает давать какие-никакие, но конверсии.

   Результаты:

   - всего по гипотезе потрачено 194,83 рубля;
   - общее количество переходов — 69;

- стоимость одного перехода — 2,81 рубля;
- показатели по объявлениям: 1) 0,014; 2) 0,015; 3) 0,010; 4) 0,018;
- количество регистраций на сайте — 2.

Рис. 7.26

4. Микс двух предыдущих пунктов (социально активные + + студенты).

   Результаты:

   - всего по гипотезе потрачено 527,01 рубля;
   - общее количество переходов — 155;
   - стоимость одного перехода — 3,4 рубля;
   - показатели по объявлениям: 1) 0,014; 2) 0,009 (одна регистрация); 3) 0,011; 4) 0,012 (одна регистрация); 5) 0,020 (одна регистрация); 6) 0,010;
   - всего количество регистраций на сайте — 3.

5. Жители Херсона в возрасте от 22 до 35 лет, проявившие активность в социальных сетях не позднее 1 июля 2015 года (рис. 7.27).

   Результаты:

   - всего по гипотезе потрачено 217,76 рубля;
   - общее количество переходов — 62;

- стоимость одного перехода — 3,51 рубля;
- показатели по объявлениям: 1) 0,014; 2) 0,011 (одна регистрация); 3) 0,013; 4) 0,022 (одна регистрация); 5) 0,019;
- количество регистраций на сайте — 2.

Рис. 7.27

6. Активные пользователи из сообществ типа «Подслушано. Херсон» и «Афиши города».

   Результаты:

   - всего по гипотезе потрачено 109,02 рубля;
   - общее количество переходов — 26;
   - стоимость одного перехода — 4,11 рубля;

- показатели по объявлениям: 1) 0,015; 2) 0,019 (одна регистрация); 3) 0,010; 4) 0,012; 5) 0,017;
- количество регистраций на сайте — 1.

7. Снова аудитория студентов из всех четырех вузов. Отличается от аудитории № 1 тем, что собиралась заново с учетом последней активности не позже 31 мая 2015 года (рис. 7.28).

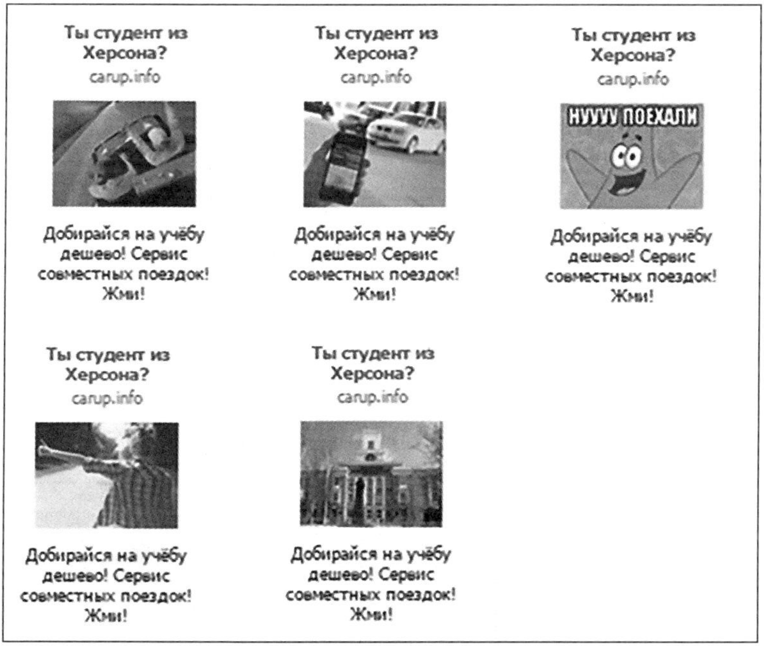

Рис. 7.28

Результаты:

- всего по гипотезе потрачено 403,40 рубля;
- общее количество переходов — 115;
- стоимость одного перехода — 3,47 рубля;

- показатели по объявлениям: 1) 0,014; 2) 0,012 (одна регистрация); 3) 0,014 (две регистрации); 4) 0,013 (одна регистрация); 5) 0,018;
- количество регистраций на сайте — 4.

8. Широкая аудитория всех жителей Херсона в возрасте от 18 до 35 лет (с оплатой за клик, разумеется).

   Результаты:

   - всего по гипотезе потрачено 296,71 рубля; общее количество переходов — 65;
   - стоимость одного перехода — 4,55 рубля;
   - показатели по объявлениям: 1) 0,008; 2) 0,011; 3) 0,015; 4) 0,010;
   - количество регистраций на сайте — 0.

9. Аудитория всех социально активных жителей Херсона, которые проявили последнюю активность не позже 1 июля 2015 года (отличается количеством, собиралась заново). Возраст от 18 до 35 лет (рис. 7.29).

   Результаты:

   - всего по гипотезе потрачено 339,45 рубля;
   - общее количество переходов — 86;
   - стоимость одного перехода — 3,95 рубля;
   - показатели по объявлениям:
     1) 0,013; 2) 0,018 (одна регистрация); 3) 0,019; 4) 0,019; 5) 0,016 (одна регистрация);
   - количество регистраций на сайте — 2.

10. Женщины 18–35 лет, проживающие в Херсоне, проявившие активность не позднее 1 июля 2015 года.

    Результаты:

    - всего по гипотезе потрачено 132,13 рубля;

- общее количество переходов — 24;
- стоимость одного перехода — 5,50 рубля;
- показатели по объявлениям: 1) 0,023; 2) 0,010; 3) 0,009;
- количество регистраций на сайте — 0.

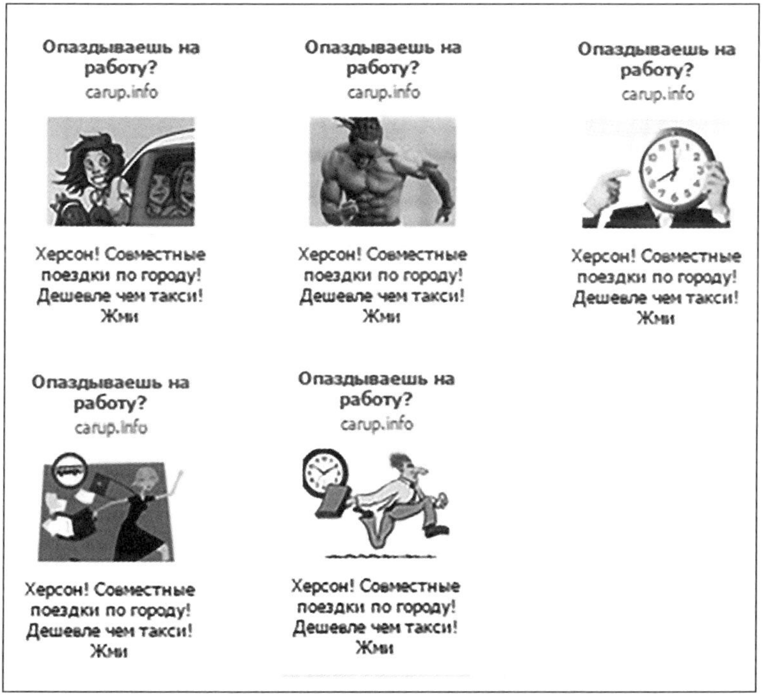

Рис. 7.29

11. Мужчины 18–35 лет, проживающие в Херсоне, проявившие активность не позднее 1 июля 2015 года.

    Результаты:

    - всего по гипотезе потрачено 225,56 рубля;
    - общее количество переходов — 73;

- стоимость одного перехода — 3,09 рубля;
- показатели по объявлениям: 1) 0,029 (одна регистрация); 2) 0,012; 3) 0,023;
- количество регистраций на сайте — 1.

12. Объявления, настроенные на широкую аудиторию всех жителей Херсона (240 000 человек). Само собой, тоже CPC.

    Результаты:

    - всего по гипотезе потрачено 27,90 рубля;
    - общее количество переходов — 20;
    - стоимость одного перехода — 1,40 рубля;
    - показатели по объявлениям: 1) 0,040; 2) 0,012; 3) 0,018;
    - количество регистраций на сайте — 0.

    Обратите внимание, что, несмотря на очень низкую цену перехода, регистраций на сайте по ней нет, а также что на три объявления потрачено 27,90 рубля. Это как раз пример полной статистической безалаберности. Так можно поступать, только если не делать выводы.

Этап 2. Тестирование текстов

1. Аудитория: студенты из всех четырех вузов (рис. 7.30).

   Показатели по ним следующие:

   - 1) 0,027; 2) 0,011; 3) 0,033; 4) 0,027; 5) 0,032;
   - количество регистраций на сайте — 0;
   - потрачено 408,45 рубля;
   - количество переходов — 80;
   - стоимость одного перехода — 5,11 рубля.

2. Аудитория: «Подслушано. Херсон».

   Результаты:

   - 1) 0,019; 2) 0,000; 3) 0,022; 4) 0,005; 5) 0,024;
   - количество регистраций на сайте — 0;
   - потрачено 83,44 рубля;
   - количество переходов — 47;
   - стоимость одного перехода — 1,7 рубля.

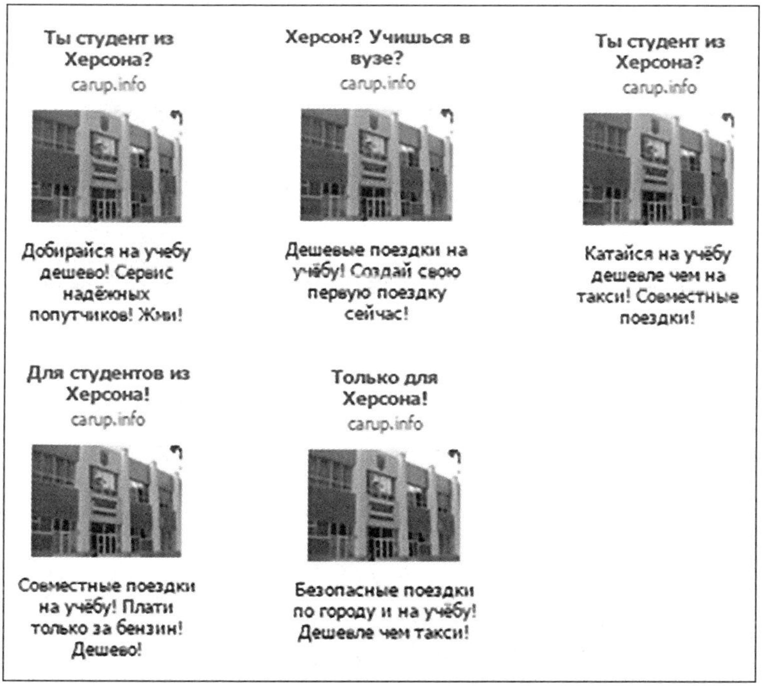

Рис. 7.30

3. Активные жители Херсона (расширенное студенческое сообщество) (рис. 7.31).

Результаты:

- 1) 0,013; 2) 0,026 (одна регистрация); 3) 0,009; 4) 0,013; 5) 0,013;
- количество регистраций на сайте — 1;
- потрачено 113,13 рубля;
- количество переходов — 33;
- стоимость одного перехода — 3,43 рубля.

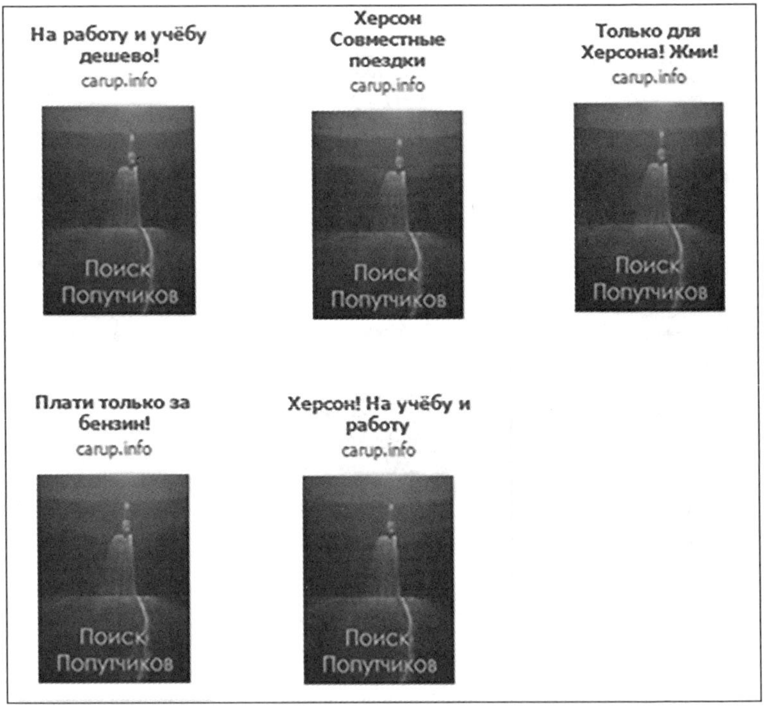

Рис. 7.31

4. Аудитория: активные жители Херсона, «Подслушано. Херсон».

Показатели:

- 1) 0,019; 2) 0,013 (одна регистрация); 3) 0,008; 4) 0,013; 5) 0,08;
- количество регистраций на сайте — 1;
- потрачено 155,53 рубля;
- количество переходов — 38;
- стоимость одного перехода — 4,08 рубля.

Промежуточные выводы:

- потрачено 3972,94 рубля;
- количество переходов — 1263;
- средняя стоимость одного перехода — 3,11 рубля;
- количество регистраций — 30 (заказчики пользовались не стандартными аналитическими сервисами, а своими — самописными, поэтому ссылки размечались не UTM-метками, а реферальными фрагментами; с учетом отложенных регистраций абсолютно точно отследить, какой пользователь откуда пришел, было невозможно; указанное количество регистраций (то есть однозначно подтвержденные пользователи, пришедшие по нашей рекламе) — 30 человек — это пессимистичный сценарий; тех, в ком мы были не уверены, мы не считали совсем);
- количество регистраций «на повторе» — 6 (это целевой тип регистраций, наиболее желательный с точки зрения задачи заказчика);
- средняя стоимость одной регистрации — 110,35 рубля (обратите внимание, что сервис CarUp работал бесплатно).

Этап 3. Анализ и прогнозирование

После того как предварительная работа была окончена и заказчик получил отчет, обратным файлом он прислал мне список вопросов. Давайте я покажу его вам, и прежде, чем вы прочтете мои ответы, попробуйте дать их самостоятельно — если вы внимательно читали книгу с самого начала, проблемы это не составит.

Вопрос 1: какой имеется потенциал в Херсоне? Сколько денег и времени требуется, чтобы, используя полученные при тестировании результаты, добиться с помощью только «ВКонтакте» 100 поездок на повторе? Двести? Триста? Или иначе: если вложить в таргетинг в сети «ВКонтакте» еще 10 000–20 000 гривен, каких результатов мы достигнем?

Вопрос 2: насколько этот потенциал может быть увеличен за счет Facebook и какие средства и время потребует этот канал таргетинга?

Вопрос 3: какие еще каналы привлечения пользователей могут быть задействованы? Хотя бы пять наиболее эффективных.

Вопрос 4: почему 16 % показов пришлось не на херсонскую аудиторию?

Вопрос 5: как изменится расклад (стоимость кампании, эффективность), если вместо Херсона использовать другой крупный город (Киев, Харьков, Одессу)? Будет ли в этом случае достаточно таргетинга в сети «ВКонтакте» для достижения аналогичной цели?

____

____

____

Вопрос 6: насколько изменятся средние результаты по тестированию, если в дальнейшем пользоваться только лучшими объявлениями и гипотезами?

____

____

____

Ответ 1. Сейчас конверсия в регистрации на посадочной странице (если считать по пессимистичному сценарию, что их 30) — 2,35 %. Конверсия в создание событий на повторе (6) — 0,47 %.

Если допустить, что показатели такими и останутся, то при условии вливания 10 000 гривен и цене клика 3 рубля мы получим чуть менее 10 000 переходов. То есть, по идее, 235 регистраций и 47 событий на повторе. Но для реалистичности, с учетом выгорания аудитории и общей емкости Херсона, думаю, этот результат нужно еще разделить на 1,5–2 (240 000 в сети «ВКонтакте»; следовательно, если считать, что реклама была показана по одному разу одному человеку, что, конечно, не совсем верно, то 1/34 всех зарегистрированных пользователей мы уже покрыли). При вливании 10 000 гривен мы получим около 150–170 регистраций и 30–40 событий на повторе.

Это пессимистичный сценарий, безусловно. Все может быть гораздо лучше. Но отталкиваться стоит именно от него. Его мы наверняка сможем обеспечить.

Ответ 2. До тестов в Facebook ничего сказать нельзя. В качестве хоть какой-то обратной связи от реальности предлагаю вам положить на свой аккаунт в Facebook хотя бы какую-то сумму. Я настрою несколько пристрелочных кампаний бесплатно. Отталкиваясь от этого, можно будет хоть что-то спрогнозировать.

Ответ 3

- Работа с партнерами в соцсетях (живые местные паблики, фотографы, популярные студенты и вообще личности).
- Офлайновая реклама в общественном транспорте (местных маршрутках, трамваях, автобусах).
- Офлайновая реклама в университетах и университетских общежитиях.
- Работа в офлайне с водителями, таксистами, автовладельцами.
- PR-акции, чтобы встряхнуть город. Что конкретно — сложно сказать с ходу. Точно что-то связанное с машинами. Например, найти владельца самого «крутого» автомобиля в городе и попросить его зарегистрировать на сервисе (попросить за деньги, разумеется), а потом прокатить одного-двух человек. Можно подсадных. Такой материал в социальных сетях наверняка будет востребован.

Ответ 4. Потому что много заказов настраивалось на студентов. А студенты, которые приехали учиться в Херсон, не всегда меняют город в настройках профиля. Поэтому и получилась погрешность. Плюс стоит учесть, что учебный год всего два дня как начался.

Ответ 5. Можно только предполагать. Однозначно, таргетинг может дать какой-то результат. Чем выше потенциальный объем рынка (города), тем выше вероятность достижения поставленной цели. Думаю, что если из Херсона при 240 000 человек реально вытянуть 200–300 регистраций (без повторов), то в Киеве при 4 000 000 — 1000 регистраций с помощью таргетинга сделать более чем реально. Конкретные цифры стоимости, скорее всего, будут слегка выше (в 2–3 раза), потому что в борьбе за столичную публику рекламодатели больше конкурируют.

Ответ 6. Сначала изменятся в лучшую сторону. То есть какое-то время будут показывать результаты, близкие к тестовым (а так как мы будем крутить только лучшие — результаты начнут расти). По мере увеличения объемов открутки объявлений эффективность будет падать. Падение начнется, когда показы пойдут по второму-третьему кругу на одну и ту же аудиторию. Нужно еще учесть, что 30 регистраций на более чем 70 объявлений — это данные с довольно высоким порогом погрешности (потому что их мало).

Как увеличить спрос на пополнение банковских карт через платежные терминалы с помощью таргетированной рекламы. Кейс IBox (Facebook)

IBox, «Платежи IBox» — это сервис, который позволяет в считаные мгновения оплатить наличными услугу, необходимую клиенту. IBox, придерживаясь концепции «оплати по пути», доступен более чем в 5000 монобрендовых терминалов в крупнейших розничных и автозаправочных сетях, в магазинах «у дома» по всей стране.

Digital продукта на момент запуска у компании не было, так что посадочной страницей для активации была выбрана карта ближайших терминалов. Перед нами стояла задача оценить влияние таргетированной рекламы в канале Facebook на увеличение продаж сервиса пополнения банковских карт. Для тестирования гипотезы выбрали город Луцк, а в кабинет загрузили базы пользователей, которые уже покупали услугу C2C (cash to card) — во время пополнения пользователи оставляют свои мобильные данные. IBox, придерживаясь политики конфиденциальности клиентских данных, самостоятельно создал базы ретаргетинга, не передавая нам информацию о своих пользователях. Мы пользовались уже загруженными аудиториями.

Самый первый запуск выглядел так, как на рис. 7.32.

Рис. 7.32

- Потратили на него $15,33.
- Получили 617 человек в охватах.

- Количество взаимодействий с публикацией — 7.
- Средняя стоимость вовлечения — $2,19.

Кстати, это как раз тот случай, когда Facebook пессимизировал пост из-за большого количества текста на изображении. Однако в ротацию он-таки попал.

Второй запуск показан на рис. 7.33.

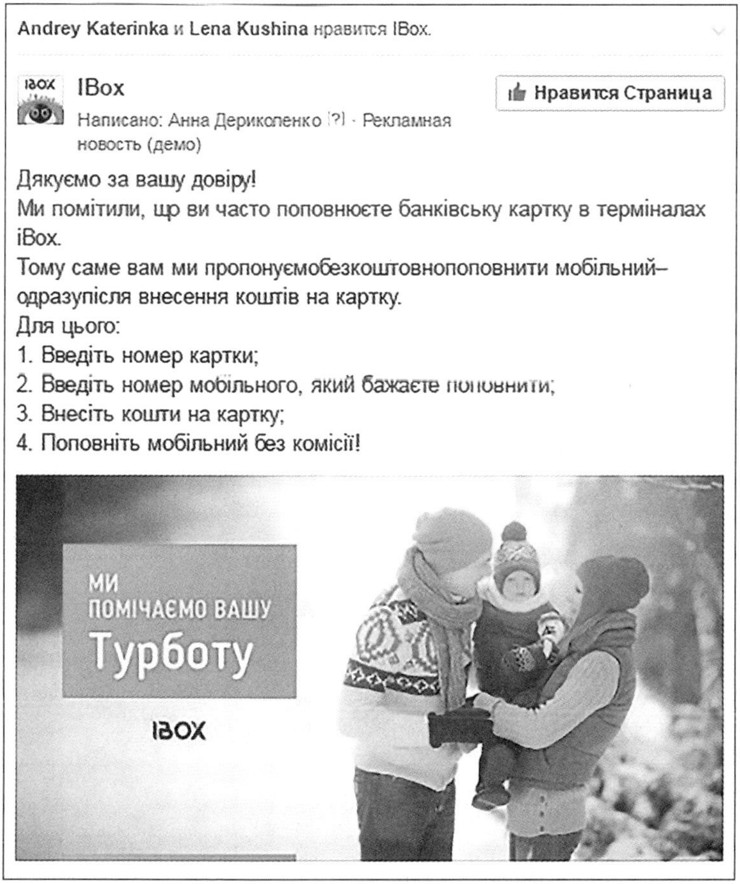

Рис. 7.33

- Потратили $9,71.
- Получили 484 человека в охватах.
- Количество взаимодействий с публикацией — 9.
- Средняя стоимость вовлечения — $1,08.

В обоих случаях аудитория в настройках была следующей (рис. 7.34).

Рис. 7.34

Третий запуск показан на рис. 7.35.

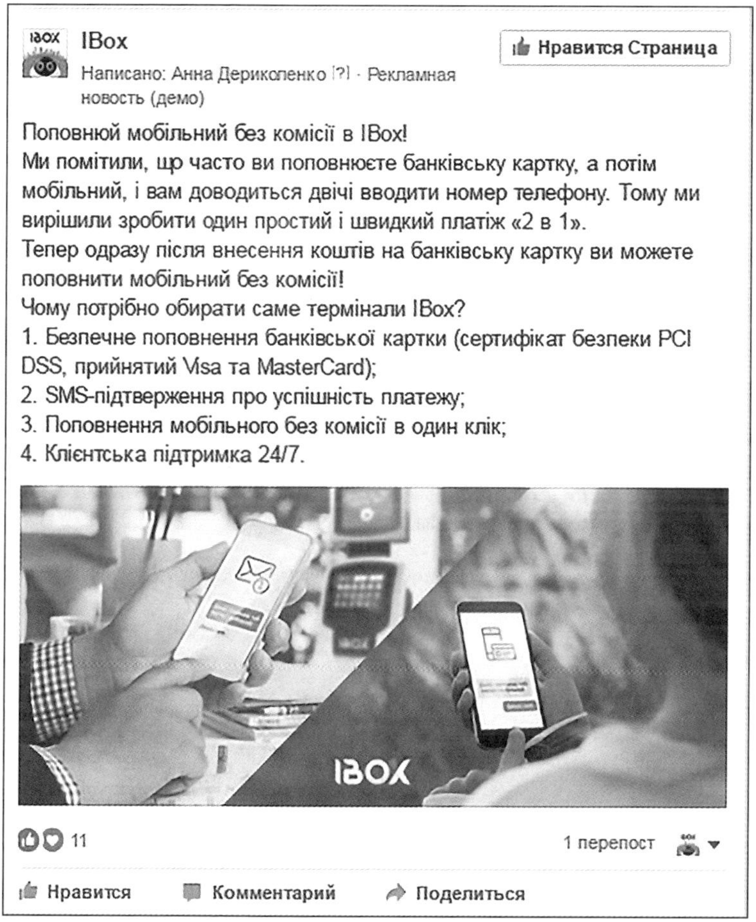

Рис. 7.35

- Потрачено $25.
- Получили 3271 человек в охватах.
- Количество взаимодействий с публикацией — 33.
- Средняя стоимость вовлечения — $0,76.

Четвертый запуск продемонстрирован на рис. 7.36.

Рис. 7.36

- Потратили $25.
- Получили 3199 человек в охватах.
- Количество взаимодействий с публикацией — 14.
- Средняя стоимость вовлечения — $1,79.

В обоих случаях в настройках аудитории использовали следующее (рис. 7.37).

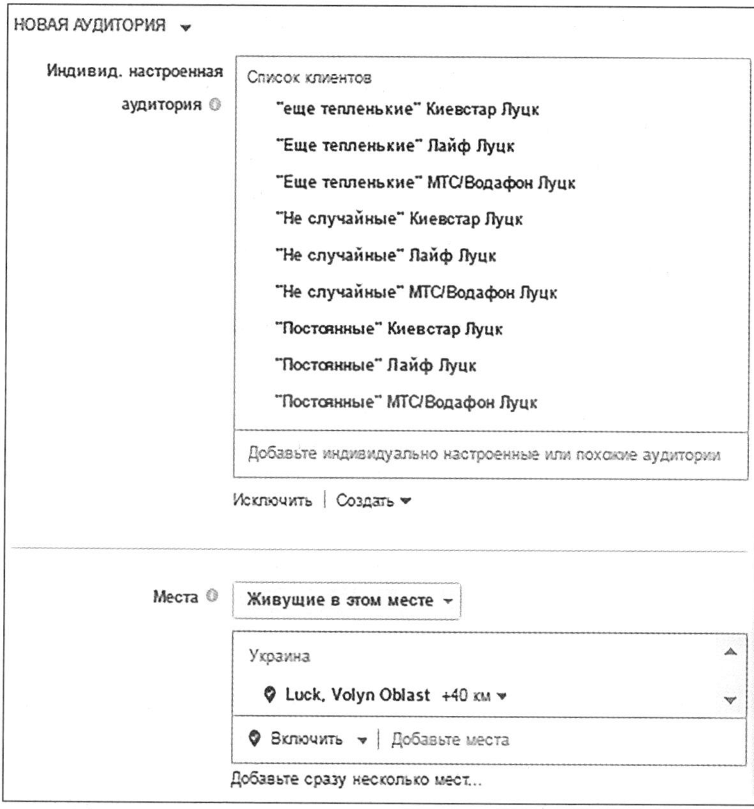

Рис. 7.37

Синхронно с Facebook эта же рекламная кампания проходила и в сети «ВКонтакте» тоже. Но так как результаты здесь оказались скромнее, всего на тесты потратили 3082,31 рубля, получив за них 9654 показа. Посты в ротации крутились аналогичные.

Самая интересная часть кампании начинается с момента ее окончания, когда мы с компанией IBox приступили к анализу. Оценка эффективности велась в два потока.

С одной стороны, IBox сравнивал полученные результаты по услуге C2C с прогнозными (до запуска таргетированной рекламы). На основании ретроспективных данных аналитики IBox сделали прогноз органического прироста (без рекламного воздействия), по количеству трансакций и обороту в городе Луцке; результаты получились следующими.

- Платили C2C с 21 декабря 2016 года по 31 декабря 2016 года — 1206.
- Платили C2C с 1 января 2017 года по 17 января 2017 года — 1108.
- Из них мы оценили как прирост 155 уникальных клиентов за весь период (с 21 декабря 2016 года по 17 января 2017 года). Они сделали 200 платежей за анализируемый период.
- Фактические платежи превысили наши прогнозные (155 клиентов, сделавшие 200 платежей, — экстра).
- Прирост 4,8 % от прогнозируемого.

С другой стороны, IBox выгрузили мобильные данные пользователей C2C за отчетный период и мы обратились к функционалу офлайн-событий (если помните, это функция, которая показывает, как соотносятся пользователи, совершившие макроконверсию — в нашем случае трансакцию, — с пользователями, побывавшими в рекламных охватах) (рис. 7.38).

По итогу, как вы можете видеть сами, прирост составил чуть менее 5 % от планируемого. IBox расценили это как намек на успех и решили повторить эксперимент уже не в рамках одного города, а масштабировать проект на другие регионы страны. Этот кейс еще не реализован, поэтому оставайтесь на связи — to be continued.

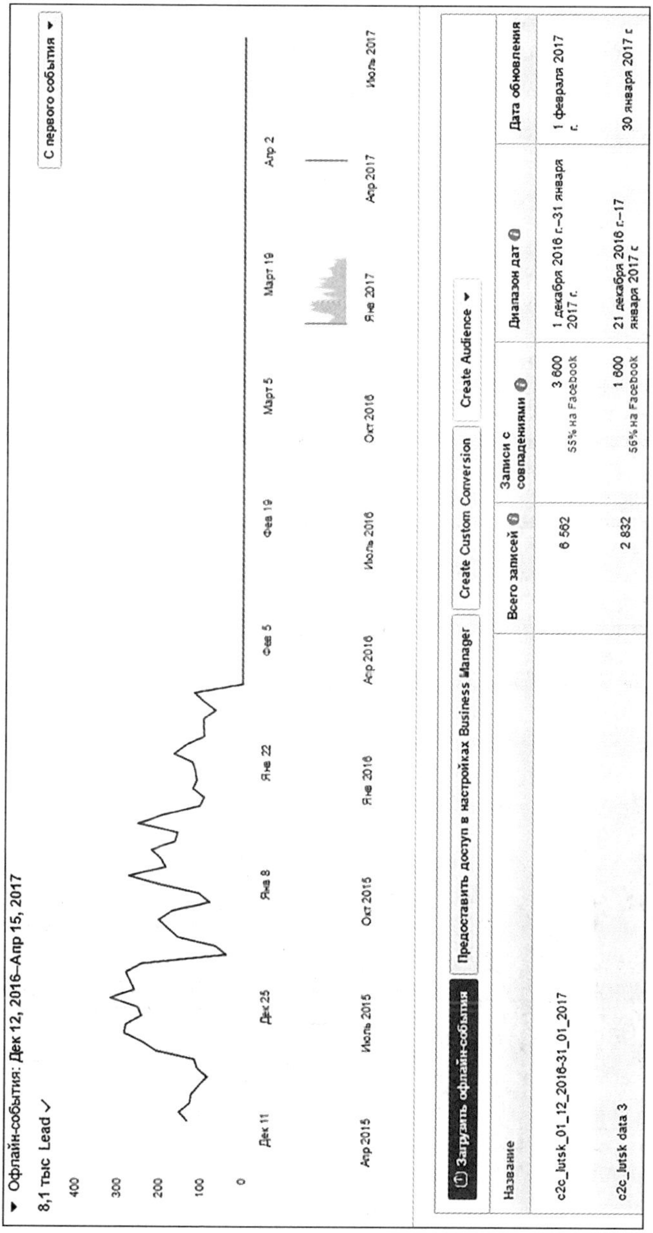
Офлайн-события: Дек 12, 2016–Апр 15, 2017
8,1 тыс Lead
С первого события
400
300
200
100
0
Дек 11
Дек 25
Янв 8
Янв 22
Фев 5
Фев 19
Март 5
Март 19
Апр 2
Апр 2015
Июль 2015
Окт 2015
Янв 2016
Апр 2016
Июль 2016
Окт 2016
Янв 2017
Апр 2017
Июль 2017
Загрузить офлайн-события
Предоставить доступ в настройках Business Manager
Create Custom Conversion
Create Audience
Название
Всего записей
Записи с совпадениями
Диапазон дат
Дата обновления
c2c_lutsk_01_12_2016-31_01_2017
6 562
3 600
55% на Facebook
1 декабря 2016 г.–31 января 2017 г.
1 февраля 2017 г.
c2c_lutsk data 3
2 832
1 600
56% на Facebook
21 декабря 2016 г.–17 января 2017 г.
30 января 2017 г.

Рис. 7.38

P. S. Просто потому, что мы заговорили об IBox, я покажу вам еще два объявления, которые мне очень нравятся и которые показали один из самых высоких коэффициентов вовлечения (рис. 7.39). Догадаетесь почему?

Рис. 7.39

А здесь обратите внимание на самую последнюю строку текста в посте (рис. 7.40).

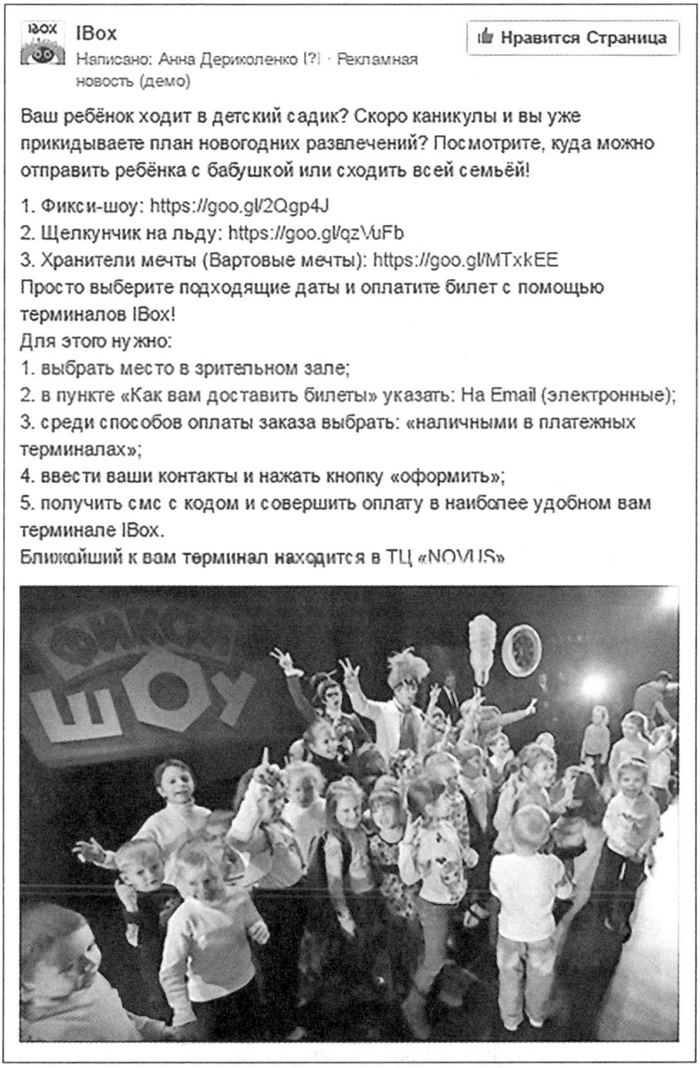

Рис. 7.40

Как получать участников на мероприятия с помощью Facebook за $0,69 (продвижение семинаров Голтиса в Израиле)

Владимир Вукста, он же Голтис, — профессиональный спортсмен, путешественник, специалист по выживанию в экстремальных ситуациях. Широко известен как командор команды экстремалов EQUITES, человек, несколько раз голодавший более 40 дней (до 54 на воде) и автор методики «Исцеляющий импульс», которая воспитала несколько мировых чемпионов по бодибилдингу (например, Сергея Отроха и Валентину Чепигу). Остальное вы можете прочесть в «Википедии» или на сайте https://goltisacademy.com/.

Именно с продвижения проекта «Исцеляющий импульс» в Израиле и началось наше знакомство с командой Голтиса. Вот как это было на уровне настроек.

Первый же запуск показал себя очень недурно (рис. 7.41).

Обратите внимание, что цена 0,66 за лид — это не в долларах, а в шекелях. В пересчете по курсу 1 ILS = 0,2832 USD цена лида равнялась $0,1869.

Лучшее объявление выглядело вот так (рис. 7.42).

Несмотря на «очищение организма от профессионального путешественника», именно оно принесло 61 лид за 40 шекелей ($11 с копейками).

Настройки выглядели вот так (рис. 7.43, *сверху*).

Следующий запуск был уже совсем на другую аудиторию — любителей здорового образа жизни (см. рис. 7.43, *снизу*).

Лучшее (в смысле самое дешевое) объявление выглядело вот так (рис. 7.44).

В настройках (рис. 7.45, *сверху*). Третий подход — спортсмены (см. рис. 7.45, *снизу*).

Лучший тизер выглядел уже знакомым вам образом (рис. 7.46).

А в настройках было так (рис. 7.47).

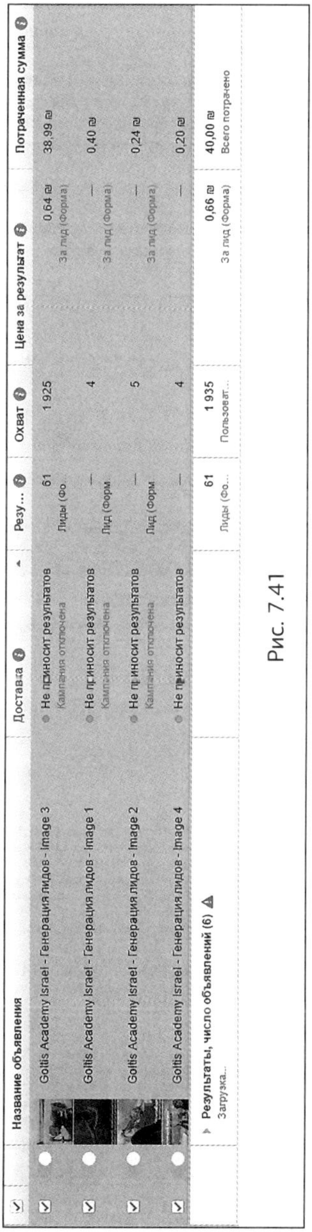

Название объявления	Доставка	Резу...	Охват	Цена за результат	Потраченная сумма
Goltis Academy Israel - Генерация лидов - Image 3	Не приносит результатов Кампания отключена	61 Лиды (Фо...	1 925	0,64 ₪ За лид (Форма)	38,99 ₪
Goltis Academy Israel - Генерация лидов - Image 1	Не приносит результатов Кампания отключена	— Лид (Форм	4	— За лид (Форма)	0,40 ₪
Goltis Academy Israel - Генерация лидов - Image 2	Не приносит результатов Кампания отключена	— Лид (Форм	5	— За лид (Форма)	0,24 ₪
Goltis Academy Israel - Генерация лидов - Image 4	Не приносит результатов	—	4	—	0,20 ₪
Результаты, число объявлений (6) Загрузка...		61 Лиды (Фо...	1 935 Пользоват...	0,66 ₪ За лид (Форма)	40,00 ₪ Всего потрачено

Рис. 7.41

Рис. 7.42

Возраст:	35 - 65+
Язык:	Русский
Люди, которые смотрят:	Интересы: Авиапутешествия, Поведение: Все частые путешественники, Основная ОС Mac OS X, Все устройства iOS, iPhone 5, Бизнес-путешественники, Используемое приложение для путешествия (1 месяц), iPhone 5S, Ездящие на работу из пригородов, Galaxy S5, iPhone 6 Plus, iPhone 6, Люди, регулярно путешествующие за границу, Galaxy S6, iPhone 6S, iPhone 6S Plus, Galaxy Note 5, Galaxy S7 Edge, Galaxy S7, iPhone 7 или iPhone 7 Plus
Таргетинг также должен отвечать следующим требованиям:	Интересы: Самосознание, Самореализация, Мотивация, Личностный рост или Качество жизни
Таргетинг также должен отвечать следующим требованиям:	Интересы: Малый и средний бизнес или Предпринимательство, Поведение: Владельцы малых предприятий, Должность: Владелец, Основатель / владелец, Учредитель, учредитель, директор, Основатель, Founder, собственик, учредитель, генеральный директор, Руководитель, Business, Entrepreneurship или Pengusaha

Генерация лидов (ЗОЖ)	Неактивно	85 Лиды (Фо...	3 564	0,71 ₪ За лид (Форма)	60,00 ₪ из 60,00 ₪

Рис. 7.43

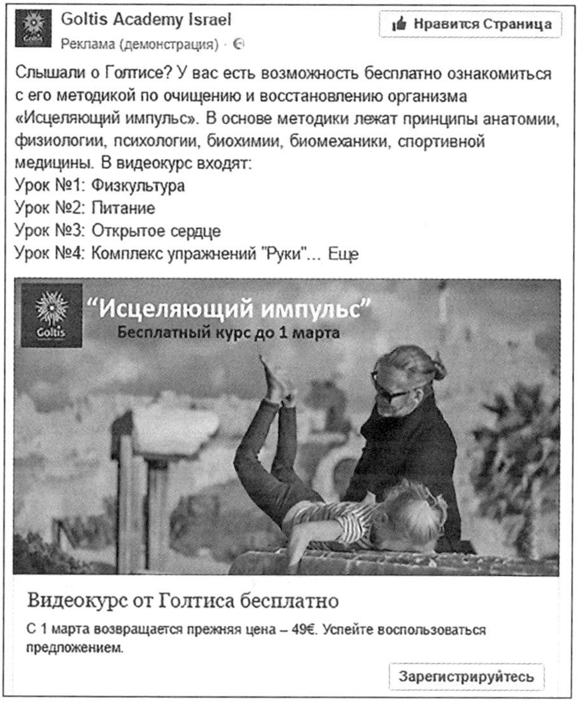

Рис. 7.44

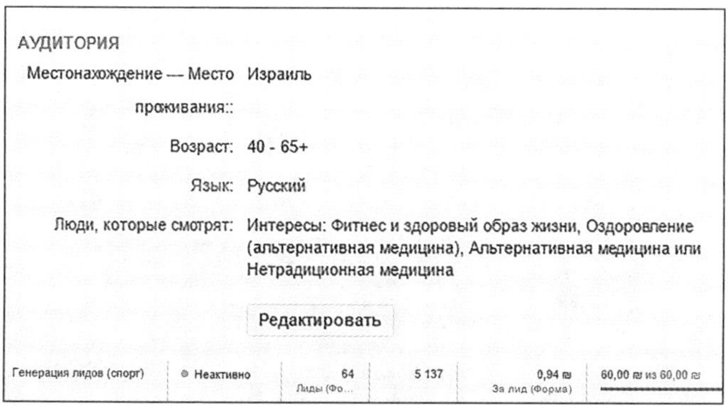

Рис. 7.45

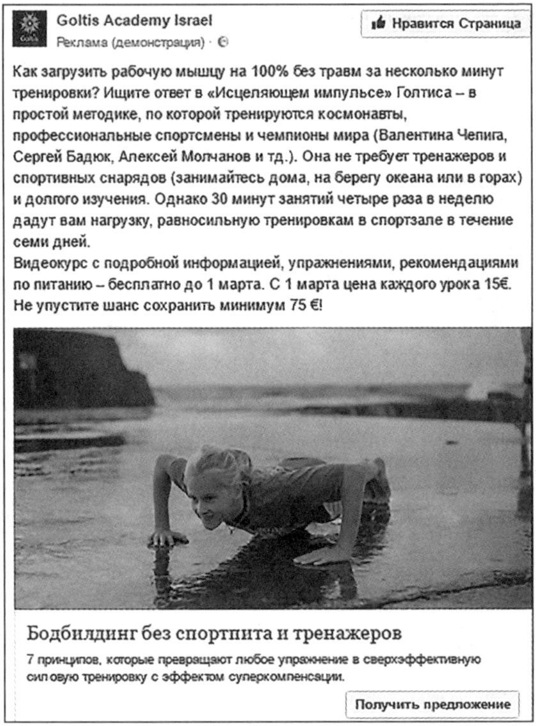

Рис. 7.46

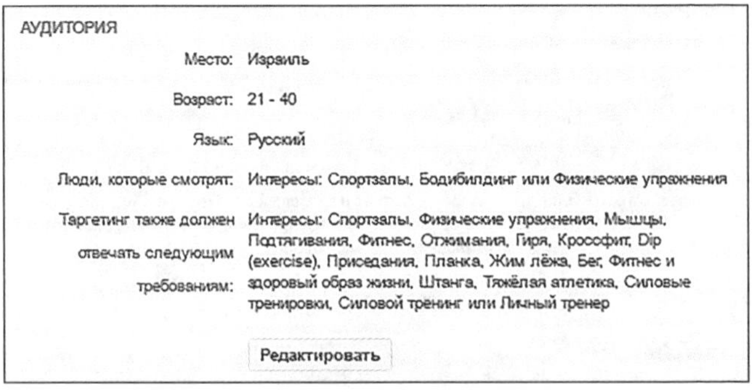

Рис. 7.47

Вы видите, что происходит? Три запуска одним форматом рекламы, но мы ни разу не повторились ни в текстовой части, ни в настройках аудитории. А по поводу картинки я уже пояснял логику: если она сработала в предыдущем запуске, добавьте ее в структуру тестов следующего запуска тоже.

Четвертым шагом состоялся большой мультинациональный запуск (рис. 7.48).

Как видите, самой результативной оказалась аудитория из Украины и Казахстана. В подробных настройках слишком много всего, чтобы это можно было показать одним принтскрином (рис. 7.49).

Как думаете, почему цена за лид так радикально увеличилась? Абсолютно верно — потому что в этой компании речь идет уже не о бесплатных мастер-классах, а о тренинговой программе, которая стоит 570 евро.

В рамках этой рекламной кампании, которая, кстати, длилась ровно месяц, было протестировано 20 сегментов целевой аудитории и 25 вариантов запусков (запуском в формате «генерация лидов» мы считаем не один тизер, а группу объявлений из шести тизеров). Поэтому я не стану показывать вам все, что происходило в кабинете, детально. Оговорюсь лишь, что формат «кликов на сайт» тоже прошел через мясорубку наших тестов.

Одно из самых результативных объявлений показано на рис. 7.50.

Стоимость 0,65 шекеля великовата для клика, вы не находите? Но все бы ничего, если бы этот трафик на лендинге конвертировался в заявки. Увы, именно с этим и были проблемы. На 253 перехода мы получили целый ноль заявок. Поэтому пришлось оперативно делать выводы и возвращаться к формату «Генерация лидов».

В итоге кампании (если считать в долларах):

- *потратили денег — $269,77;*
- *потратили денег на генерацию лидов — $243,57;*
- *получили лидов — 353;*

Обзор аккаунта
Кампании
1 выбран
Группы объявлений Камп...
Объявления Кампания: 1
Создать группу объявлений
Редактировать
Дублировать группы объявлений
Создать правило
Еще
Столбцы: Настройки пользовател
Название группы объявлений
Доставка
Резул..
Охват
Цена за результат
Бюджет
Потраченная сумма
Европа (бизнес)
Не приносит результатов
Кампания отключена
10
Лиды (Фо...
2 677
8,00 ₪
За лид (Форма)
80,00 ₪
На весь срок...
80,00 ₪ из 80,00 ₪
Казахстан, Украина (бизнес)
Не приносит результатов
Кампания отключена
34
Лиды (Фо...
4 175
2,35 ₪
За лид (Форма)
80,00 ₪
На весь срок...
80,00 ₪ из 80,00 ₪
Казахстан, Украина (ЗОЖ)
Не приносит результатов
Кампания отключена
23
Лиды (Фо...
4 015
3,04 ₪
За лид (Форма)
70,00 ₪
На весь срок...
70,00 ₪ из 70,00 ₪
Россия (бизнес)
Не приносит результатов
Кампания отключена
6
Лиды (Фо...
947
8,33 ₪
За лид (Форма)
50,00 ₪
На весь срок...
50,00 ₪ из 50,00 ₪
Европа (ЗОЖ)
Неактивно
1
Лид (Фор...
1 060
19,31 ₪
За лид (Форма)
30,00 ₪
На весь срок...
19,31 ₪ из 30,00 ₪
Россия (ЗОЖ)
Неактивно
1
Лид (Фор...
498
19,16 ₪
За лид (Форма)
30,00 ₪
На весь срок...
19,16 ₪ из 30,00 ₪
Результаты групп объявлений (число групп объявлений: 6)
75
Лиды (Фо...
12 174
Пользова...
4,25 ₪
За лид (Форма)
318,47 ₪
Всего потрачено

Рис. 7.48

- *средняя стоимость одного лида — $0,69;*
- *потратили денег на клики — $26,2;*
- *получили кликов — 228;*
- *средняя стоимость одного клика — $0,1.*

Рис. 7.49

Хороший это результат или плохой? Ведь наша работа заканчивается на этапе передачи лидов заказчику — ни звонки, ни «дожим», ни тем более тренинговую работу мы уже никак не контролируем и повлиять на них не можем. Поэтому давайте я просто передам слово заказчице. Вот что думает о результатах нашего сотрудничества Анна Шарма:

«До начала работы с Сергеем рекламные кампании велись хаотично, спонтанно. Основным форматом продвижения было поднятие поста. Если пост "выстреливал", мы его тут же поднимали на $5–10.

Рис. 7.50

Благодаря Сергею познакомилась с форматом "Генерация лидов", и именно его мы стали использовать больше всего. Поскольку мы в основном организовываем выездные семинары, цикл принятия решения об участии в мероприятии длинный. Нужно не только принять решение о том, чтобы потратиться на обучение, но и решиться поехать для этого за несколько сот километров. Поэтому после пары экспериментов мы отказались от прямого привлечения участников. Человек просто не в состоянии сразу понять, что мы предлагаем и насколько это лично ему подходит.

Мы создали вводный курс, представляющий собой цикл писем с интерактивными элементами, сделали его бесплатным и таким образом начали выстраивать воронку вовлечения вокруг этого курса.

Об эффективности кампании в целом можно судить по составу последнего мастер-класса Голтиса. Как правило, на такие мероприятия раньше приходили те, кто уже участвовал в семинаре, и приводили с собой друзей, семью, или те, до кого дошла информация о Голтисе через сарафанное радио. В результате нового подхода на последнем промомероприятии было больше 50 участников, 90 % из которых пришли на него именно через вводный курс, и у них до этого не было ни малейшего представления о методике.

Таким образом, мы добились своей первой цели — выход на новую аудиторию и качественная работа с ней. Теперь дело за малым — масштабировать этот опыт на больших аудиториях, совершенствовать, экспериментировать и снова совершенствовать».

На момент подготовки этого кейса мы сотрудничаем уже более трех месяцев и планируем для внедрения множество технологий, о которых вы уже прочли в книге. Например, выстраиваем «воронку» для тех, кто попал в базу, но не купил сразу, готовим централизованные посадочные страницы с пикселями, работаем с контентом на их бизнес-странице и т. д.

Возможно, в новых редакциях книги появится и обновленная версия этого кейса. Хотите?

Глава 8
Бонусная

Что делать, если аудитория рыночной ниши в одной из соцсетей полностью «выгорела»?

Такую ситуацию мы уже рассмотрели на примере компании Salers.ru. За девять месяцев работы рекламой было покрыто подавляющее большинство тех, кому она могла бы быть интересна. Как следствие, начался процесс радикального падения охватов, а вместе с ними — эффективности. Что делать? Давайте подумаем об этом логически (тем более что вопрос все чаще возникает у игроков рынка — я сам неоднократно получал его в «личку» или во время своих live-стримов).

1. Любая аудитория исчерпаема. А скорость этой исчерпаемости зависит:
   - от объема аудитории (понятно, что гондольеров, которых в мире всего 425 человек, вы отработаете быстрее, чем «интересующихся путешествиями»; тем не менее цифра конечна в обоих случаях);
   - от объема и интенсивности потраченных денег (если у вас на продвижение есть всего $1, возможно, вы даже половину гондольеров своими активностями не покроете).
2. После достижения потолка охватности начинается неизбежный процесс выгорания. Как с ним бороться, вы уже знаете (я не называл вслух разве что «ребрендинг» компании-рекламодателя, но он тоже дает временный эффект).

3. Когда аудитория «выгорает» полностью, у вас есть только два возможных сценария:
   - исчезнуть со всех радаров и затаиться (то есть прекратить рекламную кампанию и не делать ничего);
   - вести потоковые (нерекламные) коммуникации, развивать отношения «вглубь».

И вот о втором пункте стоит поговорить подробнее. Если у вас есть тематическое сообщество (которое вы сознательно собирали или набранное случайно, как побочный эффект от таргетированной рекламы), вы получаете возможность строить отношения: делиться новостями, проявлять человеческие эмоции, просить об обратной связи. То есть у вас появляются коммуникации с целевой аудиторией внутри бренда. И при условии, что сообщество ведется грамотно, у вас появляется шанс не потерять продажи во время «негативной фазы» цикла (пока вы поймали «откат» в виде «выгорания»).

Это единственный адекватный способ хоть как-то застраховать себя на перманентных рынках (там, где продажи нужны постоянно, — обучающие курсы, интернет-магазины сладостей и т. п.). Усиливать рекламную кампанию своим же брендовым сообществом и наоборот.

Вывод: если вы по рекомендации в самом начале книги сделали себе «фейковое» сообщество, чтобы запускать формат «продвижение постов» или попадать в большую часть плейсментов в Facebook, — задумайтесь. Возможно, сообщество все же стоит развивать. Возможно, стоит заниматься не только таргетированной рекламой, но и комплексным SMM (потому что «свободные отношения» всегда проигрывают «замужеству» по количеству и длительности конверсий).

«Именно потому, что у нас ничего не было, ты обязан на мне жениться» (рекламные коммуникации в несколько этапов)

Идеальная для рекламодателя ситуация выглядит так: реклама (например, таргетированная) → покупка. То есть максимально прямой путь, где от работы в кабинете до получения денег всего один шаг. Проблема этой схемы в том, что она срабатывает только для:

- простых недорогих продуктов;
- людей, которые находятся на финальной стадии принятия решения о покупке (грубо говоря, стоят с деньгами в руках у кассы, уже твердо решив, что сегодня с ними расстанутся).

И чем сложнее, дороже и непонятнее продукт, тем дольше клиента нужно «танцевать», пока он выбирает из всех вариантов коммуникаций, с помощью которого мы будем оставаться с потенциальным клиентом на связи, даже если в первом касании он не купил.

И эта схема выглядит уже вот так (рис. 8.1).

Таргетированная реклама выступает «точкой входа» (первый этап), и если продажа не состоялась, мы уводим пользователя в «долгую» коммуникацию (второй этап — те самые «прокладки», о которых я обещал рассказать выше). Важно понимать: круг потоковых коммуникаций — это не «или-или» из описанных инструментов; чем больше элементов задействовано в вашем маркетинг-миксе, тем сильнее пользователь прикипает.

Что может выступать «прокладкой»?

- Pixel. Разумеется, я имею в виду пиксель в широком смысле. Не только с целью просмотра страницы, но и с микроконверсиями на посадочной, которые фильтруют пользователей на сегменты по степени их «утепленности».

Купивших — в одну базу, заинтересованных — в другую, зашедших более трех раз — в третью и т. д.

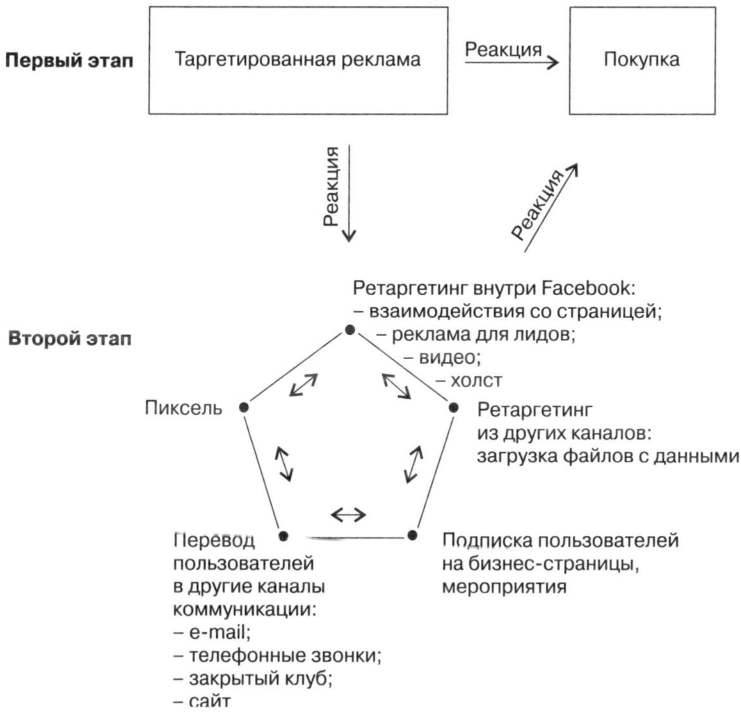

Рис. 8.1

- Ретаргетинг внутри Facebook. Вы уже знаете об этих функциях («создать аудиторию», «индивидуализированная аудитория», «вовлеченность в Facebook»). Все чаще рекламодатели сознательно планируют работу в несколько шагов. Например, для начала «разгоняют» видеоролик с брендовыми элементами или центрированный на продукте. И уже потом, по базе людей, видевших этот ролик, запускают рекламу с целью получения кликов или, допустим, конверсий. Вполне разумная стратегия.

- Ретаргетинг из других каналов — загрузка файлов с данными. Механика ровно та же, что и в предыдущем пункте, за исключением того, что первая коммуникация случилась за пределами социальных сетей. Поэтому, когда будете готовить тизеры для такой аудитории, напомните ей в заголовке, откуда вы знаете друг друга, и уже после этого переходите к предложению.
- Перевод пользователей в другие каналы коммуникации: e-mail, телефонные обзвоны, закрытый клуб, сайт... Если в предыдущем пункте мы приводили клиентов из внешних каналов в Facebook, то здесь все наоборот — уводим из Facebook туда, где вы ведете потоковые коммуникации. Особенно важно в случаях, когда вам оставляют контактные данные (на лендинге или в формате «Генерация лидов»).
- Подписка пользователей на бизнес-страницы/мероприятия. По сути, об этом была предыдущая глава.

Отдельно обратите внимание, что второй этап — это своего рода колесо, которое постоянно куда-то катится. А из-под этого колеса время от времени вылетают камешки — покупки. Поэтому важно: если уж вы увели потенциального клиента в потоковые коммуникации — не оставляйте его одного и постоянно подкидывайте нечто полезное. Ведь из-под стоящего колеса может вылететь разве что муха.

Как украсть данные о рекламной эффективности у конкурентов и как защитить от этого самих себя

Этот способ мне рассказали слушатели одного из моих тренингов по таргетированной рекламе, предварительно воскликнув: «Как не в курсе?» Схема проста до безобразия.

1. Говорите, что хотите купить рекламу (сделать «посев», запустить таргетинг или ретаргетинг от имени сообщества/

бренда, который контролирует интересующий вас конкурент/партнер).

2. Просите предоставить доступ к рекламному кабинету (чтобы посмотреть статистику, лично настроить кампанию).

3. «Сливаете» данные.

Ну как, вызывает восхищение? Думаю, нет.

Зачем я это проговариваю вслух? Конечно же, не для того, чтобы вы пошли «вскрывать» всех кого ни попадя (да и зачем вам статистика всех подряд — вы хотя бы со своей разберитесь). Просто предупрежден — значит вооружен. Не передавайте доступы к рекламным инструментам непроверенным контрагентам. Поменьше пускайте «в спальню» лишних людей, а если пускаете — удаляйте то, что не должно попасться чужому глазу.

Вот и вся тайна. Будьте аккуратны.

Как делать таргетированную рекламу «на Запад»

Прежде чем я дам развернутый ответ, подумайте сами: а разница в чем?

Площадка та же (в 90 % случаев это будет Facebook), рекламный кабинет тот же, люди с таким же количеством рук, ног, голов...

Разница только в языковой составляющей и состоянии местного аукциона.

С натяжкой сюда же можно приплюсовать «потребительскую ментальность», но если каждый проект начинать с корректно организованного тестирования (детали — уже в следующем абзаце), этим фактором можно пренебречь.

Главный «секрет» таргетинга «на Запад» — это native speaker. То есть носитель языка, который не просто выучил английский (или другой язык, который вам нужен) в университете, но свободно владеет его современной живой версией. Как минимум — недавно жил в той стране, на которую вы таргетируете. Идеально — родился в ней.

Вам нужен такой человек, чтобы он занимался вычиткой тизеров и рекламных постов. На предмет грамматики, сленга, сокращений, «вторых смыслов», аллюзий, игры слов, фигур умолчания и т. д. Если он будет писать их сам, с пониманием базовых механизмов рекламы, а не только вычитывать — большего и желать не стоит. Хотя... пожалуй, чтоб он еще и с рекламным кабинетом работал.

Что касается состояния местного аукциона — как вы помните, цена целевого действия рассчитывается по конкурентной модели. И чем больше денег в нише тратится, тем она выше. Поэтому, если вы привыкли к цене за клик в районе $0,1, не удивляйтесь, если, настроившись на UK, вы увидите цену клика $2–3. Это нормально.

Остальное, как всегда, тесты прояснят гораздо честнее и полнее, чем любая книга или специалист. Пробуйте. Знаний у вас теперь более чем достаточно.

Главный смертный грех таргетолога

Их, конечно же, можно и десять выдумать, но... Как у библейского списка есть флагман под названием «гордыня», так и у таргетологов аналог носит громоздкое название «несоотносимость рекламного бюджета с генеральной совокупностью целевой аудитории».

Поговорим о нем чуть подробнее. Тем более что тут очень легко увидеть моментальный эффект от внедрения рекомендации.

Предположим, вы настраиваете рекламу формата «Продвижение поста» на людей с интересом «автомобили». Из 11 000 000 украинцев в Facebook таких людей — 2 200 000 пользователей (рис. 8.2).

Рис. 8.2

Бюджет, который вы готовы потратить на продвижение поста, — $20.

Нормальная кампания? Запускаемся?

Посмотрите на рис. 8.3.

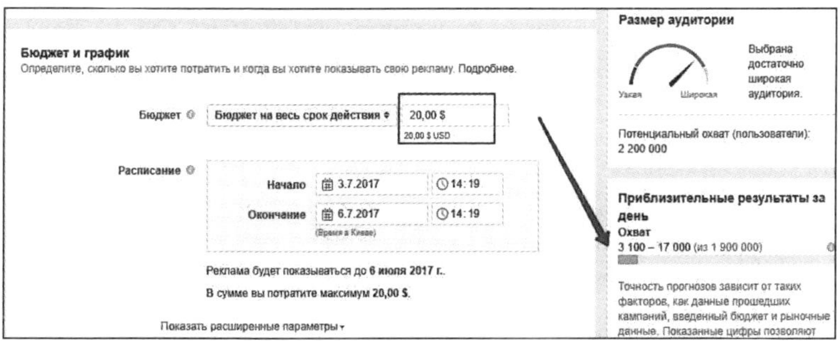

Рис. 8.3

Для бюджета $20 кабинет прогнозирует вам охватность от 3000 до 17 000 в день. Давайте возьмем среднюю цифру 10 000 и прикинем. Если реклама будет крутиться три дня (условно по $7 в день), мы получим максимум (!) 30 000 человек в охватах.

То есть 1,36 % от генеральной совокупности нашей целевой аудитории (от 2 200 000 человек).

Один процент с хвостиком. Максимум!

В чем смысл такой рекламы? Что общего есть у двух миллионов пользователей? Что им всем одновременно можно сказать? Мол, «интересуетесь машинами — купите наши смазочные материалы»?

Это очень обобщенно! И это противоречит даже сути, даже этимологии таргетинга (target, как вы помните, в переводе с английского — «цель»). Настраиваться на 2 000 000 пользователей бюджетом $20 — это то же самое что поливать пулеметным огнем все, что находится вокруг вашего боевого гнезда (притом что противник строго на юго-западе). Смысла никакого.

А мораль проста: нужно либо поднимать бюджет (скажем, до $2000–10 000), либо уменьшать аудиторию. Думаю, в случае с малым-средним бизнесом выбор очевиден. Для этого и предназначено поле «Детальный таргетинг» в кабинете. Выбираем конкретно «смазочные материалы» и вуаля — осталось 15 000 человек (рис. 8.4). Да, цена за охват поднялась, но мы попадаем в ротацию к сугубо адресной целевой аудитории. Це-ле-вой.

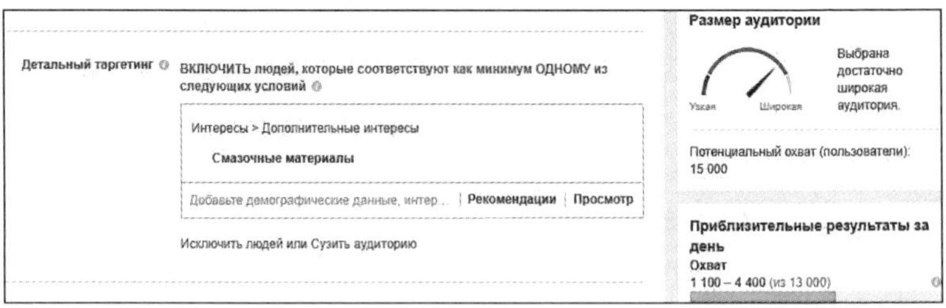

Рис. 8.4

Собственно, сужать аудиторию можно не только интересами, должностями или демографией. Как вариант, оставьте только киевлян — и уже на этом уровне точка входа в аудиторию станет куда понятнее: «Интересуешься автомобилями? — Специальное предложение для киевлян...» Думаю, мысль ясна. Дальше уже в игру вступает вариативность.

Вывод: ваш рекламный бюджет и аудитория для запуска должны быть взаимно соотнесены перед тем, как вы нажмете кнопку «Отправить». Диапазон нормы — когда вам хватает денег, чтобы покрыть 10–30 % от общего количества потенциальной аудитории (чтобы было куда масштабироваться). Разумеется, не нужно воспринимать эту цифру как догму. Бывают очень маленькие сегменты (2000–5000 человек), равно как и бывают запуски по пикселю, набравшему достаточное количество данных для learning machine. Там работают совсем другие законы. Для начала давайте просто начнем заниматься таргетингом, то есть целевой рекламой.

P. S. Сказанное не отменяет того, что сегменты целевой аудитории (вместе с характеристикой объемов) тоже нуждаются в тестированиях.

Игры, в которые играют таргетологи (где учиться, если вы уже дважды перечитывали эту книгу)

Эти профессиональные игры я придумывал для собственной команды, чтобы развивать отдельные умения отдельных людей и заставить их мыслить за пределами рамок. Попробуйте и вы немного накачать свои «таргетинговые мышцы».

1. **«Пойдем на свидание».** Выберите профиль любой понравившейся вам девушки (или парня) в любой социальной сети. Проанализируйте профиль и выясните как можно больше информации: чем объект интересуется, где работает, как говорит, какую музыку слушает, кому симпатизирует и т. д. А затем напишите текст с приглашением на свидание, используя как можно больше полученной информации.

Кто органично (естественным тоном и непротиворечиво по содержанию) использует больше личных данных, чем соперники, — тот и победил. Для чистоты эксперимента сообщение можно отправить.

Игра тренирует один из самых важных навыков хорошего специалиста по рекламе: умение писать рекламные послания строго под целевую аудиторию.

2. **«Сленгомания».** Выберите какую-нибудь крайне экзотичную профессию (например, «вулканолог», «сурдопереводчик», «звонарь», «спасатель на нудистском пляже», в конце концов). А теперь напишите 20 профессиональных терминов, которые используют только сотрудники этой профессии. Уровень pro — напишите письмо такому человеку (максимум в три абзаца), прочитав которое он однозначно должен сказать: «Этот — из наших». Опять же для чистоты эксперимента письмо можно отправить.

   Как и «Пойдем на свидание», игра тренирует навык индивидуализированных коммуникаций, навык «быть своим» для целевой аудитории.

3. **«Скажи не так, иначе, по-другому...»** Выберите любой аргумент, который характеризует часть вашего оффера. Предположим, вы продаете курсы для йогов, а в тизерах планируете говорить нечто вроде: «Возможность заниматься любым делом профессионально и получать за это деньги».

   Теперь переформулируйте фразу из кавычек хотя бы в десяти вариантах, которые будут отличаться друг от друга, сохраняя при этом один и тот же смысл. Например:

   - «Зарабатывай от 5000 гривен, преподавая йогу»;
   - «Шри Чинмой говорил: “Только обучая, я научился сам”. Станьте преподавателем йоги!»;
   - «Семинар, после которого йога превратится из вашего хобби в вашу работу»;

- «56 из 206 участников этого тренинга уже стали преподавателями йоги. Попробуйте и вы»;
- ваши варианты.

Когда закончите с моим примером — берите свои и тренируйтесь.

Игра развивает еще один важнейший навык при подготовке кампаний таргетированной рекламы — вариативность формулировок. Рекомендую.

4. **«Поэт».** Возьмите самую избитую метафору или сравнение, которые удастся вспомнить (например, «глаза голубые, как небо», «слово острое, как нож», «пошло как по маслу», «железная воля» и т. д.). А теперь переформулируйте его без потери смысла. Допустим, вместо «глаза голубые, как небо» — «глаза голубые, как степные васильки», «две синие кляксы», «радужка глаза, похожая на голубое сало»... Не менее пяти вариантов.

   Игра учит избегать шаблонов в письменной речи. Для целей таргетированной рекламы увлекаться ею не стоит, потому что в рекламных сообщениях слишком сложные метафоры могут работать скорее против вас, чем за.

Если у вас есть идеи о том, какие еще профессиональные игры стоит освоить специалистам по таргетированной рекламе (а может быть, вы тоже придумываете их для собственных нужд), пожалуйста, поделитесь ими со мной по адресу sa@shcherbakovs.com. Они будут опубликованы в новых изданиях книги и моих аккаунтах в социальных сетях «ВКонтакте» и Facebook с указанием вашего авторства. Заранее спасибо!

С. Щербаков

Таргетированная реклама. Точно в яблочко

Заведующая редакцией	*Н. Комиссарова*
Ведущий редактор	*Н. Гринчик*
Литературный редактор	*Е. Рафалюк-Бузовская*
Дизайнер обложки	*Н. Чубаров*
Корректор	*Е. Павлович*
Верстка	*С. Полубисок*

Изготовлено в России. Изготовитель: ООО «Прогресс книга».
Место нахождения и фактический адрес: 191123, Россия, город Санкт-Петербург,
улица Радищева, дом 39, корпус Д, офис 415. Тел.: +78127037373.

Дата изготовления: 12.2017. Наименование: книжная продукция. Срок годности: не ограничен.

Налоговая льгота — общероссийский классификатор продукции ОК 034-2014, 58.11.1 —
Книги печатные.

Подписано в печать 12.12.17. Формат 60х90/16. Бумага офсетная. Усл. п. л. 22,000.
Тираж 1700. Заказ А-3200.

Отпечатано в полном соответствии с качеством предоставленного электронного оригинал-макета
в типографии филиала АО «ТАТМЕДИА» «ПИК «Идел-Пресс».
420066, Казань, ул. Декабристов, 2. E-mail: idelpress@mail.ru